기괴한 레스토랑

妖怪島のレストラン

1

迷いこんだ少女

キム・ミンジョン 作

山岸由佳 訳

評論社

기괴한 레스토랑 1 정원사의 선물

Weird Restaurant : Present from a gardener
By Minjeong Kim

装画／木原未沙紀

装丁／ムロフシカエ

妖怪島のレストラン1　迷いこんだ少女

妖怪島のレストラン1　迷いこんだ少女　目次

序章

夜遅《よるおそ》い時間にもかかわらず、あたりは街路灯で明るく照らされ、それなりに見通しがよかった。これほどたくさん街路灯があるというのは、田舎道《いなかみち》にしてはずいぶん整備《せいび》が行きとどいているほうだ。地域《ちいき》の人たちはこれまで市役所に道路の拡幅《かくふく》整備や信号機の設置《せっち》、さらには都市開発を要求してきたが、行政側《ぎょうせいがわ》としてはこんな田舎に街路灯を設置してやったのだから責務《せきむ》はじゅうぶんはたしたと考えたとみえて、それ以上の要求は聞き入れてくれなかった。だからシアが暮《く》らすこの町には、彼女《かのじょ》がぐんぐん成長《せいちょう》してきたあいだ、なにひとつ変化というものがなかった。まあ、彼女がここで暮らすことは、もうないのだけれど……。

シアは車の窓《まど》から通りをじっと見つめている。助手席に座《すわ》ったお母さんがシアの顔色をうかがった。そわそわしているお母さんを見ているうちに、両親にひどい態度《たいど》をとったかな、と後悔《こうかい》の念が頭をもたげてきていた。しかし、シアの同意なしで引《ひ》っ越《こ》しを決めたのは今考えてみても腹《はら》が立つし、今日はその引《ひ》っ越《こ》し当日なのだから、彼女《かのじょ》が不機嫌《ふきげん》なのは言うまでもない。

あいかわらず黙《だま》りこくっていると、お母さんはふうーっとため息をついて切りだした。

「シア、まだおこっているの？　言ったでしょう、都会に引っ越しても、あなたならきっとうまくやっていけるわよ。それに、あなたももう十五歳《さい》よ。いろんな友だちと出会って、たくさんのことを学ぶ年ごろに、取《と》り柄《え》といえば街路灯ぐらいしかないこんなへんぴな土地で、いつまでもくすぶっているわけにはいかないでしょう」

お母さんの話し方はとてもていねいだった。シアの機嫌を損《そこ》ねないようにひと言ひと言、言葉を選んで話しているのがわかった。シアはため息をついた。

（そうね、お母さんの言ってることは一理あるかも）

実際《じっさい》のところ、この町には、名残惜《なごりお》しいと感じるほど愛着のあるものがたくさんあるわけではない。町の裏手《うらて》にある緑豊《みどりゆた》かな森は、恋《こい》しくなるだろうけれど……。

「そうだね……」

小声でぼそっと言った。引っ越しが気に食わないという態度《たいど》をとっていたが、心のなかは新生活への好奇心《こうきしん》と期待でわくわくしていた。お母さんはシアがもうおこっていないと見て、うれしそうに言葉を続けた。

「あなたが裏の森を恋しがると思って、さっき荷造《にづく》りする前に森で花を摘《つ》んできたのよ。きれいでしょう？　ホウセンカよ。ほら、言い伝えがあるでしょう。ホウセンカの花の汁《しる》で爪《つめ》を染《そ》めて、初雪が降《ふ》るまで色が残《のこ》っていたら、願《ねが》いがかなうって」

シアはお母さんに顔を向けた。十五歳にもなった娘《むすめ》がそんなでたらめを信じているとでも思っているのだろうか。もしそうなら、自分の娘は乙女《おとめ》チックな感性《かんせい》の持ち主だと思《おも》い違《ちが》いをしていることになる。お母さんの表情《ひょうじょう》は明るく天真らんまんな様子だった。自分よりも幼《おさな》い少女のように見えて、シアはうっすら笑《え》みを浮《う》かべた。

「お母さん、今どきの学校では爪にそういうことをしたらおこられるの。マニキュアも禁止なんだから」

お母さんはがっかりして唇《くちびる》をとがらせた。そして、窓《まど》の外へ視線《しせん》をやった。

「じゃあ、花瓶《かびん》でも持ってくればよかったかな？　爪染めがだめなら、花瓶にでもさしてかざっておきたい。お父さんが残《のこ》りの荷物を持ってきちゃう前に、花瓶があったか見てくるわ。ちょっと待っていて、シア」

ホウセンカを持って車を降《お》り、家へ走るお母さんを目で追った。黙って車内に座《すわ》っていたのだが、すぐに退屈《たいくつ》になって窓《まど》を開けた。窓の外に顔を出し、町の裏《うら》の森のほう、慣《な》れ親《した》しんだ木々に見入った。格式《かくしき》ばったものではないが、それはシアなりのお別れのあいさつだった。

（イチョウ、ケヤキ、マツ、それから……ネコ？）

一本ずつ木をつらつらとながめていたら、突然《とつぜん》ネコが一匹《ぴき》、視界《しかい》に飛びこんできた。月よりもこうこうと輝《かがや》く大きなふたつのひとみが、彼女《かのじょ》をじっと見つめている。片方《かたほう》の目は紫《むらさき》色《いろ》、もう片方は金色だ。その風変わりなひとみの色に見とれ、ネコと向き合った。

そうしてしばらくのあいだ、きょとんとお互《たが》いに見入った。ネコの黒い毛が月明かりに照《て》らされて銀色に波打つ。

（あのネコはどこから来たんだろう。金色と紫色の目のネコなんて、いる？）

ふつふつとわき上がる好奇心にあらがえず、とうとう車から降《お》り、その謎《なぞ》めいた存在《そんざい》に近《ちか》寄《よ》っていった。逃《に》げられないよう息を殺《ころ》して慎重《しんちょう》に動いたけれど、シアがそばへ寄る前に、ネコはすばやく反対方向へ走っていってしまった。びっくりして、ネコがかけていったあたりをきょろきょろ見回したが、どこにも姿《すがた》が見えない。夜の暗闇《くらやみ》に黒ネコを見つけるのは簡《かん》単《たん》ではないのだ。

数分たってネコ探《さが》しをあきらめようとしたとき、だしぬけに「ニャン」と短く鋭《するど》い鳴き声がした。声が聞こえてきたほうを振《ふ》り向《む》くと、どこから舞《ま》いもどったのか、ネコがシアをしげしげと見ている。

（なんなの？　私《わたし》のことをからかってる？）

なんとなくカチンときた。ネコを横目でにらむ。ネコはこちらのほうがきまり悪くなるほどクールな表情《ひょうじょう》で見つめ返す。はなはだ奇妙《きみょう》だ。ただのネコなのに、その視線《しせん》がやたらと気になった。人の心を惹《ひ》きつけるそのひとみの奥《おく》で、今なにを考えているのだろう？　なんのためにここに来たのだろう？　どこからやってきたのだろう？

ネコに関するすべてが気になりだした。どことなく特別で、なんとなく裏がありそうな、そこはかとなく謎めいたこの感じ。

シアが見つめるのをやめると、ネコはそろそろ退屈になってきたようで、また動きはじめた。そして今度はさっきよりもゆっくりと、まるで彼女を気づかうようなスピードで森のなかへ入っていった。シアはためらいもなくあとについていった。

前を歩いていたネコは大きな木の下で止まった。トラック一台をゆうにかくせるぐらい枝《えだ》葉《は》が生《お》い茂《しげ》っている。ネコの背中側にいるから表情までは見られないのだが、それでもネコが今からしようとしていることに、心なしかちゅうちょしているような気がした。少しして、ネコはふっと振《ふ》り向《む》き、神秘的《しんぴてき》な紫《むらさき》と金のひとみで彼女《かのじょ》をじろりと見すえたあと、高いところから飛《と》び降《お》りようとするように、いったん体をぎゅっとちぢめた。

シアがネコの前にある大きな穴《あな》を目にしたのは、そのときだった。大木の根元にかなり大きな穴があいている。あたりが暗くて気づかなかった。ネコはこのあとのことを予告する最後の鳴き声をあげ、すとんっと穴のなかへ消えた。

そのあとはあらゆることが早回しのようだった。その日にかぎってなぜそんなに大胆《だいたん》だったのかは、シア自身にもわからない。これで森とお別れだというさびしさがそうさせたのかもしれない。とにかく、はっきりしていることはひとつ。彼女はネコのあとについて穴に飛びこみ、その行動がすべてを変えてしまった。

「アアアアアーーーーーッ！」

下に向かってまっすぐに続く穴のなか、どこかもわからぬ目的地へ落ちていきながら、無我夢中《むがむちゅう》で悲鳴をあげた。でも怖《こわ》くはなかった。いや、むしろ楽しんでさえいた。猛《もう》スピードで落下しつつ悲鳴をあげながらも、この状況《じょうきょう》はルイス・キャロルの『不思議の国のアリス』とぴったり同じだと、あまりにも場違《ばちが》いで、あまりにも愉快《ゆかい》な思いつきにわくわくしていた。

おっちょこちょいなことに、彼女はそのとき、あることをすっかり忘れていた。

（アリスは結局、あの穴に入ったことを後悔《こうかい》したんだっけ）

1. アリスの洞窟

延々《えんえん》と下降《かこう》していた足先に硬《かた》い感触《かんしょく》が伝わった。大声でさけび続けていたシアは、そのうれしい感触で我《われ》に返り、顔を上げた。するとおどろいたことに、すぐ前に二十代半ばとおぼしき男が立っていた。シアが面食らっていると、男はほほ笑んだ。

「おけがはありませんか?」

たった今シアが抜《ぬ》けでてきた大きな穴《あな》に目をやりながら、男がぽつりとたずねる。状況《じょうきょう》がのみこめず、シアはなかなか返事ができない。

「こっ、これ、なに……?」

ぼそっとたずねると、男ははがゆそうに答えた。

「ウサギ穴は、ほかの場所へ移動《いどう》するのにもってこいの通路です。『不思議の国のアリス』にも出てきますよね」

男はますます不可解《ふかかい》なことを言ってシアを見つめる。問いの答えを聞いたにもかかわらず、まだ混乱《こんらん》している。ネコのあとについて穴へ飛びこんだはずなのに、ネコは跡形《あとかた》もなく消えうせ、突然《とつぜん》こんなまっとうな男が現《あらわ》れて、けがはないかとすずしい顔でたずねる、この状況が理解できない。頭のなかがこんがらかってしまった。

いや、実際《じっさい》のところ、この男はさして〝まっとう〟でもない。まず外見からしてかなり独特《どく》だ。下に向かってつんつん鋭《するど》く伸《の》びた髪《かみ》の上に、その昔、西洋の紳士《しんし》が舞踏会《ぶとうかい》へ行くときにでもかぶったようなシルクハットがのっかっている。襟元《えりもと》にはきっちりと結ばれた黒の蝶《ちょう》ネクタイ。おまけに背中側《せなかがわ》の裾《すそ》が長い黒色の燕尾服《えんびふく》というかっちりしたいでたちで、片《かた》手《て》にはおしゃれなステッキを握《にぎ》っている。

シアは次に彼《かれ》の顔をじっくりと見た。一方の目に片メガネをかけていて、とても魅力的《みりょくてき》な目をしていた。向き合ったものを緊張《きんちょう》させる鋭《するど》いまなざし。その奥《おく》で紫色《むらさきいろ》と金色《きんいろ》のひとみが宝石《ほうせき》のように光っている。その不思議な目を特に注意深く観察する。それはシアがあとを追ったネコの目とよく似《に》ていた。

「ひょっとして……さっきのあのネコは、あなたですか？」

質問《しつもん》をしておきながら、ありえないことを言っているのは自分でもわかった。だから鼻で笑われるかと思いきや、男はシアの言葉を否定《ひてい》せず、優雅《ゆうが》に笑ってみせた。

氷のように固まって立ちつくしていると、彼《かれ》の笑みは冷笑に変わった。

「まあ、そういうことです。人間界へ行くには、あちらにいる動物に化けなければならないので、一時的にそうしただけですが……」

混乱《こんらん》は深まるばかり。でも、このあやしい男が自分をここへ連れてきたことだけは確《たし》かな気がした。

「ルイとお呼《よ》びください」

シアの心中を知ってか知らずか、男は落ち着きはらって自己紹介《じこしょうかい》をした。そして手を差しだしながら言った。

「わたくしについてきてくださいますか？」

しぐさはとても優雅だが、どうも気が進まない。シアは伏《ふ》し目《め》がちにたずねる。

「ついていかないと言ったら？」

小声のそのちょっとした質問《しつもん》に、ルイは手を引っこめることなく、淡々《たんたん》と答える。

「むだです。人間をひとり強制的《きょうせいてき》に連れていくことなど、わたくしには非常《ひじょう》に簡単《かんたん》なことなのです。ですから、あなたを縄《なわ》で縛《しば》るようなことはしておりません。そのうえ……」

なんの感情《かんじょう》もこめられていないルイの声に、ぞっとした。緊張《きんちょう》で髪《かみ》の毛がつんと逆立《さかだ》ちそうだ。

「あなたがどこへ逃《に》げようと、わたくしはあなたを探《さが》しだします。今、見つけたようにです。あなたは逃げることはできますが、かくれ続けることはできません。たとえ逃げたとしても、ここでは道に迷《まよ》うだけでしょう。ですから、機会を与《あた》えられているときに素直《すなお》に従《したが》うほうが、あなたにとってもよいことだと思われます」

なんて恐《おそ》ろしいことを言うのだろう。さらにシアを見つめる彼の目は、信じられないのならどうぞ一度逃げてごらんなさい、と語っている。すっかりおびえて、とてもじゃないが逃げだす勇気がわかなかった。なにしろ彼女《かのじょ》はまだ、ほんの十五歳《さい》だ。

「父と母が私《わたし》を探しているはずです」

シアは両親のことを思いうかべた。もうすぐ車のなかが空っぽなことに気づいて、自分を探しはじめるだろう。しかしルイはたいしたことではないかのように言い返した。

「あなたが暮《く》らしていた世界とここでは、時間の流れ方がことなります。彼らがあなたの不在に気づいて探し歩くころには、ここでは少なくとも数年がたっているでしょう」

とうてい信じられない話だが、あっさりと言い放つルイの表情は確信《かくしん》に満ちていて、話は真実味を帯びていく。体の力が抜《ぬ》けて、気が遠くなりそうだった。

「ついていったら、なにがあるんですか？」

震《ふる》える唇《くちびる》をなんとか動かしても、か細い声しか出ない。ルイは意味深な笑みを浮《う》かべた。

「それは、ついていきて、ご自身の目で確《たし》かめるほうが早いかと」

「……あなたの話を信じられないと言ったら？」

シアは力なく最後の質問《しつもん》をした。

ウサギ穴《あな》を通ってほかの場所に移動《いどう》したことも、このおかしな男が自分を誘拐《ゆうかい》しようとしていることも、すべて夢《ゆめ》のなかで聞く残酷《ざんこく》な子守歌のようだ。いっそ夢ならいいのに、と思った。

「後ろをご覧《らん》になってはどうでしょう」

ルイがふくみ笑いをした。あらがう気力もなく、素直《すなお》に振《ふ》り返《かえ》った。そして、目の前に広がる幻想的《げんそうてき》な光景に衝撃《しょうげき》を受け、口をあんぐり開けたまま、その場で固まってしまった。

樹木《じゅもく》のみっしりと生《お》い茂《しげ》った森があり、そのすぐ前には夢か幻《まぼろし》で見るような濃《こ》い青色の湖がゆったりと広がっている。湖面は空を映《うつ》して輝《かがや》き、見ているだけで心が澄《す》んでいくようだ。

湖の向こうに見える庭園では桜《さくら》が満開に咲《さ》きほこり、ホタルが幻想的《げんそうてき》な光を放って舞《ま》っている。まるで一枚《まい》の絵のようだ。湖の上には庭園へと続くレンガ造《づく》りの幅広《はばひろ》な橋が架《か》かり、ホタルのまたたきがつくりだすおだやかな明かりに包まれている。その上を大勢《おおぜい》が騒々《そうぞう》しく行き交っていた。

おどろくべき光景はこれで終わりではない。神聖《しんせい》なる湖の向こう、庭園の奥《おく》には、建物がはてしなく立《た》ち並《なら》ぶ別世界が広がっていた。入り組んだ階段《かいだん》に沿《そ》ってエメラルド色の手すりが張《は》りめぐらされていて、そのあいまあいまに、あらゆる雑多《ざった》なかたちの建物が、べたべたとはり合わせられたように、ひしめき合っている。やわらかな明かりに照らされた階段の上では、大勢がいそがしそうに動き、思いのままに並ぶ建物どうしのすきまから湯気が立ちのぼる。

断言《だんげん》できた。この場所はこれまで見てきたどんな場所よりも魅力的《みりょくてき》だ。紫《むらさき》に黄色に赤や緑など、色とりどりの建物は星のようにキラキラとしていて遊園地のようだ。ところどころで目につくアーチ型の屋根にはおのおのことなる模様《もよう》が刻《きざ》まれている。さらに遠くのほうでライトが華《はな》やかに交錯《こうさく》する。金色、赤、青、緑。遠すぎてちゃんと見えはしないが、そこもいそがしく歩き回るものたちでごった返しているようだ。

青緑色にきらめく湖、その上に架かる橋、渡《わた》った向こうの庭園と街並《まちな》み。このどこかあやうくも魅惑的《みわくてき》な絵のなかで自分もその一部になっていることに気づいた瞬間《しゅんかん》、世界は美しく、あやしく様変わりしてしまった。結局、シアは認《みと》めざるをえなかった――。


「妖怪《ようかい》たちのレストランへようこそ」

まどろみのなかで聞くやさしいささやきのような彼《かれ》の言葉は、現実《げんじつ》なのだと……。

「ここは、妖怪が人間たちから遠く離《はな》れて暮《く》らすためにつくられた妖怪島です」

長いことぼんやりと目の前の風景をながめていると、ルイが説明する。

「湖の向こうにある建物はレストランです。妖怪島で最高のレストランであります。全妖怪が生きているうちに一度は行ってみたいと心から願っている、そんなあこがれの場所です」

建物から目を離すことも、言葉を発することもできない。ルイはますます信じがたいことを話したが、彼が言っていることが正しいことはすでに一度証明《しょうめい》された。だから、疑《うたが》い続けて頭を悩《なや》ませるのは、もうやめにした。目の前にこんなにもすてきな風景が広がっているのだから。

「では、そろそろ行きましょう」

見物する時間はじゅうぶんに与《あた》えたと判断《はんだん》したのか、ルイは硬直《こうちょく》しているシアの背中《せなか》をうながすように押《お》した。結局は彼についていくしかない。しぶしぶ足を踏《ふ》みだした。

歩きはじめたのもつかのま、湖の手前に差しかかると、体の力が抜《ぬ》けてひざから崩《くず》れ落《お》ちそうになった。

それもそのはず、ホタルのきらめきでおだやかな明かりに包まれているレンガ橋の上を、シアが生まれてはじめて目にする奇怪《きかい》な生き物たちがにぎやかに歩き回っていたのだ。見たことのない二足歩行の動物、仮面《かめん》をかぶり白い長毛におおわれた長い体で空中をはう妖怪、抜けた目玉がぶらんぶらんとたれ下がっているおなかのつきでた鬼《おに》、顔が真っ白の幽霊《ゆうれい》など、シアが生きてきた世界では映画《えいが》でしか見ることのできないものたちが目の前にいる。

恐怖《きょうふ》でちぢみ上がって、ルイにぴたっとくっついた。普段《ふだん》よりもかなり高い、うわずった声でささやく。

「ルッ、ルイ。こ、これ、なんですか?」

ルイは冷静に返す。

「レストランへと続くこのレンガ橋は一種のフィルターの役割《やくわり》をはたしています。レストランのお客様ではない外部侵入者《しんにゅうしゃ》や、危険《きけん》な要素《ようそ》のあるものは橋を渡《わた》ることができないよう、魔法《まほう》がかけられています」

ていねいに説明してくれたが、彼《かれ》は質問《しつもん》の意味をすっかり取《と》り違《ちが》えている。シアは橋がなんなのかをたずねたのではない。橋の上を悠然《ゆうぜん》と行き交う奇怪《きかい》なものたちについて質問したのだ。

「あれは……もしかしてですけど、妖怪《ようかい》なんですか？」

やむなく自分が立てた奇妙《きみょう》な推測《すいそく》を小声で伝えると、ルイは今度も冷淡《れいたん》な口調で答えた。

「ええ、そうですよ。話したではありませんか。ここは妖怪島だと。そして、あそこは妖怪島のなかのレストランですから、ここにいるものはみな妖怪です」

説明を終えると、もう質問は受けつけないと言わんばかりに、硬直《こうちょく》したシアの腕《うで》に自分の腕をからませ、橋の上へ足を踏《ふ》みだした。しかたなく彼と一緒《いっしょ》に橋の上へ進む。短い橋を渡《わた》るあいだ、時計の針《はり》はこれまで以上にのろのろと動き、一分一秒が一時間のように感じられた。

たった一歩を進めるにも大きな勇気が必要だ。すれ違いざまにへんちくりんな妖怪に触《ふ》れてしまうのではないかと、体の全神経《ぜんしんけい》をとぎすます。自分に向かってくる好奇心《こうきしん》いっぱいの視線《しせん》を避《さ》けたくて、下ばかり見て進んだ。

橋を渡り終えても状況《じょうきょう》は変わらなかった。妖怪は大勢《おおぜい》いて、道はまだまだ続く。緊張《きんちょう》で体はバキバキだ。やっとの思いで動いているのに、ルイがしきりに押《お》してくる。そしてなぜだか、さっきからしきりに腕時計を気にしている。行き先もわからぬままルイについていくしかなかった。

橋を渡ったあとは美しい庭園が目の前に現《あらわ》れた。広々としていて、大きな桜《さくら》の木々がほんのり甘い香りを風になびかせている。目の前でうす紅色《べにいろ》の桜の花びらたちがしとやかに舞《ま》い踊《おど》り、空と地面をかくしていった。花びらが身を沈《しず》める静かな湖もまた、月明かりを受けて銀色に染《そ》まり、神秘《しんぴ》と幻想《げんそう》の世界をつくりだしている。

桜と星たちがまざり合う夜空の下、複雑《ふくざつ》に入り組んだ階段《かいだん》を上がっていく。階段に沿って不規則《ふきそく》に並《なら》ぶ大きな窓《まど》をちらりと見ると、いかにも高級そうなレストランの内部が目に入る。おしゃべりの声とクラシック音楽がまざってもれてくる。ときおりクリスタルグラスを合わせる音も聞こえてきた。

ルイのあとについてさらに上がっていくと、わずかに開いた扉《とびら》から、皿がぶつかったり包丁を使ったりする騒《さわ》がしい音が耳に届《とど》いた。どんどんせまくなってきた階段の両側には、造《つく》りの違《ちが》うたくさんの料理室があった。どの料理室もパイプたばこから吐《は》きだされるような煙《けむり》をぷかぷかとくゆらせている。

階段から次の階段までのあいだ、曲がりくねった坂道を上がっていくときは、街裏《まちうら》のせまい路地を歩いているような気分だった。次々と現《あらわ》れるカラフルで独特《どくとく》な料理室に好奇心《こうきしん》をくすぐられたが、ルイが休まずどんどん進むので、きょろきょろするひまもなく、しっかりついていかねばならない。

料理室を過《す》ぎてからは、階段が二股《ふたまた》に分かれたり複雑《ふくざつ》な迷路《めいろ》のようになったりした。けれどもルイはどちらへ行けばよいのかよくわかっているようで、迷《まよ》うことなくすいすい進んでいった。

どれくらいたったのだろう。足ががくがくしはじめたころ、いつのまにか階段のまわりには料理室とはまったく違《ちが》う世界が現れていた。城《しろ》のかたちをしたきらめくように美しい建物が階段を神々しく包みこんでいたのだ。その壮大《そうだい》さと星のような輝《かがや》きに、シアは開いた口がふさがらなかった。ルイはようやく階段を上がるのをやめて、そのまばゆいばかりの建物に入っていった。

城の内部は身震《みぶる》いするほど美しかった。シャンデリアから燦爛《さんらん》と降《ふ》りそそぐゴールドの輝きは、横になったらすぐにでも眠《ねむ》れそうなふかふかの赤いじゅうたんへ届《とど》くころには、やわらかな光になってそっと舞《ま》い降《お》りる。壁《かべ》はそれぞれの面で色が違い、フラミンゴを連想させるバラ色、青みを感じるスノーホワイト、夜空をつめこんだかのような黒色、上品にきらめくゴールドといったきらびやかな色の地のなかに、うるわしい宝石《ほうせき》が所せましとちりばめられていた。

アンティークな雰囲気《ふんいき》を醸《かも》しだしている肖像画《しょうぞうが》などの絵画があちこちの壁をかざり、品のよい調度品の数々が城内《じょうない》をぜいたくに彩《いろど》っている。あまり目につかない部分にまで緻密《ちみつ》な彫刻《ちょうこく》がほどこされており、もし今みたいなありえない状況《じょうきょう》でさえなかったら、一生ここにつっ立って、うっとり見とれていたいほどだ。

そんな豪華《ごうか》な城の内装《ないそう》よりも、もっとシアをびっくりさせたものがあった。妖怪《ようかい》たちがいそがしそうに運んでいる、その皿にのっている食べ物だ。目をおおわずにはいられない代物を目にして、シアは思わず口をあんぐり開け、失神する一歩手前のようなうめき声をあげた。けれどもルイは冷淡《れいたん》で、思いやりのかけらもなく、ずんずか前に進んでいく。

「ルイ、これ全部、なにっ……?」

思わず語尾《ごび》が尻切《しりき》れトンボになる。見渡《みわた》すかぎり、生まれてはじめて目にするものばかり。平然と受け入れることなど、とうていできない。

シアが指をさした先、妖怪《ようかい》が運ぶ皿の上には、ウェルダンに焼かれたトカゲがゆらゆらと湯気を立てて横たわっていて、血を思わせる真っ赤なソースで小じゃれた感じに彩《いろど》られている。

「言ったではないですか。ここは妖怪たちのレストランだと。妖怪の食べ物はどれもこのような感じです。人間は食べないほうがよろしいです」

シアはじめてルイの話に激《はげ》しく共感した。

「はい、絶対《ぜったい》に食べないほうがよさそうですね」

全面的に同意すると、ルイは微妙《びみょう》な笑みを浮《う》かべて首を横に振《ふ》った。

「いえ、食べ物の見た目のことを言っているのではありません。人間は絶対に妖怪の食べ物を口にしてはなりません。人間がここの食べ物をひと口でも食べれば、恐《おそ》ろしい死を迎《むか》えることになりますので」

「……死、ですか?」

「はい」

ルイがうなずく。

「人間の舌《した》に妖怪の食べ物が触《ふ》れた瞬間《しゅんかん》、その食べ物の毒がすぐさま全身に広がります。

そして人間の心臓《しんぞう》はまたたくまに腐《くさ》ってゆき、最終的には心臓がカビだらけになって死ぬのです」

不気味な話にシアは思わずごくりとつばをのんだ。

レストランはたいそう華《はな》やかで美しく見えたけれど、その実は、おぞましいものがうじゃうじゃと集まり、いけにえが現《あらわ》れるのを待っている場所だった。

しかしシアにはこの恐ろしい世界と食べ物についてこれ以上考えているひまはなかった。ルイが大股《おおまた》でさらにどんどん歩を進めるのだ。シアは走ってあとを追った。大きな橋を渡《わた》り、階段《かいだん》を上がり、ろうかを通《とお》り抜《ぬ》け、ふたりはひたすら進む。途中《とちゅう》でろうかを見張《みは》っている警備員《けいびいん》たちに出くわすと、ルイはシアには聞こえない小声で彼《かれ》らになにかをささやき、それからまた階段を上がるということを繰《く》り返《かえ》した。

そうしてしばらくすると、ついにそこが目的地なのか、ほかよりもひときわ大きくて派手《はで》な扉《とびら》の部屋の前に着いた。どれくらい派手かというと、宝石《ほうせき》や金箔《きんぱく》に一面ぎっしりおおわれていて、すきまも見えない。ルイはそのど派手な扉を開け、つかつかとなかへ入っていく。シアもまた、静かに待ち受けているであろう困難《こんなん》に向かってよろよろと進んだ。

豪華《ごうか》な広い室内はまるで宴会場《えんかいじょう》のようだった。壁一面《かべいちめん》に金箔がはられ、さらにルビーやサファイアなどの宝石《ほうせき》がちりばめられていて、色とりどりにぎらついている。宝石のあいだを縫《ぬ》うように、貴族《きぞく》のものだと思われる肖像画《しょうぞうが》が何枚《なんまい》も、少しかたむいてかけてある。天井《てんじょう》は空かと思うほどはてしなく遠い上だ。

片側《かたがわ》では楽団《がくだん》が雰囲気《ふんいき》のよいクラシック音楽を演奏《えんそう》しており、妖怪《ようかい》たちがめいっぱいドレスアップして集っている。にぎやかにパーティーを楽しんでいるようだ。豪華《ごうか》に見えるテーブルの上は、妖怪が食べるグロテスクな料理でいっぱいだ。

ルイはそういったものにはまったく関心をしめさず、シアを部屋の奥《おく》へといざなう。広い室内を進むシアの足は、ひどく震《ふる》えている。みなが注目するなかで、悲劇《ひげき》のヒロインみたいによろめき倒《たお》れてしまわないように、シアは精《せい》いっぱい足に力を入れた。

ルイが歩みを止めたときには、室内の騒々《そうぞう》しさもいくぶんおさまっていた。目の前には巨《きょ》大《だい》な動物（それが厳密《げんみつ》に動物なのかどうか定かではない）が、宝石でかざりがほどこされた大きなイスに座《すわ》っていた。

その動物はクマとネズミが合わさったような見た目で、毛の色は垢《あか》にまみれたまだらな白。顔と体のあちこちの皮膚《ひふ》がたるみ、まるで何百年も生きてきたみたいに、しわがだらりとたれている。シアが思わず目をそむけると、そばにいる召《め》し使《つか》いだと思われる妖怪たちが、必死にうちわをあおいで彼《かれ》に風を送ったり、一見してとんでもなく高価《こうか》だとわかるワインをついであげたりしていた。

ルイはそのあやしい動物の前へ数歩進みでたかと思うと、いきなり頭《こうべ》を低くたれて敬意《けいい》を表した。シアがぽかんとあっけにとられていると、顔を上げて口を開く。

「ヘドン様よりおおせつかった任務《にんむ》を完遂《かんすい》し、ただいまもどりました」

言い終えたルイがシアを振《ふ》り返《かえ》る。彼の言葉で室内はたちまち水を打ったように静まり返っていた。すべての視線《しせん》が一斉《いっせい》にシアに向けられる。じーっと見つめる妖怪たちの視線とざわめきが、そっくりそのままシアに伝わった。シアはそのまま固まってしまい、指の一本も動かせない。

ヘドンは目をぱちくりさせて、おびえるシアをひとしきりながめ回した。彼と目が合った瞬間《しゅんかん》、背筋《せすじ》がぞっとした。体じゅうの細胞《さいぼう》が早く逃《に》げろとわめいている。あまりの緊張《きんちょう》で頭のなかが真っ白になったシアは、お願いだからだれかこの奇妙《きみょう》きてれつな観衆《かんしゅう》たちの興《きょう》味《み》をほかへそらして、と祈《いの》った。

少しして、おし黙《だま》っていたヘドンが手を上げ、その手を踊《おど》るように動かしはじめた。横にいた妖怪がそれを見て、シアに話しかける。彼はヘドンの通訳官《つうやくかん》のようだ。

「あなたは人間ですか？　そして人間であるのなら、何歳《なんさい》ですか？」

「えっ？　十五歳……」

返事を聞くなり、ヘドンの瞳孔《どうこう》が急激に大きくなった。同時にヘドンの口が、自然と開いてしまったドアのように力なく広がり、ドロッとしたよだれがたれた。びっくりしたシアはカチカチに固まっている首をなんとか動かして顔をそむける。そんなことはおかまいなしに、ヘドンはまたゆっくりと手を動かして見せた。

「十五歳とは、若《わか》すぎず老いてもいない心臓《しんぞう》だ、とお気に召《め》されたようです。新鮮《しんせん》でもちもちした心臓だ、とよろこんでおられます」

話の意味がわからず、シアはとても混乱《こんらん》した。通訳官《つうやくかん》は半笑いを浮《う》かべて話を続ける。

「おめでとうございます。あなたはこのレストランのオーナーであられるヘドン様のために栄えある死を迎《むか》えることになりました。ヘドン様が今わずらっておられるご病気は、人間の心臓だけが治療薬《ちりょうやく》……」

通訳官の笑みが深まる。

「ヘドン様の治療薬であるあなたの心臓を今すぐ差しだしていただきます」

頭がぼんやりしてきた。目の前を黒いベールでおおわれたみたいに、なにも見えない。心臓の打つ音だけが頭のなかで太鼓《たいこ》のように響《ひび》きわたり、そのリズムはどんどん速くなってゆく。シアは自分の耳がおかしくなったのではないかと疑《うたが》い、たった今耳にしたことを強く否《ひ》定《てい》した。

「……そんなわけないじゃないですか。からかわないでください」

すべては意地悪ないたずらにすぎないことを願いつつ、真剣《しんけん》なまなざしで通訳官を見つめる。心臓が破裂《はれつ》しそうなくらいドキドキしている。

しかし、通訳官の返事はシアのかすかな望みを打ちくだいた。

「申《もう》し訳《わけ》ありませんが、われわれはこのような状況《じょうきょう》でうそをついたりいたしません」

通訳官は冷たい笑顔をはりつけて返した。からかいまじりのトーンはルイと同じだ。

(ルイ。ああ、彼《かれ》のおどしに屈《くっ》して、こんなところへ来るんじゃなかった。さっきそのまま逃げてしまえばよかった)

シアは首を激《はげ》しく横に振《ふ》った。わずかな望みもはかなく消えてしまったが、だからといってそうやすやすと死を受け入れることはできない。

「いっ、いやです。死にたくありません」

悲鳴のようにはりあげた声は、あまりの興奮《こうふん》でがらがらにしわがれていた。通訳官はおだやかに言い聞かせる。

「これはあなたの意思とは無関係なことです。ヘドン様はあなたの心臓《しんぞう》がどうしても必要なのです」

（とんでもない。冗談《じょうだん》言わないでよ）

目の前がまた真っ暗になった。血の気が引き、顔が死人のように青白い。いや、シアはもうすぐ死人になるのだ。心臓をえぐり取るために彼女《かのじょ》に向かってすうっと伸《の》びてくるヘドンの手がそれを告げている。斑点《はんてん》だらけの手は恐《おそ》ろしい死に神の手となり、シアの命を奪《うば》おうとどんどんせまってくる。

全身から冷《ひ》や汗《あせ》が噴《ふ》きだす。ヘドンの爪《つめ》がシアの胸《むね》の前、手のひらひとつぶんのところまで来た。心臓は壊《こわ》れたように跳《は》ね、あせりがどんどん高まる。絶望感《ぜつぼうかん》と闘《たたか》いながら周囲を見回すが、無情《むじょう》にも、目に入るのは妖怪《ようかい》たちとおかしな食べ物だけで、逃《に》げ道《みち》はない。シアは必死に脳《のう》を呼《よ》び覚《さ》ます。

（早くなんとかしないと）

今この瞬間《しゅんかん》、彼女が切実に欲《ほっ》したのは、昔話に描《えが》かれているようなとんちだった。

（そうだ、食べ物！）

全身にビビッと電気が走る感じがして、目がきらめいた。

ヘドンの手が触《ふ》れるか触れないかのぎりぎりのところでテーブルへかけ寄《よ》り、ねばねばした目玉が山のように盛《も》られた皿を持ち上げた。生死を分かつ状況《じょうきょう》の今、自分がなにをしているのか、冷静に考える余裕《よゆう》はない。シアは無謀《むぼう》ともいえる大胆《だいたん》な決断《けつだん》をした。

「人間は妖怪の食べ物を口にした瞬間、心臓が腐《くさ》るんですよね。私《わたし》の心臓がどうしても必要なら、今すぐその手を引っこめてください！」

必死に勇気のあるふりをして、大声でさけぶ。言い方はなんとも中途半端《ちゅうとはんぱ》ではあったけれど、もうためらってはいられない。本能的《ほんのうてき》に皿を口元へ近づけた。

「さもないと、これを全部食べてしまいますよ」

シアにせまっていたヘドンの手がぴたっと止まる。室内の雰囲気《ふんいき》が一気にこおりつく。みんなかたずをのんで見守っている。

妖怪の食べ物を口に放《ほう》りこむ一歩手前のシア、そんな彼女を怒《いか》りに満ちた目でにらみつけるヘドン、ふたりのあいだで緊張感《きんちょうかん》がピリピリと張《は》りつめる。溶岩《ようがん》のようにほとばしる怒りでヘドンの全身が真っ赤になった。抑《おさ》えきれない怒りが今にも爆発《ばくはつ》しそうだ。

ヘドンはさっきよりも荒々《あらあら》しく手を動かしだした。ショックでぼうぜんとしていた通訳官《つうやくかん》がはっと気づいて、通訳しはじめる。

「あなたはどうせ、その食べ物を食べても死ぬことになります。こうしても死ぬし、ああしても死ぬ。同じ死ぬなら、ヘドン様のために栄光の死を選ぶほうが賢明《けんめい》ではありませんか」

シアは首を横に振《ふ》る。

「あなたたちにとってはそうかもしれないけど、私《わたし》にはその怪物《かいぶつ》のために死ぬことが栄光だなんて全然思えません。鋭《するど》い爪《つめ》で心臓《しんぞう》をほじくりだされて、それを感じながら死んでいくくらいなら、心臓が腐《くさ》って死んだほうがましです」

シアの大胆《だいたん》きわまりない発言に、みながびっくり仰天《ぎょうてん》した。実はシアも、堂々と言ってのけた自分自身に心のなかでおどろいていた。極度の恐怖《きょうふ》によって頭が変になってしまったに違《ちが》いない。足の震《ふる》えは激《はげ》しさを増《ま》し、今にも倒《たお》れてしまいそうだし、高まる緊張《きんちょう》に胸《むね》をしめつけられて、息が苦しい。心臓が飛び出しそうだった。

震える手でかろうじて持っている皿に目をやった。ねばねばした目玉たちもシアを見て、ぱちくりとまばたきをした。視線《しせん》が合った瞬間《しゅんかん》、髪《かみ》の毛がつんつん逆立《さかだ》つのを感じた。シアが目玉を食べるのではなく、目玉たちがシアを食べてしまいそうだ。こんな物は死んでも食べたくない。でも、ヘドンの垢《あか》だらけの爪で心臓をえぐり取られるのは、もっといやだ。

結論《けつろん》は単純《たんじゅん》。シアは死にたくない。

「どうか……」

ぱさぱさにかわいた唇《くちびる》のあいだから、これ以上ないほど張《は》りつめた声がか細くこぼれた。

シアはヘドンの目をまっすぐに見つめ、すがるように言った。

「助けてください。死にたくありません。きっと人間の心臓を食べる以外にも、治療《ちりょう》する方法があるはずです」

心からの訴《うった》えに、通訳官がきっぱりと返す。

「残念ながらこれまでに明らかになっている治療薬は、人間の心臓、ただひとつなのです。わたくしの知るかぎりでは」

「じゃあ、別の治療方法を見つけてきます！」

もう迷《まよ》いはない。精《せい》いっぱい心をこめてさけんだ。それがたったひとつの助かる道ならば、よろこんで進もう。

「少しだけ時間を下さい。ほかの方法を見つけてきますから」

シアに懇願《こんがん》され、ヘドンもしばし考えこむ。この人間の心臓を食べるつもりだったが、この子が妖怪の食べ物を口にしてしまえば、どのみち終わりだ。そのうえ、人間界に行くことのできる唯一《ゆいいつ》のもの、ルイは妖怪島《ようかいじま》にもどってきたばかりだ。次に人間界へ行けるのは一定の期間が過《す》ぎてから。妖怪界の掟《おきて》でそう決まっている。ルイが次なる別の人間を連れてきたところで、そのころにはもう手のほどこしようがないほど病状《びょうじょう》は悪化しているだろう。いっそ今この人間にほかの治療方法《ちりょうほうほう》を見つけてこさせるのも悪くない。

ぶるぶる震《ふる》えるシアを見下ろしていたヘドンは、意を決して手を動かした。

彼の手ぶりを少しも見逃《みのが》すまいと観察していた通訳官《つうやくかん》が伝える。

「もしも失敗したら……そのときは、あの食べ物を口に入れるのではなく、心臓《しんぞう》をヘドン様にささげますか?」

シアはなかなか答えられない。無言で通訳官を見やると、冷たい目つきが返事をうながす。選択肢《せんたくし》はふたつ。今死ぬか、あるいは少しでも時間を稼《かせ》いでほかの治療方法を見つけるか。ヘドンに視線《しせん》を移《うつ》す。彼《かれ》のひとみはめらめらと燃《も》え上《あ》がっている。今にもシアの心臓をむしり取りそうな獰猛《どうもう》な目つき。まるで野獣《やじゅう》の目を見ているようだ。あんな怪物《かいぶつ》に殺《ころ》されたくはない。この恐《おそ》ろしい状況《じょうきょう》が怖《こわ》くてたまらないけれど、そしてこの先もっと恐ろしいことが起こり、もっと怖い思いをすることになるかもしれないけれど。シアはヘドンの目をしっかり見すえて口を開いた。

「はい」

おどろいたことに、シアの声はこのうえなく落ち着いていた。信念に満ちた彼女《かのじょ》の返事は、部屋のなかで見物していたものたちをざわつかせた。しかし、それもつかのま、ヘドンがまた手を動かしはじめると、室内はあやうげな沈黙《ちんもく》に支配される。

通訳官が口を開いた。

「わかりました。きっかり一カ月、あなたに時間を与《あた》えます。その代わり、条件《じょうけん》があります。その一カ月のあいだ、このレストランに滞在《たいざい》し、レストランの仕事をしてください」

「レストランの仕事ですって？　でも、私《わたし》は治療方法を見つけないと……」

勇気を出して抗議をするも、通訳官にきっぱりとさえぎられる。

「ヘドン様は、あなたが働きもせず、ただ気楽にレストランに滞在することを望んでおりません。与えられた一カ月のあいだ、レストランの仕事を手伝いながら、治療方法を見つけだしてください。万一、治療方法を探《さが》していることを言《い》い訳《わけ》にレストランの仕事を少しでもおろそかにした場合、すぐさま心臓を差しだしてもらいます」

通訳官はシアの目をまっすぐに見て、話をしめくくる。

「この条件に同意されるなら、ヘドン様はあなたの提案《ていあん》を受け入れるとおっしゃいました」

シアはあきれ返った。いったいどうやって、レストランの仕事までやりながら、今までだれも見つけられなかった治療方法《ちりょうほうほう》を見つけろというのだ。なんとか言い返そうとしたが、通訳官《つうやくかん》は首を横に振《ふ》った。

「繰《く》り返《かえ》します。この条件《じょうけん》に同意されるなら、ヘドン様はあなたの提案《ていあん》を受け入れます。同意、されますか?」

室内のあらゆる視線《しせん》が一斉《いっせい》にシアへ向かう。ヘドンもまた、なかなか答えられないシアをバカにするような目でながめている。一方シアは、そんなヘドンに対して、じわじわと怒《いか》りがこみ上げてきた。

(ふん、見つけだせないとでも?)

どうせ選ぶ権利《けんり》などない。ヘドンのいまわしいひとみに向かって顔を上げ、彼《かれ》をまっすぐにらみつける。

「わかりました」

同意すると、ヘドンはおもむろに手を上げて動かしはじめた。その手ぶりは今までのものとは違《ちが》っていた。はるかに大きく荒々《あらあら》しい動作で、ヘドンはとてもつらそうに見える。

そのうちにシアは、それが単なる意思表示《いしひょうじ》ではないことに気づいた。ヘドンの手ぶりで巻《ま》き起《お》こった風がだんだんと強まり、シアの鼻先にまで届《とど》いた。ヘドンがつかれて気絶《きぜつ》したように手をだらんと下げると、風は透明《とうめい》な腕《うで》のかたちをつくりながら、シアに向かってぐっと伸《の》びてきた。

あっけに取られていると、通訳官が言った。

「同意されるとのことですので、トムの腕に指で名前をお書きください。一種の契約書《けいやくしょ》だと思っていただければけっこうです」

（トムの腕？）

奇妙《きみょう》な見かけのわりに、ずいぶんとありふれた名前だ。ここでは契約書まで奇抜《きばつ》だ、と思いながら、ゆっくりと近づいた。そばで見ると、トムの腕にはいろいろな名前がぎっしりと書かれている。余白《よはく》を見つけて指で自分の名前を書くと、不思議なことに、真っ白な文字が腕に刻《きざ》まれて輝《かがや》いた。同時に、ヘドンのひとみに明るい光が宿り、彼の横に立っていた通訳官がにっこりと笑った。

「契約成立です」

通訳官が言うなり、腕はまた風になって、シアの顔へ突進《とっしん》し、髪《かみ》をぎゅっとわしづかみにしたかと思うと、消えた。

おどろいて腕《うで》の残した深い余韻《よいん》のなかでもがいていると、通訳官の声がシアの興奮《こうふん》を静めた。

「さあ、これですべて完了《かんりょう》しましたね。この城《しろ》の管理人、マダム・モリブルがあなたを案内します。マダム・モリブル？」

通訳官《つうやくかん》が部屋の一角に群《む》れている妖怪《ようかい》たちに向かってうなずくと、マダム・モリブルだと思われるひとりの女性《じょせい》が前へ進みでた。またしてもおどろかずにはいられなかった。

マダム・モリブルは頭に顔がふたつあった。前側には明るくよろこぶ顔、髪《かみ》があるべき後ろ側にはいらだちまじりの顔が。

彼女《かのじょ》は頭を回転させ、後ろにあったいらだちまじりの顔を前へ、よろこびの顔を後ろへ移《い》動《どう》させた。

「チッ、せっかく久《ひさ》しぶりにパーティーを楽しもうと思ってたのに、たかが人間の子どもに邪魔《じゃま》されてしまうのね」

独《ひと》り言《ごと》のつもりか、小声でぼやいたが、なにしろ室内が静かなので彼女の言葉は部屋じゅうに響《ひび》きわたった。それでもマダム・モリブルはまったくおかまいなし。シアのそばに寄ってきて、ヘドンに礼儀《れいぎ》正しくおじぎをしたあと、通訳官とも向き合った。自分に仕事を与えたことが気に食わないのか、彼《かれ》には適当《てきとう》に頭をコクンと下げるだけ。シアに頭を斜《なな》めにかたむけることで自分についてこいとしめすと、振《ふ》り返《かえ》りもせず、すげなく部屋を出ていった。

急いであとに続く。部屋の外に出たシアは、がくがく震《ふる》える足を前へ踏《ふ》みだしてマダム・モリブルを追いかけた。親切に案内してあげようなんて思いは彼女からはまったく感じない。せっかくパーティーに参加していたのに、邪魔されたことが不満なのか、背中《せなか》ばかり見せて冷ややかな空気を漂《ただよ》わせている。

そのとき突然《とつぜん》、びっくりすることが起こった。マダム・モリブルがにっこり笑ったのだ。人生で一度もほほ笑んだことがないかのようにずっと冷ややかだった彼女が、急に足を止め、頭の後ろ側にあった笑顔を前へ、しかめっつらを後ろへ回転させてから、明るく笑ってさけんだ。

「おほっ、ジュード！」

温かみのある声にびっくりして、はっと我《われ》に返ったシアは、この厳《きび》しそうな女性をこんなにも幸せな気持ちにしたのはなんなのか、確《たし》かめようと顔を上げた。そこにはひとりの少年がいた。シアと同じくらいの年齢《ねんれい》で、整ったかわいい顔をしている。

少年の髪は金色に近いうすい茶色で、目はコーヒー色だ。澄《す》んだ大きなひとみには、かざり気のない純朴《じゅんぼく》さといたずらっ子のような茶目っ気が同居している。ぱっと見た感じは人間と違《ちが》うところがないようだが、茶色の髪《かみ》の上に大きな角が二本並《なら》んでつきでていた。

マダム・モリブルが立て続けに名前を呼《よ》んでも、少年は聞こえないふりをして、前だけを見て、自分の行く道を進んでいく。あの子を呼んだのではないのかも、と思いはじめたとき、マダム・モリブルは少年に近づいて彼《かれ》の茶色の髪をぎゅっとつかんだ。彼女《かのじょ》の頭はいつのまにかまた、しかめっつらが前になっていた。

「あっ、痛《いた》い、ああっ！　痛いってば。手を離《はな》してよ！」

おどろいた少年は大げさに反応《はんのう》し、手を振《ふ》りはらおうとした。しかし、もがけばもがくほど、マダム・モリブルは髪をつかんだ手に力をこめていく。

「こら！　ジュード、わたくしが呼んでいるのに、聞こえないふり？　ヤコブに言いつけて、しかってもらうわよ」

少年は両目をまん丸くさせた。

「ええっ？」

大きなひとみにたちまち涙《なみだ》が波打ち、きらめいた。少年はほとんど半泣きでぼやきはじめる。

「そんな、ひどいよ！　ヤコブがどんなふうにしかるかよく知ってるくせに、そんなことを言うんですか？」

ジュードが泣きそうになると、マダム・モリブルはジュードの涙に負けたふりをして、髪から手を離《はな》してやった。小言は続く。

「だから、言うことをきけばいいのよ。普段《ふだん》からおとなしくしていれば、ヤコブにおこられることもないでしょ。それはそうと、ちょっとあなたに話があるの」

ジュードはふてくされて口をとがらせたけれど、マダム・モリブルはまったく意に介《かい》さず話を続けた。

「ジュード、レストランではうわさがすぐ広がるから、あなたならとっくに知っているわよね？　ヘドン様が人間の子どもと契約《けいやく》を結んだこと。その人間というのが、この女の子よ」

すねてぶつぶつ言っていたジュードはマダム・モリブルの話を聞いたとたん、目を丸くしてシアをながめた。シアはいきなり注目を浴びて気はずかしくなり、目を伏《ふ》せた。

「この子がその人間だって？　思ってたより、すごく弱そうだね」

ジュードの言葉の後半に、シアは少なからずとまどった。マダム・モリブルが肩《かた》をすくめて言う。

「ジュード、あなたに、この人間のことをちょっとたのもうと思って」

「チェッ、そんなことだと思ったよ。結局、お使いをさせるために僕《ぼく》を呼んだんじゃないか。あのまま聞こえないふりして逃《に》げればよかっ……」

ジュードは小声で独《ひと》り言《ごと》をつぶやいたものの、マダム・モリブルに横目でにらまれると口をつぐみ、愚痴《ぐち》なんか言っていないとでもいうように満面に笑みを浮《う》かべた。

マダム・モリブルはため息をついたが、特に小言を言うでもなく、今度はシアに向かって言った。

「人間、ここにいるあいだはヤコブの地下室で過《す》ごしなさい。あなたみたいな人間を受け入れてくれるものなど、どう考えてもヤコブ以外いないわ」

マダム・モリブルは手でジュードをさして続ける。

「こっちはジュード。ヤコブの仕事を手伝っていて、彼女《かのじょ》の地下室で暮《く》らしている子」

ふたたびジュードのほうを見て告げる。

「だから、ジュード。わたくしに代わって、あなたが人間を地下室へ案内しなさい」

「ヤコブって、だれですか？」

説明を聞いていたシアがたずねた。ひと月のあいだ一緒《いっしょ》に過《す》ごす相手がだれなのかくらいは知っておくべきだと思ったのだ。

マダム・モリブルは肩《かた》をすくめてみせる。

「この城《しろ》の下のほう、いちばん深いところに住んでいる年老いた魔女《まじょ》よ」

「魔女ですか?」

おどろいて聞き返すと、マダム・モリブルはうなずいた。

「魔法薬から治療薬《ちりょうやく》まで、なんでもおまかせあれの魔女」

シアがそれ以上たずねないので、マダム・モリブルは自発的に話を続けた。

「彼女はこの広いレストランきっての魔女よ。ううん、レストランの外でもヤコブほどの魔女はなかなか見つからないわね。彼女と一緒に暮らせば、きっとヘドン様の治療薬を探《さが》すのだってかなり楽になるはずよ。ヤコブが手助けしてくれるだろうから」

マダム・モリブルがここぞとばかりにヤコブと過ごすことの利点を並《なら》べ立てると、ジュードがため息まじりの声で横やりを入れた。

「なにが手助けだ……。ヘドン様に人間の心臓《しんぞう》を食べれば病が治ると言ったのもヤコブじゃないですか。そんなふたりがうまくやっていけるわけないよ」

予期せぬ横やりにマダム・モリブルがあたふたする。彼女はシアがヤコブと暮らしたくないと言いだして面倒《めんどう》なことにならないよう、そのことをずっとかくしていたのだ。マダム・モリブルがシアの顔をうかがう。シアは黙《だま》っている。いや、正確《せいかく》には、おどろきのあまりなにも言えなかった。

マダム・モリブルはシアの沈黙《ちんもく》をまったく別の意味に受け止めた。もうごたごた言い合いをしなくてすむ、と心のなかでほくそ笑んだ。横目でジュードをにらみ、話を再開《さいかい》する。

「ひとまずヤコブの地下室に行く前に、わたくしの部屋、っていうか、管理室から行くわよ。一カ月ここで過《す》ごすのなら、管理室にある服や生活用品を持っていったほうがいいわ」

続けてジュードに、きりっとした厳《きび》しいまなざしで警告《けいこく》まがいの指示《しじ》をした。

「ジュード、あなたもついてきなさい。荷物が多すぎて、この子ひとりでは持ちきれないだろうから。それに、管理室で必要な物品をまとめたあとは、あなたがこの子をヤコブの地下室へ案内しなきゃならないし」

ジュードはむっとした様子だったけれど、言い返したりはしなかった。マダム・モリブルはジュードとシアがようやく静かになったことに満足し、ふたりを連れて管理室へと向かった。シアはぼうぜんとしたままマダム・モリブルの後ろを歩いていく。足では彼女《かのじょ》を追っているが、頭のなかではさっきジュードが言ったことを思いだしている。一カ月のあいだ一緒《いっしょ》に過ごす相手は、ヘドンに人間の心臓《しんぞう》を食べろと提案《ていあん》した張本人《ちょうほんにん》なのだ。

エメラルド色の手すりに沿って迷路《めいろ》のように曲がりくねった階段《かいだん》の上に、ホタルのまたたきと桜《さくら》の花びらが美しい夜を描《えが》きだしている。妖怪《ようかい》たちでごった返す階段を下りると、ほかの場所よりいくぶん静かなろうかに出た。

なんのかざりもない、きれいに白いペンキだけが塗《ぬ》られたろうかは、ほかとくらべてあっさりしていた。連結された列車の車両のように部屋が並《なら》んでいて、マダム・モリブルはそのいくつかを通《とお》り過《す》ぎ、いちばん端《はし》のこざっぱりしたドアの前で止まった。彼女の後ろをちょこちょことついてきていたジュードとシアもつられて立ち止まる。きれいな白いドアには〝管理室〟と書かれた小さなプレートだけが、ぽつんとはられていた。

マダム・モリブルは眉根《まゆね》を寄せ、なにやらぶつぶつ言いながら鍵《かぎ》を探《さが》す。ひとしきりポケットをがさごそとあさり、ようやく赤茶色に光る四角く角張《かくば》った鍵を取りだして鍵穴《かぎあな》に入れる。差しこまれるなり、穴は鍵を歓迎《かんげい》するようなカチャッという軽快《けいかい》な音をたてた。ドアは音もたてずにすーっと全開になり、なかが丸見えになった。

室内が一望できたおかげで、シアは部屋の主の性格《せいかく》を瞬時《しゅんじ》に理解《りかい》した。第一に、すべてがきれいに整頓《せいとん》されている。事務所然《じむしょぜん》とした部屋なのだが、ひとつとして汚《よご》れた物がない。ほこりのひとつを見つけるのもむずかしいくらい、きれいすぎる。第二に、すべてがきちんとした四角形だ。室内を取り囲む真っ白な壁《かべ》と、正面の壁の中央にあるこの部屋でただひとつの窓《まど》、マダム・モリブルが座《すわ》るであろうイス、机《つくえ》、そしてその上にある複雑《ふくざつ》かつ退屈《たいくつ》そうな書類、コンピューター、キーボード、電話機まで、あらゆる物が角張《かくば》った四角形だ。

きちょうめんで気むずかしいあるじの性格《せいかく》がひと目でわかる部屋。マダム・モリブルはその中央へつかつかと進み、机の上に置いてあった四角いメガネをかけたあと、四角い受話器を取る。あいかわらずしかめっつらを頭の前側に、笑顔を後ろ側に配置したまま、だれかに電話をかけた。

「……管理人のマダム・モリブルです。もうお耳に入っているかもしれませんが、本日トムが一件《けん》、契約《けいやく》の仲介《ちゅうかい》をしましてね。ティーポットを追加で送っていただきたいんです。ええ、いいえ、それよりもっとたくさん必要だと思います。はい、では……」

通話を終えた彼女《かのじょ》はシアとジュードを手招《てまね》きした。ふたりはどうにもなかに入る気がおきず、部屋の外につっ立っていた。

ネコに化けたルイのあとを追っかけて森のなかをさまよい歩いたせいで、シアの服は汚れていた。こんなにきれいな部屋へ入るのははばかられたが、ずんずん入っていくジュードを見て、すぐあとに続いた。マダム・モリブルはほこりまみれのシアを見てまた眉《まゆ》をひそめたけれど、特になにも言わなかった。

この際《さい》だからと勇気を出し、質問《しつもん》を投げかける。

「あの……トムというのは、だれですか？」

さっきから気になっていた。ヘドンと契約を結ぶときに現《あらわ》れた腕《うで》を通訳官《つうやくかん》はトムの腕と呼《よ》んだ。たった今、マダム・モリブルの電話での会話にもその名前が登場したことから考えると、トムはかなり重要な人物のようだ。

「……ヘドン様がレストランの従業員たちと結ぶ雇用《こよう》契約の、一種の契約仲介人とだけ言っておくわ」

なにかを警戒《けいかい》してでもいるのだろうか。返事を漠然《ばくぜん》とした説明にとどめ、マダム・モリブルは白い壁《かべ》の一角にある倉庫の四角いドアを開けた。シアはその説明に満足できず、もう少し聞きだしたいと思ったが、しつこくすればマダム・モリブルが怒《いか》りだしそうだ。質問をごくりとのみこむ。

「必要そうな物を探《さが》してみるから、そこで待っていなさい。部屋の物はなにも触《さわ》らないように」

マダム・モリブルは特に後半部分を強調して言うと、シアとジュードに背《せ》を向け、倉庫のなかを熱心にあさりはじめた。ほどなくして、ひどくしかめた顔をドアの外に出してみせる。ジュードの横で手持ちぶさたにつっ立っているシアにすうっと目をやり、独《ひと》り言《ごと》に近い声色でつぶやいた。

「まったくもう。あなたの体のサイズに合う服を見つけるのは簡単《かんたん》じゃないわね。なんで体がそんなに小さ……」

マダム・モリブルの話を最後まで聞くことはできなかった。ふいに天井《てんじょう》の上から大音量の泣き声がとどろきわたり、話の最後の部分をのみこんでしまったからだ。あまりに大きな泣き声で、シアはそれが頭のなかにめりこんでこないように手で耳をふさぐ。悲しい泣き声ではない。幼《おさな》い子どもが自分の思いどおりにならないときに、ぐずってだだをこねるような声だった。

ジュードはびっくりしすぎて、つられて大声をあげている。マダム・モリブルは倉庫のドアにかくれてよく見えないが、きっとしかめっつらをしているはずだ。

ようやく泣き声がおさまり、手を耳からそっと離《はな》した。ジュードもさけぶのをやめて、ちょっと決まり悪そうな表情《ひょうじょう》を見せつつ、あたりを見回した。室内はしんと静まり返っている。

「なにがどうなったんですか?」

面食らったシアがマダム・モリブルにたずねると、彼女《かのじょ》は倉庫のドアからしかめっつらをつきだして、つんつん言った。

「どうもこうもないわ。上の階で、あの荒《あら》くれ娘《むすめ》がまた泣いてるのよ。もう、しょっちゅう泣かれて、管理室にはおだやかな日というものがないんだから」

マダム・モリブルは、その泣く子が天井にぶら下がってでもいるみたいに、天井を思いきりにらみつけた。

「その子ってだれなんですか?」

シアがもう一度たずねると、マダム・モリブルはおこったように倉庫のドアを足でバンッと蹴《け》り開《あ》けて出てきた。

「魔女《まじょ》、リディアよ」

メガネをきりっと押《お》し上《あ》げる。

「ヤコブがレストランに来るまでは、あの子がここでいちばんの魔女だった。魔法薬《まほうやく》から治《ち》療薬《りょうやく》まで、レストランの薬はすべて、あの子の手でつくられていたわ」

簡潔《かんけつ》に説明すると、袖《そで》をまくり上げ、大股《おおまた》歩きで倉庫のなかへもどっていく。

「ところがある日、ヤコブがレストランに現《あらわ》れた。うちのレストランで働きたいと言ってね。ヘドン様が試しに実力を見てみたら、ヤコブのほうがはるかに有能《ゆうのう》な魔女《まじょ》だとわかったわけ」

早口で話しながら、倉庫内の備品《びひん》のなかから必要な物をいらいらした様子で取りだしていく。

「ヤコブは非常《ひじょう》にすばらしい魔女よ。かたやあの子は、ヤコブとくらべると、なんというのかしら……おいしそうな焼きたてほやほやのパンの横にあるみすぼらしいパンくず！　キラキラ輝《かがや》く宮殿《きゅうでん》の横にあるわらぶきの家、チョウチョウの横にいる幼虫《ようちゅう》、濃厚《のうこう》な香《かお》りのするホットミルクの横にある……」

「もうわかりました！　それで、話の結論《けつろん》はなんですか？」

たまりかねたシアがマダム・モリブルの言葉をさえぎると、マダム・モリブルはたくさんの品物をかかえたままシアをにらみつけ、倉庫のドアをバタンッと、大きな音をたてて勢《いきお》いよく閉《し》めた。

「それで、ヘドン様はあの子の代わりにヤコブを雇《やと》い、あの子はクビにした。はぁ、クビになりたくないって、あのときどれほどだだをこねたことか」

「でも結局また、その子を雇ったんですね。今も城《しろ》のなかにいるってことは……」

質問《しつもん》というより独り言に近かったのだが、マダム・モリブルはかかえていた品々を机《つくえ》の上に下ろして答えた。

「雇うもんですか。一度クビになったら、それで終わり。レストランから出ていけと言ったのだって、もうずいぶん前のことよ」

幼《おさな》い魔女がさぞわずらわしいとみえ、興奮《こうふん》したマダム・モリブルはたずねられてもいないのに力説しはじめた。

「だって、あなた、ここを出たら行くところがない、絶対《ぜったい》に出ていってやらないからね、ってほとんどおどす勢《いきお》いで。それからずうっとこの上の階で、また働かせてくれって、だだをこねて泣きわめいているんだから。ほんとにもう、なんて愚《おろ》かな子なのかしら。チッチッ」

マダム・モリブルが荒《あら》っぽく話すのを終えると、シアとジュードは無言で顔を見合わせた。ジュードはその子について知っていたようで、さほどおどろいてはいなかったが、それでも顔は困惑気味《こんわくぎみ》だ。

マダム・モリブルは腰《こし》に手を当てて、満足そうに机の上の品々を見渡《みわた》した。

「さあ、これくらいでじゅうぶんね。持っていって使いなさい。ほかになにか必要な物があれば、ここへ来るように」

そして、忘《わす》れていたようにつけ足した。

「まあ、そうはいっても、急を要するとか、よほどのことでないかぎり訪《たず》ねてこないでほしいわね。わかってると思うけど、わたくしはたいへんいそがしいの。この巨大《きょだい》なレストランをひとりで管理するのはけっして簡単《かんたん》なことじゃないんだから」

（そんなにいそがしいのなら、そもそもなぜパーティーに行ったりなんかしたのよ）

シアは心のなかでそう思ったが、これ以上マダム・モリブルの時間を奪《うば》いたくはなかったので、黙《だま》ってうなずいた。そしてすぐに、用意してくれた品々をごそごそとまとめた。ジュードも気を利かせて少し持ってくれたが、どちらがなにをどれくらい持つかでちょっとしたかけ引きになってしまい、気まずい雰囲気《ふんいき》が漂《ただよ》ってしまった。

荷物をまとめ終えると、マダム・モリブルは陽気な笑顔を前面に、しかめっつらを後面に回してから、大きな笑みを浮《う》かべた。

「用事がすんだなら、もう行きなさい。ああ、これでやっとわたくしの仕事を片《かた》づけられそうだわ。あっ、それから、ジュード！　この子をヤコブの地下室まで連れていってあげなさい。また面倒《めんどう》を起こしたりしないで。たのんだわよ」

「はいはい、わかりました」

ジュードはほかにもなにかぶつくさ言っていたが、マダム・モリブルはもう彼《かれ》のことなど気にしていないようだ。急いでイスに座《すわ》ると、コンピューターのキーボードを高速で打ちはじめた。

シアはマダム・モリブルにかたちだけのお礼を言い、ジュードと一緒《いっしょ》に管理室を出た。ふたりはマダム・モリブルがくれた品々を両腕《りょううで》にかかえて歩きだした。

歩いていくあいだ、後ろのほうからふたたびやかましい泣き声が聞こえてきた。それに続くマダム・モリブルのいらだちまじりの悲鳴が、ろうかにきんきんと響《ひび》きわたった。

2. 小麦粉の部屋

管理室から出てきたシアとジュードは、気まずい雰囲気《ふんいき》のまましばらく歩いた。お互《たが》いに相手が口火を切るのを待っていたけれど、自分が口を開く勇気はなかった。そのせいで、ろうかを抜《ぬ》けてエメラルド色の手すりが続く外の階段《かいだん》までもどってきても、黙《だま》ったままだった。

だんだんとせまくなる階段を下りていきながら、シアは緋色《ひいろ》のランプに照らされたまわりの建物をながめるふりをした。どれもぎちぎちにくっついていて、階段に必死にしがみついてぶら下がっているみたいだ。まちまちな模様《もよう》と色が絶妙《ぜつみょう》な調和を生みだしていた。煙突《えんとつ》から夜空へ吐《は》きだされる煙《けむり》もそれぞれ色が違《ちが》う。月明かりと桜《さくら》の花びらの空間にとけこんでくる食べ物のにおい、そして騒々《そうぞう》しい厨房《ちゅうぼう》の音から、このエリアにある部屋はすべて料理室なのだろうと見当をつけた。

うっとりと景観に見とれていると、自分が過《す》ごす地下室もこんなふうにきれいなところなのか気になりはじめた。でも、ヤコブのことが思いうかんで、ため息がもれる。

（私《わたし》の心臓《しんぞう》を食べれば病が治るとヘドンに言った張本人《ちょうほんにん》と、なにごともなくおだやかに過ごせるかしら？）

頭のなかで、ついさっきのヘドンとの出来事が途切《とぎ》れることなく再生《さいせい》され、不安と恐怖《きょうふ》がうずまいた。

「ゴッホォン」

あれこれと物思いにひたっていたシアは、わざとらしいせきばらいにはっとしてジュードを見た。シアの関心を引くために、わざと大げさなせきをしたに違《ちが》いない。その証拠《しょうこ》にジュードはシアを見つめて、自分を見てくれるのを待っていた。どうやらもう気まずい沈黙《ちんもく》に耐《た》えきれなくなったようだ。

「どうも！」

たった今、会ったように明るくあいさつしてよこす。

「どうも」

シアは小声で言った。

「はじめまして！　僕《ぼく》はジュード。マダム・モリブルから説明ずみだけど、ヤコブと一緒《いっしょ》に暮《く》らしていて、彼女《かのじょ》の仕事を手伝《てつだ》ってる。ひと月、一緒《いっしょ》に過《す》ごすことになったね。どうぞよろしく」

「はじめまして。シアです」

シアが短く返す。ジュードは目元に無邪気《むじゃき》な笑みを浮《う》かべて続ける。

「何歳《なんさい》？」

「十五歳」

「同い年だ！」

陽気に返してきた。コーヒー色の大きなひとみがくりっとまん丸くなり、感じのよい笑顔がシアの警戒心《けいかいしん》をちょっぴりゆるませた。

「ところでなんだけど、ヤコブのところへ行くのはあとにしよう。まずはヤコブのお使いを終わらせないといけないいんだ」

思わず心のなかでよろこびの声をあげた。マダム・モリブルの話から考えて、ヤコブと一緒にいるのはけっして楽しそうではなかったからだ。

「ここにある薬、これをみんな配達しなきゃならない」

ジュードが腰元《こしもと》のヒップバッグをぽんぽんとたたいて自慢《じまん》げに言った。

「レストランの従業員《じゅうぎょういん》たちが料理をしたり仕事をしたりするときに必要な魔法薬《まほうやく》をヤコブがつくってるんだ。ほかにも従業員が病気やけがをしたときは治療薬をつくってあげていて、その薬を届《とど》けるのが僕《ぼく》の仕事ってわけ」

バッグを開けて薬を確《たし》かめると愚痴《ぐち》をこぼした。

「配達する薬がまだ三つも残《のこ》ってるなあ」

ジュードはいったん話すのをやめ、シアの様子をうかがい、悩《なや》んでいるふりをしてから、また話しだした。

「あのさ、ちょっと手伝ってくれないか？　ふたりで手分けしてやれば、すぐに終わりそうなんだけど」

本音を言えば、他人の仕事を手伝っている余裕《よゆう》はなかった。でも、ジュードは管理室で受け取ったシアの荷物の一部を持ってくれている。断《ことわ》るのはむずかしかった。

「いいわよ、手伝ってあげる」

シアがこころよく答えると、ジュードは晴れやかに笑った。

「ありがとう、シア。ほら、あっちの階段《かいだん》のいちばん下にある部屋、見える？　あそこは〈小麦粉の部屋〉だ。あの部屋に行って、この薬をあげてきて」

バッグから紫色《むらさきいろ》の液体《えきたい》の入ったガラスの小瓶《こびん》を取りだす。

「あ、それから、あそこの向かい側の下の階にある、右から二番目のドアが見えるだろ？あそこは〈酒の部屋〉なんだけど、ついでにそこにもこれを届《とど》けてよ」

今度は緑色のぶよぶよした海藻《かいそう》のようなものをシアの手に握《にぎ》らせようとする。

「そっちをちょうだい。管理室でもらった物は僕《ぼく》が持っててあげる」

ジュードはシアが手にしていた荷物を受け取り、シアは小瓶を片手《かたて》に、ドロッとした海藻もどきをもう片方の指先でつまんだ。

「君が薬を届けるあいだ僕は飼育室《しいくしつ》にいるから、全部終わったらいちばん下の材料貯蔵室《ちょぞうしつ》と同じ階の飼育室へ来て。僕、そこにちょっと用があるんだ。できるよね？」

配達先の部屋の名前がどれも変わっているなあ、と思いつつシアはうなずいた。

「じゃあ、あとで会おう。ありがと！　道に迷《まよ》わないように気をつけて！」

言い終えるやいなや、ジュードは管理室でもらったものを手に、飼育室へすっ飛んでいった。彼《かれ》の後ろ姿《すがた》をぼんやりと見ていたシアは、手元のガラス瓶と海藻のような物体に目を落とす。瓶に入った紫色の液体は〈小麦粉《こむぎこ》の部屋〉に、海藻は〈酒の部屋〉に届けたあと、飼育室へジュードを訪《たず》ねればいい。頭のなかで繰《く》り返《かえ》しつぶやいて、ジュードが教えてくれた方向に歩きはじめた。幸いそう遠くはなく、すぐに着いた。

ドアの前で立ちつくす。ずいぶんと変わったドアだ。手を当てると、やわらかくてふわふわしていた。普通《ふつう》のドアの木の硬《かた》い感触《かんしょく》とはまったく違《ちが》う。そのままドアをなで下ろすと手に白い粉がついた。小麦粉だ。部屋の名前そのままに、ドアが小麦粉でできている。そのわりには、けっこう頑丈《がんじょう》で、触《ふ》れるたびに白い粉がちょっとずつ床《ゆか》に散らばりはしたけれど、すみは固まっているため、ドアとしてちゃんと機能《きのう》しているようだ。

だしぬけに部屋のなかから大きな笑い声が聞こえてきた。騒々《そうぞう》しくて、どこかおかしくなってしまったとしか思えないような浮《う》かれた笑い声だ。シアはおどろいて、ドアを開けずに、まずノックをしてみたが、小麦粉製《せい》のドアはノックをしても音が出ない。結局はドアを開けるためにドアノブへ手を伸《の》ばす。

これまた小麦粉でつくられた白くて丸いドアノブに手をかけた瞬間《しゅんかん》、部屋のなかからドアをつき抜《ぬ》けて長い腕《うで》が飛びだしてきた。伸縮自在《しんしゅくじざい》な腕は、まるでゴムのよう。めったやたらに指を伸ばし、おどろくシアの顔をべたべたと触《さわ》りまくる。

「なっ、なに！」

ぎょっとして固まっていたシアが正気にもどり、さけんだけれど、時すでに遅し。正体不明の手はいきなり大きくなったかと思うとシアの体をつかみ上げ、たちまち彼女《かのじょ》を小麦粉製《こむぎこせい》のドアの内側へ引っぱりこんだ。あっというまにシアは、そのいまいましい腕《うで》とともにドアの向こうに消えた。

巨大《きょだい》な手にがっちりつかまれて、すべての神経《しんけい》が麻痺《まひ》していた。全身を握《にぎ》られている感覚が消えてから、シアはようやくぎゅっとつぶっていた目を開けた。すると目の前に、白くて丸い雪玉状《ゆきだまじょう》の物が豪速《ごうそく》でせまっていた。とっさに身をかわす。攻撃《こうげき》はかろうじて外れた。

飛んできたのは小さな丸い生地だった。見れば、部屋のなかは小麦粉天国。床《ゆか》に壁《かべ》に窓《まど》、すべてが真っ白な小麦粉でおおわれて、ひとつにつながっているように見える。まるで天《てん》井《じょう》から降《ふ》った雪があちこちにうずたかく積もったみたいだ。

「ウッヒヒヒー！　頭を狙ったんじゃが、なかなかすばやいのぉ」

ふいに威勢《いせい》のいい声が聞こえてきた。びくっとして、声が聞こえてくるほうを振《ふ》り返《かえ》り、思わず、ぽっかーんと口を開けた。

シアの反応《はんのう》がおもしろいようで、声の主はシアに向かって手を振りながら大声で笑いこけている。

「ウヒャヒャヒャホホハッ！　この目で人間を見ることになるとは。しっかし、なーんちゅうか、思ったよりしけた風貌《ふうぼう》じゃい」

部屋のなかにいたヘンテコリンは、ひょろ長い腕の先をシアの体にすべらせ、水産市場で魚の鮮度《せんど》を見きわめるように、シアのあちこちを品定めした。そして、茶色のひとみから、ひとつにぎゅっと結んだ暗い色の髪《かみ》まで、なにもかもがっかりだ、という顔つきでぶつぶつ言いながら腕をもどした。

シアが声の主をまともに観察できたのは、ひょろ長い腕が離《はな》れてからだった。顔は桃色《ももいろ》の楕円形《だえんけい》をしていて、目と口はだれかがナイフでくり抜《ぬ》いたみたいにぽっかり穴《あな》があいている。鼻はない。まるでナイフで削《けず》ってつくった風変わりな木彫《きぼ》りの像《ぞう》のようだ。もっと不思議なのは、長くて大きい楕円形の体に腕が六本もあることだった。

その腕は全部、目にも止まらぬ速さで動いていた。長さと大きさが自由自在《じゆうじざい》に変化している。伸《の》びたと思ったらちぢまって、小さくなったり大きくなったり。彼《かれ》は六本の腕の長さを自由に調節して、部屋の四方に散らばっている小麦粉をせっせとこねていた。

「おい、おまえさん。なんとか言ってみぃ！　ふぃ〜ん。よそ様を訪《たず》ねておいて、なんでそんな、でくのぼうみたいにつっ立ってるんだってぇの」

シアが無言で腕《うで》を見物していると、こらえ性《しょう》のないヘンテコリンはさけんだ。腕はなおも動いていて、小麦粉《こむぎこ》をこね続けている。シアははじめて見る光景に言葉を失っていた。

「なにか言えってばよぉ。あれ？　ひょっとして人間って、話せない動物なのか？」

シアの言語能力《のうりょく》を疑《うたが》いはじめている。ヘンテコリンが言語というものについて講釈《こうしゃく》をたれようとしたちょうどそのとき、シアははっと我《われ》に返り、急いで事情《じじょう》を説明した。

「ヤコブの薬を届《とど》けに来ました。ジュードの仕事を手伝っているところなんです」

ヘンテコリンは頭の位置は変えずに、そこから六本の腕で小麦粉をこねながら話す。

「あはーん、そうか。ジュードのやつめ、またサボろうとして浅知恵《あさぢえ》をはたらかせおったな。まあいいさ。おかげでついに人間をおがめたからのう。それにジュードのやつ、わいを見るといつも腕のことでからかうんだ。チッ、あの悪ガキ野郎《やろう》」

会話ができるとわかったようで、ヘンテコリンの口ぶりがぞんざいではなくなった。

シアはどう反応《はんのう》すべきかわからずもじもじしていたが、ここへ来た目的を思い返してまた口を開いた。

「あっ、薬はこれです。ジュードがこの薬をあげればいいって言ってました」

ヘンテコリンは差しだされた小瓶《こびん》の紫色《むらさきいろ》の液体《えきたい》を見て、またやかましくぶつぶつ言いはじめた。

「チキショーめ、その薬は飲みたくないんだがなぁ。でも薬を飲まないと、怪物《かいぶつ》がわいのプリンを奪《うば》って食う悪夢《あくむ》を毎晩《まいばん》見ちまうんだよ」

「じゃあ、この薬は悪夢を予防《よぼう》する薬ですか？」

シアが不思議そうにたずねた。

「うむ。毎日悪夢を見るから薬をつくってくれとヤコブにたのんだ。でも、味がまずすぎる。ネコのひげの味がするのさぁん」

あいかわらず手際《てぎわ》よく小麦粉をこねながら答える。

「ネコのひげを食べたことがあるんですか？」

「あん？　そんなもの、なんで食うんだ？」

「いえ、たった今、ネコのひげの味がすると言っ……」

「なんともはや。このかたっ苦しい人間さんよぉ、そんなこまかいことにいちいちこだわっていちゃあ、人生、息苦しくてやっていけんぞい」

彼《かれ》はシアの言葉をさえぎって、あわれむように返した。反論《はんろん》したところで話が通じそうもないので、シアは口をつぐんだ。

また沈黙《ちんもく》が流れる。気まずくなったシアは、薬をあげたのだからもう出ていってもいいのではないかとドアのほうを振《ふ》り向《む》いた。そのとき、ドアの外から小さなノックの音がした。聞こえるか聞こえないかくらいのとても小さな音だった。どうやってそのかすかな音を聞き取ったのか、ヘンテコリンは小麦粉《こむぎこ》をこねていた腕《うで》の一本を持ち上げてドアノブのほうへゴムのように伸《の》ばした。残りの腕は熱心にこね続けている。伸びた腕がドアを開けた。

自分がドアの外にいたときはどうしてそんなふうに親切にドアを開けてくれなかったのだろう、とシアはちょっぴり恨《うら》めしい気持ちになったが、ドアの外の物体を見て、びっくり仰天。外にはたくさんの卵《たまご》がわれ先にと集まっていた。

彼《かれ》らはヘンテコリンがドアを開けるが早いか、ああだこうだとやり合いながら部屋のなかへ転がりこんできた。卵の殻《から》の表面には小さなかわいい目、鼻、口がくっついていた。ざっと数十個《こ》の卵が一気にどどっと押《お》し寄《よ》せると、小麦粉をこねていたヘンテコリンは「止まれ！　もう入ってくるな！」とどなってドアを閉《し》めた。

部屋に入れなかった卵たちがドアの外でわめき声をあげてごねる。入室に成功した卵たちは外の卵たちを大声でからかう。

一瞬《いっしゅん》にして修羅場《しゅらば》と化してしまった。

「こっ、この子たちはなんですか？」

おどろいたシアが大声でたずねると、ヘンテコリンは冷静に答えた。

「卵だ」

「いや、私《わたし》が言いたいのは……」

「おまえさんの言いたいことくらいわかるさ、このせっかちな人間さんよぉ。卵たちがなんでいきなり、わいの部屋に乱入《らんにゅう》してきたのか、知りたいのはそこじゃろう！」

彼はあわれむように首を横に振った。

「小麦粉で生地をつくるには、知ってのとおり卵が必要だ。そして生地以外にも、卵はたくさんの料理に必要だよなぁん。だからレストランでは毎日決まった時間になると、ものすごい量の卵を放出《ほうしゅつ》している。その時間のことを〈エッグタイム〉と呼《よ》ぶんだ。エッグタイムになると卵たちは、卵が必要な料理室へそれぞれ転がっていって、料理の材料として使われるのさぁん」

説明されたことに対して何かを言って返すひまは与《あた》えられなかった。卵のひとつがシアに気づき、にわかに興奮《こうふん》して大声をあげたからだ。

「アノ子を見ろ！　人間だ！　ヘドン様と契約《けいやく》を結んだっていう、アノ有名な人間！　ソノ人間が今、オレッチたちのすぐ上にいるぞ！　なんてことだ……」

ある卵《たまご》が大げさにさけぶと、ほかの卵たちもつられて騒《さわ》ぎ立《た》て、先を争ってシアのほうへつめ寄《よ》せた。いつのまにか足元は卵でいっぱいになり、足の踏《ふ》み場《ば》もない。

（逃《に》げなきゃ）

頭のなかで思った。ジュードにたのまれた配達は終えたわけで、これ以上この部屋にとどまる理由はない。室内は耳をふさぎたいくらいに騒々《そうぞう》しく、卵たちはシアの気を引こうとして、さらにわめいていた。

シアは卵たちを踏まないように片足《かたあし》でひょいっと飛《と》び越《こ》え、急いでドアへ走る。卵たちがシアのあとについてわあっと押《お》し寄《よ》せたが、彼《かれ》らよりはるかに体の大きいシアには追いつけない。しかし、急いでドアを開けた瞬間《しゅんかん》、シアの希望はもろくも崩《くず》れ去《さ》った。部屋の外は数千個《こ》の卵でびっしりとうめつくされ、アリがはうこともできないくらいだったのだ。シアはあわててドアを閉《し》めた。そのおかげで卵が追加で室内に入ってくることはなかった。

自分に群《むら》がって騒ぎ立てる卵軍団《ぐんだん》と、腕《うで》が六本あるヘンテコリン。シアは彼らとひとつの部屋にとどまることになってしまった。まったく落ち着かない。だれかが頭のなかに侵入《しんにゅう》して、脳《のう》で餅《もち》つきをしているようだった。卵たちはシアのところにわあっと転がってきて質《しつ》問《もん》の集中砲火《ほうか》を浴びせた。

「オイ、人間。ソンナ状況《じょうきょう》で食べ物を使ってヘドン様を脅迫《きょうはく》しようなんて、ドウやって思いついたんだ?」

「ソノ人間ってのが、ほんとにキミなの?」

「で、別の治療薬《ちりょうやく》はお探《さが》し中《ちゅう》?」

質問とさけび声がいっぺんに飛んできた。ろうかは転がり回る数千個の卵でうまっているから外へ逃げることもできない。シアはヘンテコリンを見やったが、なにがそんなにおもしろいのか、くすくす笑っているだけだ。

耐《た》えかねたシアがさけんだ。

「ちょっと、これはいったい……!」

状況があまりにもハチャメチャすぎて言葉が最後まで出てこない。いつも冷蔵庫《れいぞうこ》に大事に入れておき、おなかがすいたときに取りだして料理して、味わって食べていた卵……。そうやって十五年間、揺《ゆ》るぎない愛をささげてきた私《わたし》の大好物の卵が……!

卵にすっかり裏切《うらぎ》られた気分だ。これまでおなかを満たしてくれていた卵が、今はびっくりするくらい生き生きとした目鼻口を持ち合わせ、足元でてんやわんやの大騒ぎをしている。

おまけにそのとなりでは、腕《うで》が六本あるヘンテコリンが、にたりにたりとせせら笑いを浮《う》かべている。しゃべり方からヘンテコリンだし……。

「ウヒヒヒヒッ。なにをそんなに震《ふる》えてるぅん？　こんな光景、この先エッグタイムのたびに見るだろうに」

彼はくすくす笑いながら言った。

「エッグタイムでもなんでもいいけど！　これ、いったいいつ終わるんですか！　私《わたし》は早くこの部屋を出なきゃいけないんです。お使いを終わらせて、早く治療薬《ちりょうやく》を見つけなくちゃならないのに……」

シアがどうしていいかわからず声を張《は》りあげると、ヘンテコリンが今度はもっとしゃくにさわる口ぶりで返した。

「イヒヒッ。あんらまぁ、かわいそうに。でも、どうしようもないぞぃ？　エッグタイムは普通《ふつう》、三十分くらいはかかる。レストランには料理室がたっくさんあるから、すぐに終わらせられるもんではないっちゅうの」

シアは声を大にして抗議《こうぎ》したかった。でも、どんどんつめ寄《よ》ってくる卵《たまご》たちのせいで視線《しせん》をそちらへもどさねばならなかった。卵たちは好奇心《こうきしん》に満ちたひとみでシアを見上げ、わめき続けている。

ため息をついた。こうなったらエッグタイムが終わるまで、気持ちを落ち着かせて卵たちとこの部屋にいるしかない。人差し指を口の前に立ててシーッ、シーッと、やかましい卵たちを静めにかかる。好奇心いっぱいの卵たちは幸いなことにシアの言うことを素直《すなお》にきいた。

やがて室内が静かになった。卵はみんな期待に輝《かがや》くまなざしでシアを見つめている。ヘンテコリンも動物園のサルを見物するようなまなざしでシアを見守る。

「静かにしてください」

シアはきまり悪さをこらえて卵たちに話しかける。

「そうです、みなさん」

卵たちになんと呼《よ》びかけるべきか迷《まよ》ってから、結局〝みなさん〟といういちばん安全なものを使った。

「みなさんの思っているとおり、私はその人間です」

卵たちが一瞬《いっしゅん》ざわつく。

「ご存《ぞん》じでしょうけど、私は一カ月以内にヘドンの病気を治せるほかの方法を見つけなければなりません」

シアは卵《たまご》たちひとつひとつの目をのぞきこむ。

「そこでなんですが、みなさんのなかにヘドンの病気を治せる別の薬をご存《ぞん》じの方はいませんか？」

たいして期待はしていなかった。ただ、もしやという気持ちで聞いてみた。予想どおり卵たちは頭を横に振《ふ》る。その動作は〝頭を振る〟というよりは、丸い体全体を左右に揺《ゆ》らしている格好《かっこう》に近かった。

シアはため息をつきながら卵たちを見下ろした。ここでやり過《す》ごさなければならない時間は約三十分。卵たちはなおも好奇心《こうきしん》に満ちたキラキラしたひとみをシアに向けていたが、少し前よりははるかにおとなしくなった。うまく手なずけさえすれば三十分を無事にやり過ごせる気がしてきた。

そのとき、空気をぶち壊《こわ》す声が横から聞こえた。

「ウヒヒ。そうだな、そうやって時間を稼《かせ》げ。わいはひとまず、卵を料理するのは後回しにするよ。こっちの小麦粉《こむぎこ》の生地を先に仕上げなきゃならんからな」

ヘンテコリンは、シアが卵たちに翻弄《ほんろう》される様子をもっと見たいからなのか、つまらない言《い》い訳《わけ》をして卵料理を先送りにした。シアは卵たちに視線《しせん》をもどす。

「えっと、私《わたし》について知りたいことがたくさんあるようですが、けんかをせずに静かに集まってくだされば質問《しつもん》にお答えいたします」

シアは落ち着きはらって、自分でも聞《き》き慣《な》れないほどはきはきと話した。そして彼女《かのじょ》の堂々とした口調に引《ひ》き寄《よ》せられた卵たちは、聞き分けのよい子犬のように従順《じゅうじゅん》に、かわいらしくシアの前に集合した。シアもここは卵たちと向き合うことにして、彼《かれ》らの前に腰《こし》を下ろした。すべては水が流れるように自然に進み、長い長い話が始まった。

いつのまにやら話は盛《も》り上《あ》がり、どんどん時間が過ぎていった。シアは卵たちと過ごすのにも慣れ、彼らのかけ合《あ》い漫才《まんざい》のようなおしゃべりに笑ったりして、気づけばそれなりに楽しんでいた。卵たちの熱のこもった質問にもすべて誠心誠意《せいしんせいい》答えたし、情報交換《じょうほうこうかん》をしながら冗談《じょうだん》も言い合った。

「うーん、もう時間になったみたい」

のんびりおしゃべりしていたシアは気持ちを切《き》り替《か》え、ドアのほうを向いてつぶやいた。卵たちと話しているのも悪くなかったが、今は余裕《よゆう》のある状況《じょうきょう》ではない。

「ネエ！　もうちょっとあとで行きなよ！」

「ソウだよ、まだソンナに時間はたってないと思うけど」

「もう行くの？　ひどい！」

卵《たまご》たちが口々にやかましくさけんだ。シアはあわてて視線《しせん》をこの小さな生命体たちにもどし、なだめるような調子で言った。

「ひどいだなんて……。私が今こんなふうにゆっくりしている場合じゃないことは、よくわかってるじゃない」

卵たちと仲よくなったおかげで、もう気兼《きが》ねなく話すことができた。シアが立ち上がると、卵たちはころんころんと転がってきてシアの靴《くつ》の上に乗った。そしてシアを見上げて小さな口でぺちゃくちゃとしゃべった。

「じゃあ、今から治療薬《ちりょうやく》を探《さが》しに行くってこと？」

「アーア。もし治療薬探しに成功して城《しろ》から出ていくことになったら、ソノときはずいぶんさびしくなるよ。もちろんソノころにはオレッチたち、もう料理に使われてコノ世にいないだろうけど……。チクショウ、オレッチの殻《から》がくだけるまで、もう時間があんまり残ってないぞ！」

「ヒイ。治療薬が見つかれば、ついにハーツもココから出ていけるね。今まで長いこと、アノ気性《きしょう》の荒《あら》いハーツの相手をしてきて、ふうーっ、ドレほどたいへんだったか！」

卵たちがめいめいにさけぶなかで、知らない名前が聞こえてきた。小麦粉《こむぎこ》をこねていたヘンテコリンの全部の手が止まり、卵たちは恐怖《きょうふ》に襲《おそ》われた表情《ひょうじょう》で硬直《こうちょく》する。室内は一瞬《いっしゅん》にして静まり、こおりついた。

シアはわけがわからず、様子をうかがいながら口を開いた。

「ハーツ？　ハーツってだれ……」

「出ていけ！」

さけび声がシアの言葉をさえぎった。びっくりして振《ふ》り返《かえ》ると、おびえて真っ青になったヘンテコリンの顔が目に入った。

「みんな出ていけ！」

彼《かれ》がもう一度さけぶ。卵たちはなにも言えず、じっとシアを見つめている。シアは途方《とほう》にくれ、ぎくしゃくとドアのほうへ歩く。わけのわからぬまま、ためらいがちにドアノブをつかんでドアを引き開けた。そのとき、ヘンテコリンの腕《うで》がぐんと伸《の》びてきて、シアを小麦粉のドアの向こうへ押《お》した。

「あっ！」

シアはドアの外へ転がるように投げだされてしまった。ムッとするすきも与《あた》えず、ドアはヘンテコリンの手によってバタンと閉《し》められた。エッグタイムが終了《しゅうりょう》したようでろうかは空っぽだった。シアはひとり、がらんとしたろうかのまんなかに立っている。これまでにも増《ま》して混乱《こんらん》し、いつになくさびしさを覚《おぼ》えた。

3. 涙でつくった酒

小麦粉《こむぎこ》の部屋から追いだされたシアは次の目的地に向かって歩いた。自分をつき飛ばしたヘンテコリンに腹《はら》が立ったし、卵《たまご》たちと別れてしまったのがたまらなく名残惜《なごりお》しかった。けれど、今は残りの薬を届《とど》ける仕事に集中しようと心に決めた。早く配達を終えて地下室に行き、治療薬《ちりょうやく》を探《さが》しはじめなければならない。

自分を奮《ふる》い立《た》たせ、ジュードが教えてくれた〈酒の部屋〉へと歩く。エメラルド色の階段《かいだん》を下りていき、角をひとつ曲がると、ようやく酒の部屋にたどり着いた。古くてみすぼらしい灰色《はいいろ》のドア。コンコンとノックをしたが、なんの返事もない。

やむをえず許可《きょか》もないままドアを開けて入った。室内は湿気《しっけ》でじとじとしている。小麦粉の部屋にくらべると、とてもせまい。強い酒のにおいがぶわっと押《お》し寄《よ》せてきて、思わず鼻にしわが寄る。壁《かべ》には小さな窓《まど》があり、今にも途切《とぎ》れそうなひと筋《すじ》の月明かりがそこから差しこんでいる。その光は陰気《いんき》な室内を明るく満たすには、あまりにもか細かった。

部屋のまんなかでは、中年とおぼしき男が背中《せなか》を丸め、さびしげに酒をついでいた。彼《かれ》がつっ伏《ぷ》すように寄《よ》りかかっている座卓《ざたく》の後ろには、酒の空《あ》き瓶《びん》が山積みになっていた。

シアは室内をゆっくりと見回した。盾《たて》のように窮屈《きゅうくつ》に室内を取り囲んでいる壁《かべ》には、いろいろな種類の時計がびっちりとかけられていた。鳩《はと》時計に柱時計、さまざまな人形がくっついている時計などなど、ありふれたものからはじめて目にするようなめずらしいものまである。大量の時計が同じ時刻《じこく》をさしている。同時に動く何十本もの針音《しんおん》が、小さなさびしい部屋のなかで唯一《ゆいいつ》聞こえる音だった。

「クゥ、うまい。きみも一杯《ぱい》やるかい？」

中年男がぼそっと言った。ネコがのどをクルルと鳴らすときのような、くぐもった声だった。

シアは壁の時計から飲兵衛《のんべえ》に視線《しせん》を移《うつ》す。飲兵衛は魂《たましい》の抜《ぬ》けたようなまなざしでシアを見ていた。鼻は酒気を帯びてすっかり赤く染《そ》まり、ひとみはうつろで、焦点《しょうてん》が合っていない。何日もシャワーを浴びていないようなうす汚《ぎたな》い風貌《ふうぼう》に、赤ら顔だけが浮《う》き上《あ》がって見えた。

もっとも、そういったことはもはやシアにとって、さしておどろくべきことではなくなっていた。

男は唇《くちびる》に残った酒のしずくを黄ばんだ袖《そで》でぬぐった。

「なにをぼさっとつっ立ってる。来て座《すわ》りなさい」

まるで昔から知っている人に対するような話し方だ。シアはついコクンとうなずいて、飲兵衛に近づき、向かい合って座った。そばに寄ると強い酒のにおいが鼻をついて、しばらくは息をするのがむずかしかった。

彼はシアをちらりと見たあと、ごそごそとグラスをひとつ取りだした。そして酒瓶を手に取って酒をそそぐ。トクトクトクッという音とともに、澄《す》んだ酒がグラスのなかで波打った。

「ほら、どうぞ」

しゃがれた声でさらっと言い、グラスをシアのほうへ押《お》した。しかしシアはきっぱりと断《ことわ》った。

「いえ、未成年なので」

飲兵衛はぷすっと笑った。そして差しだしていたグラスを自分の口へ運び、ひと息に飲《の》み干《ほ》した。しばらくのあいだ目をつむって酒を味わっていたかと思うと、目を開けてシアを見る。

「それは残念。久《ひさ》しぶりに飲み友だちと出会えたと思って、期待したんだが」

空《あ》き瓶《びん》を後ろへ無造作《むぞうさ》に放り投げ、つかみ上げた新しい酒瓶からグラスに酒をそそぐ。瓶にはレモンの皮と砂糖《さとう》がぎゅぎゅっと漬《つ》けこまれている。

「でも、わしの酒は飲んでも問題ないはずだ。アルコール分がほとんどないからね。においがちょっとばかり強いだけさ」

シアは透明《とうめい》なグラスのなかで波のようにうねる酒を見つめる。

「なんのお酒なんですか？」

なんの気なしに発した質問《しつもん》だったが、飲兵衛《のんべえ》はまた笑う。

「涙《なみだ》だ。涙でつくったんだ」

「なんて？」

予想外の答えに思わず聞き返す。飲兵衛は乾杯《かんぱい》でもするみたいにグラスをかかげた。グラスのなかの酒がこぼれるかと思うくらい不安定に揺《ゆ》れる。

「涙でつくったと言った。あっ、〈涙の酒〉と名付けることにしようか？　そうだな、なかなかぴったりだ。よし。これは〈涙の酒〉だ」

たった今命名した自分の酒を満足そうにながめながら、飲兵衛はしゃがれ声で言葉をつぐ。

「わしが自分の涙で手づくりしたものだ。普通《ふつう》の酒よりも涙でつくったものを飲んだほうが、はるかに気が晴れるんだよ。だからレストランの客たちにも、吸血鬼《きゅうけつき》がつくるワインよりわしの涙の酒のほうが好んで飲まれてる。わしとしては、たいへん誇らしいことだ」

長々と話してのどがかわいたようで、話し終わるなりすぐにまた酒を飲んだ。

沈黙《ちんもく》が流れ、壁《かべ》をうめつくす時計の音だけが一定間隔《かんかく》で耳に届《とど》く。シアは視線《しせん》を酒瓶へ向けた。酒で満たされた瓶が山のように積まれている。

「しょっちゅう泣いているんですね。こんなにたくさんのお酒をつくろうと思ったら、かなりの量の涙が必要だろうに」

シアがつぶやくと、飲兵衛は肩《かた》をことさら高く上げて自慢《じまん》げに答えた。

「まあ、そういうことになるね。だからわしの涙の酒はワインより人気が高いんだ。わしのように涙をたくさん流さないかぎり、こんなに大量の酒をつくりだすことはできないよ。たった一本つくるのにも、ものすごい量の涙が必要なんだからね。こんな酒をつくれるのは、わししかいない」

彼《かれ》はまたグラスに酒をついだ。

「考えてみると、それはよくもあり悪くもある。いいところは、これをつくれるのはわしだけだからこそ、こうして大きなレストランで仕事を見つけられたことだ。普通《ふつう》だったら、わしみたいなしょぼくれ野郎《やろう》は仕事にありつけないよ」

自分のつくった酒の味にうっとりしては、グラスに残った酒を一気にゴクゴクッと飲み、また酒をつぐ。シアはそんな彼《かれ》を静かに見守っていた。

「悪いところはなんですか？」

シアがたずねると、飲兵衛《のんべえ》はグラスを置いた。赤みを帯びた口元には苦い笑みが浮《う》かんだ。

「悪いところは、ずうっと記憶《きおく》を回想し続けて、涙《なみだ》を流さなければならないことだ。そして、それによってわしは、ずうっとみじめであり続ける。きっとわしは永遠《えいえん》に過去《かこ》から抜《ぬ》けだすことはできないだろうね」

言い終わるともう一度酒をあおった。シアはそのまま飲兵衛を見守った。


カチッ、カチッ、カチッ。

世のなかから取り残されたようなさびしい部屋のなか。唯一《ゆいいつ》聞こえる時計の針音《しんおん》だけが、世界がまだ存在《そんざい》していることを彼らに教えてくれているようだった。月明かりすら細すぎてうす暗《ぐら》い、手ぜまな部屋のなかで、飲兵衛とシアは、静かな部屋のルールに素直《すなお》に従《したが》うかのように、口を開かなかった。

シアはかなり長いあいだ、絶《た》えまなく酒をあおっている飲兵衛を見守った。彼はだんだんと酔《よ》いが回ってきて、さっきなげいていたことなど忘《わす》れてしまったらしい。鼻歌まじりでグラスに酒をそそいでいる。

「……ごめんなさい」

シアがようやく口を開き、ぽつりとつぶやいた。よく知らない人とのあいだに生まれる沈《ちん》黙《もく》が苦手だというのもある。そして今、悲《ひ》嘆《たん》にくれる飲兵衛をふびんに思って口から出た言葉でもあった。彼がなにか返してくるのを辛《しん》抱《ぼう》強《づよ》く待った。長いこと待ったあと、彼はくすっと小さく笑った。

「どうして謝るんだ。わしがこうなったのは、お嬢《じょう》さんのせいじゃないのに。それに……言っただろ。おかげで仕事にありつけたと。ひもじい思いをして、死ぬまで追われるように暮《く》らすくらいなら、むしろ今こうして生きてるほうがましなんだよ」

しわがれた声で乱暴《らんぼう》につぶやいた。それから、いつのまにかまた手にしていた新しい酒瓶《さかびん》のふたを開けた。彼の鼻は、シアが最初に見たときの三倍は赤くなり、まるでトマトのようだ。酒臭《さけくさ》さもますますひどくなっている。

「まだお酒を飲み続けるんですか？　飲むのではなくて、つくるのが仕事なんですよね」

顔をしかめてたずねた。最初はなんとか我慢《がまん》できたが、一本、二本と酒瓶《さかびん》が空いていくにつれて、くらっとするほどきついアルコール臭《しゅう》が鼻をつき、耐《た》えられなくなった。

「ああ、飲み続ける」

飲兵衛《のんべえ》はかたくなに答えた。そして、シアがなにか言おうと口を開きかけた瞬間《しゅんかん》、言葉を続けた。

「いいか、お嬢《じょう》さん。涙《なみだ》の酒はいつでもつくれるわけじゃないんだよ。わしがみじめに陰気《いんき》くさく泣いたときにだけ、わしが流した涙を受けてためておいて、ようやくつくれるものなんだ」

酒瓶の酒をグラスにあふれるくらいにそそぎこみながら、ちらっとシアに目をやった。

「涙の酒をつくるには思いっきり泣かねばならないんだが、お嬢さんの前でおいおい泣きじゃくって、大泣きしたら困《こま》るだろう？　まあ、わしは一向にかまわないんだが……」

「……」

「酒を飲むと、だれの前であろうと堂々としていられるものなんだ。そのさまを〝無謀《むぼう》〟と表現《ひょうげん》する人もいるけれど、わしはそうは思わない。人生には愚《おろ》かで無謀な勇気が必要なときだってたくさんあるぞ」

グラスを唇《くちびる》に寄《よ》せて一度でごくりと飲《の》み干《ほ》し、たれ落ちる酒のしずくを袖《そで》で拭《ふ》き取《と》る。

シアは目をぱちくりさせて男を見つめた。飲兵衛の話を半分も理解《りかい》できない。無謀な勇気が必要だなんて、なんてとんちんかんな話だろう。酔《よ》ってろれつがあやしい彼《かれ》の話は、聞き取りにくいだけでなく、筋《すじ》が通っているようには思えなかった。それでもひとつ確《たし》かなことがあった。

「そうですね、大泣きする姿《すがた》は見たくはないですね」

その部分には全面的に同意した。すると飲兵衛もくすっと笑って言った。

「そうだろうと思ったよ。だから今は酒をつくれない。お嬢さんに迷惑《めいわく》をかけたくないからね。お嬢さんがこの部屋から出ていったあと、わしはまた、裏切《うらぎ》られた過去《かこ》や、人生の後悔《こうかい》をしみじみと振《ふ》り返《かえ》り、たかぶった感情《かんじょう》のなかで大いに泣くつもりだ。そうすれば涙はとめどなく流れるだろうし、その涙を全部受けておいて、また酒をつくれるだろう」

酒をつぎながら、あやういほどにもつれた舌《した》でかろうじて話を続ける。

「だが泣きはじめる前までは、こうやってひたすら酒を飲まねばならない。酒を飲めば感情が高まってきて、もっとよく泣けるんだ」

口角を微妙《びみょう》に上げて苦笑いした。

「これがわしの仕事だ。一日じゅう酒を飲み、そのあと号泣すること。この世でいちばん簡《かん》単《たん》そうに見えて不幸な仕事だね」

すっかりとろんとしたひとみでシアを見上げる。

「どうだい？　お嬢《じょう》さんもそう思わないかい？」

その問いについて真剣《しんけん》に考えながら彼《かれ》を見た。話を聞いているうちに、いつのまにか飲兵《のんべ》衛《え》に同情《どうじょう》する気持ちがわいていた。

「……そんな暮《く》らしをしながら、背負《せお》っているいろんなものにどうやって耐《た》えているんですか？」

思案の末に自分の考えではなく別の問いで返した。飲兵衛はためらいなく笑って答える。

「わしの暮らしがつらければつらいほど、げんなりすればするほど、過去《かこ》を振《ふ》り返《かえ》って思いをはせるのさ。今のこんな苦しい時間だって、いつかはただの、たくさんある過去のひとかけらとなってうもれてしまうだろう、ってね。そしてそのかけらは、だんだんとかたちがわからないくらいどろどろになっていき、しまいにはすっかりとけてしまうだろうね」

話し終えた飲兵衛はまた酒を飲《の》み干《ほ》した。シアは飲兵衛の言ったことを頭のなかでじっくりと繰《く》り返《かえ》した。

「……つまりあなたは、あなたの過去のために泣いて、その過去を思いながら癒《い》やされてるってことですね」

シアが話をまとめると、飲兵衛は顔を上げてシアを見た。

「そうだな、まあそんなところだろう」

彼は小さくつぶやくように言った。

「過去に泣いて、過去に癒やされるですって？　すごく皮肉ですね。私《わたし》にはまだむずかしくて理解《りかい》できない」

シアの言葉に飲兵衛は肩《かた》を上げてみせた。

「そもそも世のなかというのは、そんなものだろう？」

そう返して、最後の一滴《てき》も残すまいと逆《さか》さにした酒瓶《さかびん》を振《ふ》って空っぽにした。

シアは顔を上げ、しつこいくらいに時を刻《きざ》むたくさんの時計に視線《しせん》を移《うつ》す。たいして広くない壁《かべ》いっぱいの、さまざまな色や大きさの時計が約束したように同じ速さでカチッカチッと合唱する。催眠術《さいみんじゅつ》にでもかかったように時計をながめていると、それに気づいた飲兵衛は満足そうにほほ笑んだ。

「かっこいいだろう？　全部わしが並べたんだよ。あっ、その時計たちをよく見てみると、変わった共通点に気がつくはずだ」

飲兵衛《のんべえ》は静かな期待感に満ちた目でシアを見つめた。その言葉に好奇心《こうきしん》がわいたシアは、飲兵衛に言われたとおり、さっきよりも慎重《しんちょう》に時計を観察した。

「あ、わかりました。時計の針《はり》が動いてないんです。それなのに針がカチカチ鳴る音は聞こえる」

シアは飲兵衛に視線《しせん》をもどして言った。彼《かれ》は空《あ》き瓶《びん》を後ろへ無造作《むぞうさ》に放《ほう》り、首を縦《たて》に動かした。瓶はけたたましい音をたてた。

「だろう？　カチカチと音が聞こえるだけで、針は動いていない」

そう返事をして、また新しい瓶を持ってくると、ふたを回しはじめた。シアは、そんなにたくさん飲んだら倒《たお》れてしまうのではないかと心配する視線を投げかけたが、彼は手のひらをひらひらと泳がせ、心配無用と伝えてきた。

飲兵衛は話し相手を必要としていたのかもしれない。開いた唇《くちびる》のあいだから言葉がどっとあふれでた。

「わしはこの空間が好きだ。こういうだれもいない空っぽの場所が。こんなところにひとりきりでいると、わしにとっては悪夢《あくむ》と変わらぬ世のなかなど存在《そんざい》しないみたいに思えるからね。残酷《ざんこく》でみじめな思い出だけが残る世界から完全に解《と》き放《はな》たれる空間、とでもいうのかな」

彼はぼんやりとつぶやいた。

「世界が止まり、時間も止まり、すべてが止まっている場所で、わしだけがひとり、平和に存在するような気分。止まった時計たちに囲まれて座《すわ》っていると、まるでほんとうに時間が止まっているみたいなんだ。わし以外のあらゆるものが止まっているみたいだ」

長い話を終えると、深い夢《ゆめ》のなかにいたような深く沈《しず》んだひとみを輝《かがや》かせた。彼には似《に》つかわしくない輝きだった。そうしてしばらく息を整えていたかと思うと、顔を上げ、またシアに問いを投げかけた。

「どうだい？　お嬢《じょう》さんもつらくてつかれたとき、こんな空間にひとりでいたいと思ったことが一度くらいはあるんじゃないかい？」

彼は目をしばしばさせてシアの返答を待った。

「……いえ、そんなふうに思ったことは……一度もありません。理解《りかい》もできません」

シアは正直に答えた。飲兵衛の話にちっとも共感できなかった。ありえない話のようにすら思えた。

泥酔《でいすい》しきった飲兵衛《のんべえ》はうわの空でシアの話を聞いていて、なんの反応《はんのう》もしない。グラスの酒を飲《の》み干《ほ》し、ぱさぱさにかわいた唇《くちびる》にも酒のしずくをしたたらせた。しかしたった一滴《てき》の酒では、日照りの続きの地面のような干《ひ》からびた唇にはなんの効果《こうか》もなく、力なくたれて落ちた。

彼《かれ》がまた口を開く。

「そうだね、お嬢《じょう》さんには理解《りかい》できないだろう。ここへ来るまで、とても平和で短い道のりしか生きていないだろうから……」

シアは同意できなかった。

「えーとですね、ほんのちょっと前に、怪物《かいぶつ》に心臓《しんぞう》をえぐりだされそうになったし、一カ月以内に治療薬《ちりょうやく》を見つけられなかったら、そいつに心臓を食べられてしまうんですけどね」

飲兵衛はシアの反論《はんろん》をあざ笑うようにケラケラと声をあげた。

「そうか？　じゃあ、お嬢さんもじきに、わしの考えに共感するときがくるはずだ」

ずいぶんと確信《かくしん》に満ちた声だったが、シアは心のなかで、そんなはずはないと自分に言い聞かせた。

「それはそうと、ここへはなにをしに来たんだい？　わしのすすめる酒も飲まないくせに……」

　はっと思いだす。飲兵衛のおしゃべりのせいで、ここへ来た目的をすっかり忘《わす》れていたのだ。シアは飲兵衛に薬を差しだした。

「これです。ヤコブの薬。ジュードの代わりに配達してるんです」

　シアが訪《たず》ねてきた理由が思っていたものよりつまらなかったらしく、飲兵衛は鼻をしかめた。それでも文句《もんく》を言わずに薬を受け取ると、投げやりな様子でうす汚《ぎたな》いポケットに押《お》しこんだ。

「ヤコブのやつ、酔《よ》い覚《ざ》まし薬なんか要らないと何度も言ってるのに」

　充血《じゅうけつ》した目でポケットをにらみ、つぶやいた。

「もっと酔っぱらう前に早くその薬を飲んだほうがよさそうですよ」

　シアは片《かた》ひざを立てて、そろそろ失礼する準備《じゅんび》をしながら言った。

「いや、平気だ。わしは酒に溺《おぼ》れている状態《じょうたい》が日常《にちじょう》だから、酔いを覚ます必要なんてない。なのにヤコブ、あの女はわしのざまが気に食わないと言って、こんなふうにいつも薬をつくってよこしてくる」

　飲兵衛はおだやかに言った。シアが帰ろうが帰るまいが、そんなことはどうでもいいらしい。

「では、これで失礼します」

これ以上時間をむだにできないと思い、急いでドアに向かった。知らず知らずにこの部屋の奇妙《きみょう》な雰囲気《ふんいき》に流されて思いのほか長居《ながい》していたのだ。

「ああ、そうか。じゃあね、さびしくなるよ。あっ、それから、お嬢《じょう》さん」

シアの背中《せなか》に向かって別れのあいさつをした飲兵衛《のんべえ》は、ふと思いだしたようにあわててつけ加えた。

「ちょっとしたアドバイスなんだが、気をつけたほうがいいぞ。お嬢さんのような気さくで純真《じゅんしん》な新入りにはまだわからないだろうけれど、このレストランには注意しなきゃいけないことがけっこうたくさんある。レストランにかくされた秘密《ひみつ》だけをとってみても数えきれないほどあるんだ。それくらい、ここは謎《なぞ》めいた危険《きけん》なところだ。ものごとを目に見えるものだけで判断《はんだん》してはいけないよ。生き残りたいなら、頭を使いなさい」

声が不規則《ふきそく》に高くなったり低くなったりする彼《かれ》の話し方は、酔《よ》った勢《いきお》いで適当《てきとう》に言っているように思えなくもない。しかし、話の奥《おく》には真実味が感じられる。そのときシアの本能《ほんのう》が小麦粉の部屋での出来事を思いださせた。

（ハーツ）

名前だけで小麦粉の部屋をこおりつかせた存在《そんざい》。その名を口に出したとき、みんななにかをかくそうと必死な様子だった。

振《ふ》り返《かえ》り、ドアを背にして飲兵衛と向き合った。ヘドンの治療薬《ちりょうやく》を探《さが》しに行くことがいちばん重要だとしても、レストランについてもある程度は知っておかないと治療薬を探すことはできないだろう。

「レストランの秘密、ですか？　例えば……」

飲兵衛がひどく充血《じゅうけつ》した目でシアを見ている。シアは彼のとろんとしたまなざしを注意深く観察しつつ続ける。

「ハーツのことを言っているんですか？」

「……」

ハーツという名が飛びでた瞬間《しゅんかん》、酒に酔って笑っていた飲兵衛の口角が急速に下がっていった。今にも眠《ねむ》りに落ちそうにとろんとしていた目が生気を取りもどし、にわかに大きくなる。

「そうなんですか？」

あせって答えをせっつくと、彼の瞳孔《どうこう》は勢《いきお》いにまかせて揺《ゆ》れた。シアはひたすら答えを待った。その名前のせいで小麦粉《こむぎこ》の部屋から追いだされて悔《くや》しい思いをしたのだから、今度は引き下がるわけにいかない。それに、このわけのわからないレストランで生き残るためには、重要な情報《じょうほう》はできるだけ早く入手するほうがよさそうだ。

しかし飲兵衛《のんべえ》は、時間がたつにつれて落ち着くどころか、あわてふためき方が激《はげ》しくなっていく。顔を染《そ》めていた赤みは耳まで広がり、頭全体がトマトのように真っ赤だ。ストップボタンを押《お》し続けるように生涯《しょうがい》を終えそうだった彼《かれ》は、ひとみだけをシアのほうへ動かし、ゆっくりと口を開いた。

「……ヒィック」

残念ながら、それがひと言目だった。開いた唇《くちびる》のあいだからなんらかの説明が聞けるものと期待していたシアは内心がっかりしつつ、まともな言葉が出てくるのを待った。でも飲兵衛は依然《いぜん》としてだんまりを決めこんでいた。

「ヒィーック、ヒック」

しゃっくりのスピードが速まる。彼はシアがあきらめないことに気づいたのか、なんとかしてしゃっくりのあいまに言葉を発しようとがんばりはじめた。

「ヒィーック、ヒック。わしはヒック、どうしてヒィーックヒック……あいつをヒック、知ってるんだっけ？　ヒィック」

「大事なのは、そこじゃありません。〝ハーツ〟がだれなのか、教えてください」

シアは言葉のひとつひとつをはっきりと、力をこめて話した。すると飲兵衛は、こまかく震《ふる》える手でグラスを握《にぎ》りしめ、酒をあおった。おかげで落ち着きを取りもどし、しゃっくりは少しずつ止まっていった。

「お、お嬢《じょう》さんが、どうしてその名前を知ったのかわからないが、ヒック、すまないけれど……その話は……ヒィーック、わしが簡単《かんたん》に口外できることではない」

酔《よ》っぱらいにしては非常《ひじょう》にていねいな物言いだ。シアはがっかりせずにはいられなかった。

「なぜですか？　さっき言ったじゃないですか。お酒を飲むとだれの前でも堂々としていられる勇気がわくって。その勇気を〝無謀《むぼう》〟と言う人もいるけれど、人生には〝愚《おろ》かで無謀な勇気〟も必要だって。なのに、なぜ今になってその〝愚かで無謀な勇気〟を出すのを恐れるんですか？」

シアの指摘《してき》に飲兵衛があわてているのは明らかだった。数秒の沈黙《ちんもく》ののち、きわめて真剣《しんけん》な面持ちでゆっくりと口を開く。

「〝愚《おろ》かで無謀《むぼう》な勇気〟を出すのが必要なときと、まかり間違《まちが》って大惨事《だいさんじ》にあうときがある。その勇気を出す前は、自分が置かれている状況《じょうきょう》がそのふたつのうちのどちらなのか、必ず判断《はんだん》しなければいけない。今この状況は、後者のほうだ」

シアも負けてはいない。

「勇気を出すべき状況か、そうでない状況かを見きわめて、自分に有利なときだけ勇気を出すのなら、それは勇気とは呼《よ》べません。単なる、場合に応《おう》じた対処法《たいしょほう》ですよ」

飲兵衛《のんべえ》はもう降伏《こうふく》することにしたらしく、微妙《びみょう》な笑みを浮《う》かべて認《みと》めた。

「じゃあ、お嬢《じょう》さんには申《もう》し訳《わけ》ないことになったね。残念ながらわしは、お嬢さんが望むほどの勇気を持ち合わせていないようだ」

無意味な討論《とうろん》はもうけっこうという様子で飲兵衛が顔をそむける。シアはいくら説得しても自分の望む答えを聞けないとさとり、そこまでにした。

気を落としたシアは飲兵衛に型どおりの別れのあいさつをして、ふたたびドアのほうを向く。後ろから飲兵衛の最後のあいさつが聞こえてきた。

「じゃあ、気をつけて。それと、とてもつらいとき、げんなりしたときは、またこの部屋へ来るといい。さっき話したとおり、そんなときは、あらゆるものが止まった静かで平和な空間が欲《ほ》しくなるだろうからね。わしは、その……情報《じょうほう》については役に立てないが、きみを歓迎《かんげい》するくらいのことはできるよ」

飲兵衛にとっては精《せい》いっぱいの言葉だったが、シアにはたいしてなぐさめにはならなかった。

「ここへ来ることは絶対《ぜったい》にないはずです」

苦々しくつぶやき、迷《まよ》いなくドアを開ける。ついに、どんよりした部屋から明るく華《はな》やかな外へと足を踏《ふ》みだした。

外は明るく、すがすがしい。新鮮《しんせん》な夜の空気が酒臭《さけくさ》さを吹《ふ》き飛《と》ばしてくれた。うす紅色《べにいろ》の桜《さくら》が舞《ま》う夜空の風景は、心の奥深《おくふか》いところまですっきりするくらい透《す》き通《とお》って見える。エメラルド色のせまい階段《かいだん》のまわりでは、変わらず料理室から吐《は》きだされる煙《けむり》が桜の花びらたちと一緒《いっしょ》に踊《おど》っている。

しかし、壮観《そうかん》なながめを目の前にしているにもかかわらず、シアは混乱《こんらん》していた。ヘドンの治療薬《ちりょうやく》のことで頭のなかもごちゃごちゃだ。ハーツのことがわかれば、治療薬にたどりつく糸口も見つかるような気がした。もしかするとヘドンの病を治せる薬は人間の心臓《しんぞう》以外にないのかもしれない、という考えも頭をよぎる。存在《そんざい》するかどうかもはっきりしないものを一カ月以内に探《さが》せるだろうか。しかも、役に立ちそうな手がかりさえない。

シアは先を思い、不安にさいなまれながら階段《かいだん》を下りていく。ジュードはお使いが全部終わったらレストランのいちばん下、材料貯蔵室《ちょぞうしつ》と同じ階にある飼育室《しいくしつ》へ来るように言っていた。探すまでもなく、階段を下り続ければいいだけなはずだ。

そのまましばらく行くと、すべての料理室を通《とお》り過《す》ぎ、客が食事を楽しんでいるレストランに出ていた。さらに下りていくと、材料貯蔵室と思われるひっそりとした空間が現《あらわ》れた。すべすべの羽目板がきれいに張《は》られた壁《かべ》の一カ所を押《お》すとなかに入ることができた。両側にドアがいくつか並《なら》んだ、すっきりとしたろうかだった。ひとつ目のドアを開けると、野菜を栽培《さいばい》するような大きな温室が現れた。ふたつ目のドアは材料を新鮮《しんせん》な状態《じょうたい》で保存《ほぞん》する冷蔵室《ぞうしつ》で、三つ目のドアは材料を乾燥《かんそう》させる乾燥室だった。

そうやって前に進んでいくと、あるドアから騒《さわ》がしい音が聞こえてきた。家畜《かちく》の鳴き声のようだ。飼育室だと察したシアはドアの取っ手を引いた。

「アハハハハッ」

ドアのすきまから聞こえた聞き覚えのある少年の低音の笑い声が、シアの警戒《けいかい》を解《と》く。ドアをパッと全開にすると、室内の様子が目に飛びこんだ。動物でいっぱいだろうと予想していたのに、飼育室はがらんとしていた。ドアの外で聞いた家畜の鳴き声は飼育室の床《ゆか》の下から聞こえていたのだ。床の上にはさびしいくらいになにもない。長イスがいくつかあるだけだ。そのイスのひとつにジュードが座《すわ》っている。壁の中央に大きくとられた正方形の窓《まど》を背《せ》にしていた。窓から差しこむほのかな月明かりがジュードの影《かげ》をくっきりと描《えが》いている。

「お？　来たね。入って」

人の気配を感じてこちらを向いたジュードが、暗闇《くらやみ》のなかにぽつんと立っているシアを手《て》招《まね》きした。合流したらすぐにヤコブの地下室に連れていってもらえると思っていたので、彼《かれ》のゆったりした様子に少しとまどいながらも、うなずいてイスのほうへ向かった。

「ずっとここにいたの？」

「あ、そうではないんだけど、ちょっと友だちとおしゃべりしてたところ」

平然と答えるジュードに、シアはいらだった。シアが代わりに仕事をしてあげているあいだ、遊んでいたということだろうか。シアの命があやういのを知っているのに？

そんなシアの気持ちを知ってか知らでか、ジュードは厚《あつ》かましく話を続ける。

「あいさつして。僕《ぼく》の友だちだ。名前はヒーロー」

ジュードは首を軽くかしげて自分の左側へと視線《しせん》をうながした。シアはしぶしぶ彼《かれ》のジェスチャーに従《したが》って視線を移《うつ》した。しかし視界《しかい》にはなにも入ってこない。

（透明《とうめい》の妖怪《ようかい》もいるのかな？）

「エッヘン、頭をカクンと下に向けてください」

ふいに聞こえてきた声にびっくりして、声の出どころのほうへ頭を下げた。そして次の瞬間《しゅんかん》、おどろきのあまり体が跳《は》ね上《あ》がった。

「こっ、これ……いや、この方は……」

ジュードのとなりにいる生き物を目にして、シアは言葉につまった。

この神秘的《しんぴてき》な存在《そんざい》を正確《せいかく》に説明する言葉を見つけるのはむずかしい。大きさはシアの腕《うで》の長さくらい。体はきれいな真っ白の鱗《うろこ》でおおわれている。目つきは鋭《するど》いが怖《こわ》い印象はなく、印象的な黄金色のひとみは、温《ぬく》もりのあるバター飴《あめ》を思わせる。一見するとトカゲに似《に》てなくもない。

さらによく見ると映画《えいが》に登場するドラゴンを思わせたが、それにしては小さすぎた。ドラゴンや龍《りゅう》といえば威厳《いげん》があって恐怖《きょうふ》の対象ですらあるのに、シアの腕ほどの大きさのこの生き物は、かわいいと言っていい大きさだ。なのに、そのかわいらしい体でエッヘンと大《おお》仰《ぎょう》にせきばらいをするなんて……。まるで小さな子どもが大人のまねをしているようだった。

シアが途方《とほう》にくれて言葉を失っていると、〝ヒーロー〟と紹介《しょうかい》されたその生き物が思いやりのある愛情《あいじょう》のこもった声でやさしく言った。

「大丈夫《だいじょうぶ》、平気ですよ。さあ、怖《こわ》がらないで、おいらのあとについてゆっくり深呼吸《しんこきゅう》をしてみてください」

彼は小さな肩《かた》を揺《ゆ》らして手本を見せながらはげました。シアが緊張《きんちょう》が解《と》けずにカチンコチンにつっ立っていると、彼は耳ざわりなくらい大きなため息をついた。

「わかってます。じゅうぶん理解《りかい》できますよ」

「……はい？」

思わず聞き返すと、彼は物腰《ものごし》やわらかに続けた。

「こんな見事な龍を間近で見れば、あなたの心臓《しんぞう》だってたいへんでしょう。さぞかしショックを受けているはずですからね」

首を横に振《ふ》り、深刻《しんこく》そうな表情《ひょうじょう》をする。

「心臓がひどくはずんでいるのですから、言葉が出てこないのも当然です。とてもよくわかります。こんなに洗練《せんれん》されたかっこいい姿《すがた》を目にして、あなたもどうしようもないのですよね。大丈夫です。自然なことですよ」

「……はい？」

シアは自分の耳を疑《うたが》い、また口をぽかんと開けた。いつのまにかヒーローは似合《にあ》いもしないはにかんだ笑みまで見せていた。

「その気持ち、わかります。お嬢《じょう》さん、おいらは高貴《こうき》な龍《りゅう》ではありますが、つきつめて考えれば結局お嬢さんと同じ生命体なのです。だからそんなに緊張《きんちょう》することはありません。そんな目つきで見られたら、はずかしいではないですか。ハハハッ」

「なんですって？」

シアがとまどった声でたずねると、ヒーローもまた、混乱《こんらん》したまなざしでシアをながめた。

「あのう、失礼ですが……もしや普段《ふだん》から……人の話をよく理解《りかい》できないことがあったり、あるいはもしかして……お話しするのが得意ではなかったりするのでしょうか……」

口調はこのうえなく慎重《しんちょう》でていねいではあったが、内容《ないよう》はシアを憤慨《ふんがい》させるのにじゅうぶんだった。ところが言い返すすきも与《あた》えず、となりにいたジュードが笑いだした。彼《かれ》はまるでショーでも見るようにこの光景を楽しく見物していたのだ。

「プハハハハッ！」

体を前後に揺《ゆ》らして笑う彼の茶色の髪《かみ》を、後ろの窓《まど》から吹《ふ》きこんできた風がかき乱《みだ》す。

「あー、おっかしかった」

ジュードはシアとヒーローの視線《しせん》を一身に受けながらひとしきり笑い、数分間の努力の末にようやく落ち着きを取りもどした。そして、いまだ状況《じょうきょう》を把握《はあく》できずぽかんと棒立《ぼうだ》ちになっているシアのほうを向いた。

「こういう子だと思って受け入れてあげてよ。ヒーローは性格《せいかく》がちょっと……」

最後までは言えなかった。ヒーローが自信あふれる声でジュードの話を横取りしたからだ。

「あっ！　今、おいらのことを紹介《しょうかい》してくれようとしてるんですか？　なんて親切なんでしょう！　ですが、よろしければおいらの紹介はおいらがしたいですね。紹介というのは本人がしたほうが間違《まちが》いがないですから」

そう言って、シアに向かって熱く語りはじめた。

「すでにご存《ぞん》じのとおり、おいらの名前はヒーロー！　名前からしてズバリ、英雄《えいゆう》になる運命であることがわかるわけですね、ハッハッハッ。特技《とくぎ》はハンサムな顔！　趣味《しゅみ》はジュードをからかうこと！」

ここでジュードはちらっと顔をしかめたが、ヒーローはまったく意に介《かい》さず、目を輝《かがや》かせて自己紹介《じこしょうかい》を続ける。

「血液型《けつえきがた》はABC型！　種族は美しくも神聖《しんせい》なことで有名な龍《りゅう》であり、ドラゴン！　身長は……あ、身長は言いたくないですね。仕事は守護することです」

「しゅご？」

話を熱心に聞いていたシアがたずねると、ヒーローは自信に満ちたまなざしでうなずいた。

「そうです、おいらは守る役割《やくわり》を担《にな》っているんです。レストランでいちばん大切な貴重品《きちょうひん》をこの部屋で守っています」

「この部屋は空っぽだけど……。守護《しゅご》する物がここにあるんですか？」

シアの質問《しつもん》にヒーローは自慢《じまん》げに笑う。

「もちろんですとも。ここは飼育室《しいくしつ》ではないですか。一見するとなにもない空間のようですが、実はそうではないのです。あそこ、部屋の端《はし》っこをよーく見てください」

ヒーローが指さした部屋のすみを注意深く見てみると、床《ゆか》がぽっかりとあいていて、下へと続く階段《かいだん》があった。シアは鳴き声がなぜ床下から聞こえてきたのかがようやくわかった。

「あの階段を下りていくと、家畜《かちく》を種類別に収容《しゅうよう》した畜舎《ちくしゃ》があります。一階一階下りるごとに違《ちが》う種類の家畜がいるんですよ。おいらはいちばん下の階で番をしています。いちばん最後の階に、おいらが守らなければならない物があるというわけです」

ヒーローは自負心のかたまりのような表情《ひょうじょう》を浮《う》かべている。自分の重大な任務《にんむ》についてはぞらしげに語り終え、今度は期待に満ちた目でシアを見つめているのだから、シアとしては口を開くほかない。

「そうなんですね。どうぞよろしく、シアです」

「シアさん！　ジュード君の友だちは、すなわち、おいらの友だちですよ。どうぞよろしく！」

シアが成り行きであいさつをすると、ヒーローは大声で彼女《かのじょ》の名前を呼《よ》び、握手《あくしゅ》を求めた。新しい友だちができたことがうれしいようで、そのひとみは輝《かがや》いている。

握手がすんだあとも、自分がジュードとどれほど親しいか、シアと知り合えてどれほどうれしいかについて際限《さいげん》なく話し続けた。ジュードが止めていなければ、おそらくずっとしゃべり続けていたに違いない。

「ほら、もういいから。ヒーロー、僕《ぼく》とシアは今からヤコブの地下室へ行かなきゃならないんだってば」

話の腰《こし》を折られたヒーローはふくれっつらをしたものの、すぐにまた澄《す》んだ笑みを見せた。

「そうですね。しばし我《われ》を忘《わす》れてました。龍としての威厳《いげん》をどこかに置き去りにしてきたようで、とんだ無礼をいたしました。では以上でおいらの自己紹介《じこしょうかい》は終わりとしましょう。それでもそれなりにうまく紹介できた気がするので満足です。というわけで、自己紹介を完《かん》壁《ぺき》にこなしたおいらに、みんなで拍手《はくしゅ》を送りませんか？」

ヒーローはひとりで熱烈《ねつれつ》な拍手をしはじめた。龍《りゅう》が短い足で拍手をしているのもこっけいだったが、自分自身に向かってこんなにも熱烈に拍手しているのが、もっとあきれた光景だった。ジュードはヒーローをはずかしそうな目でながめ、シアはただ立ちつくしていた。

「さあ、ぽかんと立っていないで！　もっと大きく！」

ヒーローは、ほら早く拍手して、という手ぶりでふたりをせき立てる。シアとジュードは顔を見合わせた。結局ヒーローの妙《みょう》な力に引きずられ、ふたりはきまり悪さ全開で拍手をした。

パチパチパチパチパチ。

手のひらを打つけたたましい音が空っぽの部屋を満たした。実に変わった龍だった。

4. ヤコブの地下室

ヒーローのことがはずかしかったようだ。ジュードはマダム・モリブルのお使いを口実にして、シアを連れて急いで飼育室《しいくしつ》を抜《ぬ》けだした。ジュードの両手は管理室で受け取ったシアの生活用品でいっぱいだ。

シアが代わりに配達をしてくれたからなのか、それともヒーローのせいでばつが悪くなったのか、ジュードは文句《もんく》も言わずに彼女《かのじょ》の荷物を持ってやり、先を歩いた。

「ヤコブの地下室に行こう。ついてきて」

道には桜《さくら》の小さな花びらが散り積もり、まるでピンク色のじゅうたんが敷《し》きつめられているようだった。ふたりはしばらく階段《かいだん》を下りていく。シアはつかれはてていて、歩いているあいだじゅうずっと、早く行って眠《ねむ》りたいと考えていた。レストランに着いてからずいぶんたっていたし、もう夜が明ける時間だ。今日という一日がシアにはあまりにも長かった。

前を行くジュードが急に立ち止まり、シアは彼《かれ》の背中《せなか》にぶつかる一歩手前で気づいて、あわてて止まった。

「もう着くよ。この階段《かいだん》を下りるとヤコブの地下室があるんだ」

彼のとなりから、前を見てびっくりした。陰気《いんき》なせまい通路には朽《く》ち木《き》の踏《ふ》み板《いた》が危《あぶ》なかしげにのっかっていた。ついさっきまではエメラルド色の階段に桜《さくら》の花びらが散り積もっていたのに。花びらたちさえも、ほこりがうず高くたまったこのうす汚《ぎたな》い階段は避《さ》けたかったのだろう。ちょうどシアのかかとのところで積もるのをやめていた。まったく別の世界を見るようだった。

「下りよう」

ジュードが全部慣《な》れっこだと言わんばかりに平然とつぶやき、すっと階段に足を下ろした。シアは階段の終わりが気になって下をのぞいてみたけれど、暗くてまともに見えなかった。数歩前を進んでいたジュードが振《ふ》り返《かえ》る。シアがまだ上でぐずぐずしているのに気づき、手を伸《の》ばした。

「どうした？　僕《ぼく》につかまる？」

シアは首を横に振る。これからひと月ここで過《す》ごさなければならないのだから、ひとりで下りられるようにならなくては。

ジュードが向き直ってまた下りはじめた。シアもこわごわとあとに続く。足が触《ふ》れるたびに、ギィーッ、ギィーッと階段が不快《ふかい》な音をたてて激《はげ》しく揺《ゆ》れた。そのうえ暗くてまともに足元が見えない。シアは急に怖《こわ》くなった。階段が崩《くず》れ落《お》ちでもしたら……と、つま先立ちでおそるおそる下りていく。反対に、ジュードはつかつかと先を行く。そのせいで階段はさらに激しく揺れて、後ろにいるシアは壁《かべ》にしがみつかなければならなかった。

ようやく階段を下りきると、板がはがれて落ちかけている小さなドアが現《あらわ》れた。ジュードがトンと押《お》すと、古びたドアはキーという苦しそうな音をあげて力なく開いた。地下室のなかは暗くてよく見えない。室内から漂《ただよ》ってくるひどい悪臭《あくしゅう》にシアが顔をしかめる。それを見たジュードはくすっと笑い、ドアをガバッと開けてなかへ入った。

「においは時間がたてば慣れるよ。ヤコブみたいな魔女《まじょ》と暮《く》らすからには、慣れるしかない」

彼の言い方は〝ヤコブ〟という部分に力がこもっていて、ヤコブに対してよくない感情《かんじょう》があることを印象づけた。シアはうなずいてから、心して地下室に入った。

予想していたとおり、地下室は暗くてひんやりとしている。ほこりまみれの灰色《はいいろ》の壁と床《ゆか》が室内を包みこんでいて、壁にはランプがひとつ、ついてはいたけれど暗い室内を明るくするには足りていない。シアはさほど身を入れて室内を見回してはいなかった。関心はほかのところにある。

彼女《かのじょ》の気持ちを読んだようにジュードが小声で言う。

「ヤコブは寝《ね》てるみたい。よく寝る魔女《まじょ》なんだ。できるだけ音をたてないで、起こさないようにしないと。あのばあちゃんが起きると、またつかれることになっちゃうからさ」

ジュードが本気で言っているようだったので、シアは黙《だま》ってコクンとうなずいた。正直なところシアだって、人間の心臓《しんぞう》を食べるようにすすめたという魔女とそんなに急いで会いたくはない。

つま先立ちでそうっとジュードについていく。ところが、数秒後に聞こえてきたよく響《ひび》く太い声がシアの努力を水の泡《あわ》にした。

「またつかれさせることになって悪かったな、ジュード！」

いきなり背後《はいご》から聞こえてきた野太い声にシアはおどろき、体をびくっとさせた。ゆっくりと振《ふ》り返《かえ》って声の主を目にしたとたん、全身に電流が走ったかのように固まる。

こおりついたシアとは対照的に、ジュードはちっともおどろかず、むしろ大声でぼやいた。

「ああ、もう！　おどろかすのはやめてって言ってるじゃないですか！」

声の持ち主はジュードの訴《うった》えに素直《すなお》に従《したが》うたちではなかった。なんの返答もせずジュードに向かって思いきり目をむいたあと、シアに視線《しせん》を移《うつ》した。

「なにをそんなにバカみたいに見ている？　まるで頭が空っぽなマヌケなハトのようだね。わたしはハトが嫌《きら》いだ。間《ま》の抜《ぬ》けた顔で、頭を前や後ろにつきだしてはそり返って、鳴きまくるだろう」

声の主はハトの目と羽がいかに不愉快《ふゆかい》であるかをぶつぶつとつけ加えた。そして、ショックで固まっているシアを絶望的《ぜつぼうてき》なまなざしでなめ回すようにながめ、大声で言った。

「この先ひと月も、このマヌケなハトと暮《く》らさねばならないとは。とことん運に見放《みはな》されてるねえ」

シアはびっくり顔をなんとかつくろって、声をしぼりだした。

「一緒《いっしょ》に暮らすですって？　私とですか？　じゃあ、あなたがヤコブなんですか？」

「わたしがヤコブでないなら、いったいだれがヤコブなんだい？　やってることがマヌケなんじゃなくて、頭のなかもマヌケなんだね」

ヤコブはシアに向けて手をひらひらさせ、こんなに愚《おろ》かであわれな生物ははじめて見た、という様子で首を左右に振った。シアはヤコブから目を離《はな》すことができない。ヤコブはまだ十五歳《さい》のシアと同じくらいの背《せ》たけだった。シアの身長は同学年のなかでも低いほうだ。そのうえヤコブの顔は、背たけの半分を占《し》めるほど、とてつもなく大きい。いつ洗《あら》ったのか見当もつかない脂《あぶら》ぎった黒髪《くろかみ》は、巨大《きょだい》な頭の右側のほうできっちり分け目がつけられ、ぎゅっと結ばれている。おこったサルの目を連想させるひとみ。その下には曲がった大きな鼻がそびえている。ソーセージのような分厚《ぶあつ》い唇《くちびる》のあいだに、細長い歯が輝《かがや》く。あごは絶壁《ぜっぺき》のように顔からつきだしている。

もっと衝撃的《しょうげきてき》なのは服装《ふくそう》だ。ヤコブはちっとも似合《にあ》わないツツジ色のドレスを着ていた。ふわふわのレースと大きなピンク色のリボンが、邪魔《じゃま》ではないかと思うほどたくさんついている。びっくりするぐらい太い首には大きな真珠《しんじゅ》のネックレスがつけられていて、頭をかざっている大きなリボンは（それを〝かざり〟と呼べるのなら）心底似合《にあ》っていない。

ヤコブの型破《かたやぶ》りな風貌《ふうぼう》にあっけにとられ、しばらくぽかんと見ていたシアは、自分を呼《よ》ぶヤコブの声におどろいて我《われ》に返《かえ》った。

「シア！　わたしの地下室で過《す》ごすあいだ、ジュードの部屋をジュードと一緒《いっしょ》に使うように」

ヤコブが大声で言った。すると、それまで静かだったジュードが身を乗りだして抗議《こうぎ》した。

「なんだって？　忘《わす》れてるようだけど、僕《ぼく》はもう立派《りっぱ》な男だし、この子は女……」

「だからなんなのさ！　男と女がひと部屋で過ごすことの、なにがどうだと言うんだい？　片方《かたほう》がひとりで勝手に浮《う》かれて変な想像《そうぞう》さえしなけりゃ、なにも起こりやしないよ！」

ジュードはさらにつっかかるつもりで口を開いていたが、ヤコブの言った後半部分に面食らい、口ごもった。自分の勝利を確信《かくしん》したヤコブは、不快《ふかい》な笑みを浮《う》かべた。

この状況《じょうきょう》が不満なようだ。ジュードは唇をとがらせ、こそこそと自分の部屋に入ろうとしたが、背後《はいご》から聞こえてきた「ジュード！　お使いがあるだろ。どこへ行く！」というヤコブのどなり声にぎくっとして、持っていた荷物をシアに渡《わた》すと、ヤコブのもとへすっ飛んでいった。

ジュードが大あわてでお使いに出かけたあと、シアはヤコブとふたりきりになった。おどおどとヤコブの様子をうかがっていたシアは、沈黙《ちんもく》を破《やぶ》るために口を開いた。

「ところで、どうして私《わたし》の名前を知っていたんですか？」

さっきから気になっていたことだ。ヤコブはシアとはじめて会ったし、名前をたずねてもいない。なのに、シアの名前と、シアがヤコブの地下室で過ごすことを知っていた。

ヤコブはシアの問いに答えず、大きな歯をむきだしにして、思わせぶりに笑いはじめた。

エケッ、エケッと、赤ちゃんが泣くのを我慢《がまん》しているような変わった笑い声をたてる。

ピンク色の大きな指輪をはめた太い指が、すみに積まれた本のあいだの小さな物体をなでた。シアは目を凝《こ》らす。小さな球体だ。透《す》き通《とお》ったエメラルド色をしていて、内側ではかたちを結びそうで結びきらないおぼろげななにかが霧《きり》のようにうずまいている。

「水晶《すいしょう》……玉？」

まさか、という気持ちでぼそっとつぶやくと、ヤコブはうなずいた。

「そうだ、水晶玉。これですべてを見ることができる。わたしの目となり耳となってくれる、わたしの宝物《たからもの》二号さ」

「宝物一号は、なんですか？」

「一号も、ある。だが、それがなにかは秘密《ひみつ》だ」

ヤコブがにっこりと笑う。まるで本来つくべきではない場所に明かりがついたような、どことなく場違《ばちが》いな笑いだ。

「水晶玉がほんとうに存在《そんざい》しているなんて、知りませんでした」

宝物一号がなんなのか気になりつつも、シアは目の前のあでやかな水晶玉にすっかり見とれていた。そのうちにふとなにかを思いつき、ヤコブの顔をぱっと見上げた。

「水晶玉があなたの目と耳になってくれるから、知りたいことをなんでも全部、見たり聞いたりできるんですね」

シアは少しためらってから、覚悟《かくご》を決めたようにヤコブの目をまっすぐに見すえる。

「それじゃあ、ヘドンのほかの治療薬《ちりょうやく》のこともご存じでしょうね」

沈黙《ちんもく》。それも長い長い沈黙が続いた。

ヤコブの顔は石のように固まっている。しかし、だんだんと顔の筋肉《きんにく》がゆるんでいき、口元にじわりと笑みがにじんだ。

「ああ、もちろん。知っているに決まってる」

返事を聞くと同時に、興奮《こうふん》がどっと押《お》し寄《よ》せてくる。シアはおなかの底に緊張《きんちょう》のかたまりがあるのを感じた。

治療薬さえ見つければ家に帰れる。恐《おそ》ろしいヘドンともう会わないですむ。助かるという思いに気がせいて、シアはにやついているヤコブにさけんだ。

「教えてください。お願いです！」

必死の訴《うった》えにもかかわらず、ヤコブはじらすように笑うだけ。シアの忍耐力《にんたいりょく》が、玉ねぎの皮のように一枚《まい》、また一枚とはがれていく。

「笑ってばかりいないで、教えてくださいよ！」

大声でさけぶと、ヤコブはぎゅっと顔をしかめた。だが口元には笑いが残っている。

「おまえはハトみたいに頭が悪いだけでなく、礼儀《れいぎ》も知らないんだね！　それが、人にものをたのむときの態度《たいど》か？」

ヤコブはありったけの力をこめて目を見開き、とげとげしく返した。ただでさえ険《けわ》しい目つきに厳《きび》しさが増《ま》す。シアは心を入《い》れ替《か》え、今度は謙虚《けんきょ》な態度で切りだした。ヤコブから治《ち》療 薬《りょうやく》のことを教えてもらうには、とにかく彼女《かのじょ》に気に入られなければならない。

「ごめんなさい。ちょっと急いでいて、だからあせってしまって……」

「ちょっと急いでいて……？　言《い》い訳《わけ》のつもりで言っているのか！　『急がば回れ』という言葉も知らないようだね。なんてマヌケな子なんだ」

謝罪《しゃざい》をばっさりと退《しりぞ》けられたシアは、怒《いか》りで腹《はら》の底《そこ》がぐらぐらと煮《に》え立《た》つのを感じた。それでも気持ちを落ち着かせながら、理性的《りせいてき》に考えようとする。ヤコブは治療薬のありかを水《すい》晶 玉《しょうだま》でシアに見せてやる気などみじんもないようだ。それにもう夜も遅《おそ》い。

「もうずいぶん遅い時間ですけど、寝《ね》ないんですか？」

聞いているのか聞いていないのか、ヤコブはシアの問いかけに対してなんの反応《はんのう》もしないでいたかと思うと、またウヒヒヒッと不愉快《ふゆかい》な笑みを浮かべた。

「さもしいやつめ。水晶玉は、使い方を知らなければ見ることはできない。こっそりのぞこうと思っているのなら、あきらめることだね」

頭のなかを見透《みす》かされて、返す言葉がない。ヤコブはそんなシアを皮肉るような表情《ひょうじょう》でながめ回している。

「それから、妖怪《ようかい》は夜行性《やこうせい》だ。日が暮《く》れる時間から日の出まで活動して、日が昇《のぼ》ってから眠《ねむ》る」

どうりで夜中なのにたくさんの妖怪が外を歩き回っているわけだ。シアは疲労《ひろう》が押《お》し寄《よ》せるのを感じつつ、こわごわとたずねる。

「それは……私《わたし》も朝まで起きていなければならないってことですか？」

レストランに来てわずか数時間だが、あまりにもたくさんのことが起こって、とてつもなくつかれていた。今すぐ倒《たお》れてもおかしくないくらいだ。

「……ぐうたらもの。見た目だけじゃなくて、考えることもハトみたいなんだねえ、まったく。好きなようにしな。今から寝たって別に問題はない。どうせおまえはここの正式な従《じゅう》業員《ぎょういん》でもないんだから」

たくましい腕《うで》でシアの背中《せなか》を押《お》しながら、ヤコブは地下室の片側《かたがわ》にある階段《かいだん》を一気にかけ上がった。そしてジュードの部屋のドアを開け、じたばたもがいているシアをぞんざいに押しこむ。

「なにをそんなにパタパタやってるんだい。世話を焼かせないで、さっさとお入り！」

あまりの勢《いきお》いに、ぽかんと立ちつくしているあわれなシアに無情《むじょう》な声が飛ぶ。すぐさまバッタンッとドアが閉《し》められた。

頬《ほお》をなでる暖《あたた》かい感触《かんしょく》。シアはベランダから差しこむぬくもりで眠《ねむ》りから目覚めた。ゆっくりとまぶたを上げる。強すぎず、弱すぎず、ほどよい夕方の日ざしだ。冷たい月光しか見ていなかったから、暖かい日光に触《ふ》れたことがうれしかった。だから目を開けたのだが、体は起こさなかった。

日ざしに顔をあずけたまま右手を上げ、そっと目元に触れる。ヒリヒリした痛《いた》みを感じてすぐに手を離《はな》した。深夜にジュードの部屋へ強制的《きょうせいてき》に押しこまれたあと、ひとしきり泣《な》いて目が腫《は》れているせいだ。

明け方ごろ、泣きつかれて眠《ねむ》りに落ちた。怖《こわ》いし、不安だし、なによりも家族のことが思いだされた。人間界とここでは時間の流れ方が違《ちが》うとは聞いたけれど、両親のことが気がかりで、罪悪感《ざいあくかん》と申《もう》し訳《わけ》なさで涙《なみだ》が出た。

レストランに来る前のこと、引《ひ》っ越《こ》したくないとだだをこねたことを後悔《こうかい》していた。あれが家族の顔を見られる最後の日になるかもしれないとわかっていたら、そうはしなかっただろうに。たった一日前のことなのに、今は遠い昔のように感じられる。

かさかさになった下唇《したくちびる》を軽く噛《か》み、ぐったりした体を無理やり動かす。両親のもとへもどるためには、ここで生き残らなければならない。布団《ふとん》のなかでがさごそと音をたてて、こわばった体をよじったり、腰《こし》をまっすぐに伸《の》ばしたりした。そして、やっとのことで上体を起こし、なんとか立ち上がった。急に立ったせいか、血のめぐりが悪くて頭がズキズキする。額に手を当て、頭痛《ずつう》がおさまるのを待ってから部屋を見回した。昨夜はあまりにつかれていて、よく見る余裕《よゆう》もなかった。

はじめてきちんとながめたジュードの部屋は、小さくて質素《しっそ》だけれど、それなりに快適《かいてき》で居心地《いごこち》がいい。ジュードのほうがヤコブよりもはるかに掃除《そうじ》上手であることが、ひと目でわかる。床《ゆか》はきれいで、壁側には木製《もくせい》の棚《たな》がいくつかと、クローゼットが置かれている。小さな壁掛《かべか》け時計がひとつ、かたむかずにかけられており、かざり気はないが清潔《せいけつ》な印象を与《あた》えていた。

「うぅはぁあ……。ひゅふーう」

後ろからおかしな音が聞こえてきた。音のするほうを振《ふ》り向《む》くと、部屋のすみでちぢこまって眠《ねむ》るジュードが目に入った。

「ほひーん……。ふうぅー……」

ジュードは唇《くちびる》をぴくつかせ、声をあげながら寝返《ねがえ》りを打っている。シアはそんなジュードを無意識《むいしき》のうちに横目でにらみつけていた。夜中じゅう、なかなか寝つけなかったのは不安と罪悪感《ざいあくかん》にさいなまれたせいもあるが、もうひとつの原因《げんいん》はジュードだった。

仕事を終え、朝になってからやっともどってきたジュードは、自分の部屋で寝ているシアを見て、「ギャーッ！」と悲鳴をあげた。そして、おどろいて跳《は》ね起《お》きたシアを無理やり部屋の外へ引きずりだそうとした。

ヤコブがジュードの部屋を使えと言ったことを思いださせると、ようやく落ち着き、ぶうぶう言いながら眠りについたのだった。さらに、眠ってからも大迷惑《だいめいわく》だった。寝言なのかどうなのか判別《はんべつ》できないことをつぶやき続けているのだ。

「シア～、こいつめ！　僕《ぼく》の部屋を乗っ取るとは！　ここは僕だけの部屋なんだぞ。むにゃむにゃ……」

夕方の今になってもジュードの寝言はあいかわらずだ。部屋の主がこんなにも寝つきが悪いなんて、これからひと月、安眠《あんみん》が約束されないのは目に見えている。シアはふうーっと深いため息をついた。

マダム・モリブルから受け取った衣類のなかからひとつをつかみ、部屋の外へ出る。夜中まであちこち歩き回ったせいで、シアの服と髪《かみ》からは汗《あせ》のいやなにおいがきつく漂《ただよ》っていた。明け方に地下室を見回したときにトイレを見かけたことを思いだしていた。階段《かいだん》を三、四段下りるとトイレが見えた。地下室特有の冷気にぶるるっと身震《みぶる》いしながら小さな空間へ入る。

トイレは意外とこざっぱりとしていて、シャワールームをかねていた。古びた感じはするものの、シャンプーにボディーソープ、さらには保湿《ほしつ》クリームまで、必要な物が棚《たな》の上に備えつけられている。クリームの横に小さな紙切れが、落ち葉のようにそっと置かれてあった。シアはそこに書かれた文章を読み、なぜトイレがこうもきれいなのか納得《なっとく》した。

『ヤコブ、どうかトイレをもう少しきれいに使ってください。きれいに使わないと、もうトイレ掃除《そうじ》をしてあげないよ。ジュードより』

ミミズがはったような字を読み終えると、つい笑みがこぼれた。トイレ掃除《そうじ》がどれほど面倒《めんどう》だったのだろう。ヤコブはジュードの小さな脅迫状《きょうはくじょう》に素直《すなお》に応《おう》じたのだろうか。

蛇口《じゃぐち》をひねるとちゃんとお湯が出た。緊張《きんちょう》でがちがちに固まっていた体をお湯のぬくもりが少しずつとかしてくれた。シャワーを浴び、フックにかかっていたタオルで水気を拭《ふ》き取《と》ると、汗《あせ》と悪臭《あくしゅう》まみれだった体はひと皮むけたように軽くなった。ぬれた髪《かみ》の先からぽたぽたしずくが落ちる。シャンプーのイチゴの香《かお》りがほのかに漂《ただよ》った。

シアはすっきりした気分で、マダム・モリブルの管理室でもらった服に着《き》替《が》え、トイレを出た。ヤコブがまだ寝《ね》ていることにほっとして、そのままジュードの部屋へもどった。ジュードはもう起きていて、布団《ふとん》を片《かた》づけている。

「シャワーを浴びたんなら、片づけを手伝って。僕《ぼく》が布団を畳《たた》むから、君はカーテンを開けてよ」

シアを見つけたジュードは澄《す》ました顔でそう言ってから、また布団のほうへ顔を向けた。

シアはこくりとうなずくと、すり切れたカーテンを開け、ひもの部分を古びたフックにかける。カーテンの向こうからベランダが現《あらわ》れた。ベランダは低い欄干《らんかん》を適当《てきとう》に組み合わせてつくられた粗末《そまつ》なものだったが、視界《しかい》が広々と開けていて、居心地《いごこち》のいいベランダの条件《じょうけん》をじゅうぶんに満たしている。

破《やぶ》れ目《め》のあるぼろぼろのカーテンをすり抜《ぬ》けてベランダに出てみると、思ってもみなかった美しい景色が目の前に広がった。レストランの庭園だ。ジュードは布団を部屋のすみにていねいに積み上げてからベランダのほうへ歩いてきて、感激《かんげき》しているシアに気取った様子で言った。

「どう？　かっこいいだろう？」

ちょっとうぬぼれているように見えて、シアはプハッと吹《ふ》きだしてしまう。

「うん、とってもすてき」

素直に答えると、ジュードはいっそう得意がり、うれしそうに笑みを浮《う》かべた。シアも黙《だま》ってほほ笑んだ。ジュードがなぜ自分にカーテンを開けるよう指示《しじ》したのか、シアはこのときやっと気づいた。

この部屋は地下室の真上にあり、高さでいうと庭園と同じような位置にある。だからベランダに座《すわ》ると、庭園のなかにいるような気分になれるのだ。色とりどりの花がシアのまわりをうめつくし、ゆらゆらと揺《ゆ》れている。花の香りのまざった春風に吹《ふ》かれて、シアのぬれた髪が舞《ま》い上《あ》がる。心のなかのもやもやが一瞬《いっしゅん》で吹《ふ》き飛《と》ぶようだった。

そのとき、妖怪《ようかい》たちの姿《すがた》が目に入った。庭園の外とレストランをつなぐ橋を渡《わた》っている。

(レストランのお客さんたちだろうな)

シアは妖怪の姿を見たとたん、自分がここにとどまっている理由を思いだした。視線《しせん》を庭園に残したまま口を開く。

「ねえ、ジュード。ヤコブの水晶玉《すいしょうだま》なんだけど……」

ジュードの様子をうかがいつつ続ける。

「どうやって使うか、知ってる?」

昨夜はヤコブの勢《いきお》いに押《お》されてくわしく聞けなかったけれど、水晶玉はシアに与《あた》えられた唯一《ゆいいつ》の糸口だ。ほかの治療薬《ちりょうやく》について知っていると言ったときのヤコブの笑みが脳裏《のうり》をかすめる。シアは期待のこもったまなざしでジュードを見た。

ジュードは肩《かた》をすくめた。

「知っていたら、とっくに盗《ぬす》み見《み》しているさ」

がっかりしたが、平気なふりをする。

「あなたも水晶玉で見たいものがあるの?」

「もちろん」

シアは視線を庭園にもどした。外を歩く妖怪の数がどんどん増《ふ》えてきている。

「使い方を知ってる妖怪、いないかな」

つぶやきながら、昨夜出会った妖怪たちをひとりずつ思いうかべてみる。ルイ、ヘドン、マダム・モリブル、小麦粉《こむぎこ》の部屋のヘンテコリン、飲兵衛《のんべえ》。このなかに水晶玉の使い方を知る妖怪はいるのだろうか。なにかひとつ忘《わす》れているように思えた。

もう一度、昨夜の出来事をことこまかに振《ふ》り返《かえ》る。すると、ある考えが頭のなかにぱっと浮《う》かんだ。

「リディアはどうかな?」

ジュードに目をやると、なにをとんでもないことを言っているんだ、という表情《ひょうじょう》でジュードがシアを見返す。

シアはマダム・モリブルの管理室でリディアについて耳にしたことをはっきりと思いだした。管理室にわんわんと響《ひび》いていたリディアの金切り声は、シアの神経《しんけい》の奥深《おくふか》くをひっかき、しっかりと痕跡《こんせき》を残していたのだ。

「リディアはヤコブみたいな魔女《まじょ》なんでしょ。だったら水晶玉の使い方について、なにか知ってるかもしれないわ」

ジュードは考えこんだ表情《ひょうじょう》になる。シアの言ったことをじっくり吟味《ぎんみ》しているようだ。眉間《みけん》にしわを寄せ、なにかに熱中しているみたいに宙《ちゅう》をにらんでいる。そして、決心したようにシアを見つめた。

「リディアのところへ行ってみよう」

5. 明らかになったリディアの正体

ヤコブが眠《ねむ》っているあいだに地下室を抜《ぬ》けだしたシアとジュードは、マダム・モリブルの管理室の上の階へ向かった。いつのまにか外は、眠りから覚めてレストランの開店準備《じゅんび》をしている妖怪《ようかい》たちでいっぱいだった。緋色《ひいろ》の炎《ほのお》がひとつふたつとランプに灯《とも》っていく。いくつもの料理室から煙《けむり》と食べ物の香《かお》りが漂《ただよ》いはじめた。

リディアを見つけるのはさほどむずかしくなさそうだった。管理室に近づいたとたん、上階から耳をつんざくようなけたたましい泣き声がしたからだ。ふたりはしめし合《あ》わせたように、声をたよりに階段《かいだん》をかけ上がった。

階段の上の角を曲がり、せまく曲がりくねったろうかのほうへ進むと、彼《かれ》らをからかうかのように泣き声がやみ、ろうかはしんと静まり返った。あたりをうろうろしながら待ってみたけれど、残念なことにリディアの泣き声は聞こえてこない。

あせってまわりを見回していたジュードが待ちきれずに口を開いた。

「このままじゃ地下室にもどるのが遅《おそ》くなる。ヤコブがお使いをたのみたいときに僕《ぼく》がいなかったら、大噴火《だいふんか》しちゃうよ」

ジュードはシアのそばへさっと寄《よ》る。

「手分けして探《さが》そう。このろうかには部屋が少ないから、ひと部屋ずつ入ってみればすぐに見つかると思う」

シアはジュードの提案《ていあん》に賛成《さんせい》し、ふたりはそれぞれろうかの左側と右側の部屋を受け持って入ってみることにした。ジュードが先に部屋へ入るのを見とどけてから、シアは反対側にあるドアをゆっくりと開けた。

まだ夕方のあまり遅《おそ》くない時間だというのに、室内は真夜中のように暗かった。つららに囲まれているのではないかと思うぐらい、空気が冷たい。ぐんと下がった体感気温にぶるぶるっと震《ふる》える。シアは両腕《りょううで》で体を包みこんだ。室内を念入りに見回したが、むなしいほどに空っぽだ。窓《まど》ひとつない、見事になにもない部屋。

「だれかいませんか?」

勇気を出して大声でたずねる。しかし、なんの返事もない。

がっかりしてドアのほうに向き直る。と同時に疾風《しっぷう》が、シアの横をぴゅうっと吹《ふ》き抜《ぬ》けた。ドアへ伸《の》ばしかけたシアの腕が、風に触《ふ》れたとたんこおりついた。シアは球体関節のデッサン人形のように腕をカクカクさせながら手を腰《こし》に当てた。心臓《しんぞう》の鼓動《こどう》が速まる。

部屋に窓《まど》がないことは確《たし》かだ。ドアも閉《し》まった状態《じょうたい》のまま。それなら風はどこから吹きこんだのだろう。シアの髪《かみ》が逆立《さかだ》った。立ち止まっているあいだにも、風は休みなくいたずらをするように彼女《かのじょ》のまわりをくるくると吹《ふ》き荒《あ》れている。風は後ろや横や前からと、そのときどきですばやく方向を変えてシアをいじめた。

「やめて！」

シアがさけんだ。するとおどろくことに、風は素直《すなお》に動きを止めた。シアはドアのほうに向いていた体をゆっくりと回して振《ふ》り返《かえ》った。

すぐ前に小さな女の子がひとり、両手をひざに置いてちょこんと座《すわ》っている。せいぜい十歳《さい》くらいにしか見えない少女の白い頬《ほお》の上で、赤い巻《ま》き毛《げ》が跳《は》ねる。長いこと泣いていたようなぱんぱんに腫《は》れあがった目元が、彼女がだれなのかを告げていた。

「……リディア？」

腰をかがめてその子と向き合い、名前を呼《よ》んだ。少女はルビーのような赤いひとみをまん丸く見開いてシアを見た。目が合うなり、その澄《す》んだひとみに吸《す》いこまれる。無邪気《むじゃき》さと好《こう》奇心《きしん》のこもった目が、澄《す》んだまなざしでシアをじっと見つめていた。

「こんにちは」

シアはやさしく言った。しかし、リディアはなにも反応《はんのう》しない。表情《ひょうじょう》をうかがっても、怖《こわ》がっているのやら、はずかしがっているのやら、ちっとも変化がない。

しかたなくもう一度口を開く。リディアの反応を引きだすために今度は質問《しつもん》してみることにした。

「ここはどうしてこんなに暗いの？」

多彩《たさい》な輝《かがや》きをまとったレストランのほかの場所とは違《ちが》い、窓《まど》ひとつないこの部屋は世界から完全に遮断《しゃだん》されていた。こんなに暗いのにどうしてお互《たが》いのことがよく見えているのか不思議なくらいだった。

今度はリディアの小さな唇《くちびる》がぴくりと動いた。

「あたしは暗いのが好き」

リディアの声は澄んでいて、やわらかかった。リディアは視線《しせん》をじっとシアにそそぎ、ためらいがちに言葉をついだ。

「闇《やみ》は視線をかくしてくれる」

幼《おさな》い少女の口から発せられた言葉とは思えなかった。シアは慎重《しんちょう》に口を開く。

「闇はあなたが嫌《きら》いなものだけをかくしてくれるのではないわ。あなたが見たいものまで全部かくしてしまう。それはどうするの？」

リディアはちっちゃな手を上げて、シアを指さした。正確《せいかく》には、シアの後ろのほうを。そちらを振《ふ》り向《む》くと、ホタルが数匹《ひき》、チカチカと明るい光を放って飛んでいるのが見えた。

「あのホタルたちは普通《ふつう》のホタルじゃないの。あの子たちは、あたしが欲《ほ》しいものを見つけだして、それを見られるように照らしてくれる」

シアはホタルをしげしげと見た。部屋のなかにはシアとリディア、そしてホタル以外はなにも見えない。暗い室内をちらちらと照らすホタルの光がもどかしく感じられた。シアは明るい光がもれてくるドアのほうを向く。そのとき、リディアを探《さが》し続けているであろうジュードのことを思いだした。

「待ってね。ちょっと行ってくる」

そう言いながらドアのほうへ足を踏《ふ》みだす。ジュードを呼《よ》んでこなければ。ところが一歩目を踏みだすなり、リディアに袖《そで》をつかまれた。

「行かないで。ここであたしと遊ぼう」

リディアがせがむ。でも、ジュードを呼《よ》んでくるのが先だ。

「すぐだから」

振《ふ》り返《かえ》ってリディアと向かい合った。リディアはしょんぼりしている。大きなひとみに涙《なみだ》をなみなみとたたえ、今にも泣きだささんばかりだ。リディアをなぐさめようと、つかえながらも言葉をつごうとしたが、リディアはシアの気持ちなど知るよしもない。シアの言葉を無視《むし》して、こてんと首をかしげた。

「おねえさんも行っちゃうの?」

変わらぬ澄《す》んだ声だが、トーンはさっきと違《ちが》って心なしかゆがんでいる。それがなにを意味するのか考えるすきもなく、少女の泣き声が彼女《かのじょ》の顔から盛大《せいだい》なラッパの音さながらに響《ひび》きわたった。

リディアの表情《ひょうじょう》は落ち着きを通《とお》り越《こ》して冷たく、泣き声だけが顔の前でどんどん大きくなってゆく。泣き声はだんだんと鋭《するど》くなり、シアの耳が痛《いた》くなるくらいまで大きくなると、リディアの顔が突然《とつぜん》ゆがみはじめた。ちょうど紙がくしゃくしゃになるように、リディアの顔も壊《こわ》れていった。

泣き声は、今度は純真《じゅんしん》な少女の笑い声と合わさって、シアの頭のなかでガンガン鳴り響く。リディアの顔はもう、かたちがわからないほどゆがんでいる。美しかった少女の顔はしだいに、けもののそれに変わっていき、泣き声と笑い声が合唱のように四方に響きわたった。耐《た》えがたい騒音《そうおん》に、シアはありったけの力で耳を押《お》さえたが、むだだった。音はシアの耳を通して聞こえているのではなかった。彼女の頭のなかで聞こえているのだ。

リディアの顔はどんどんけものに近づいていく。白くつやつやとした肌《はだ》は跡形《あとかた》もなく、ふさふさした毛がその場所を占《し》めている。輝《かがや》いていた大きな目はだんだん小さくなっていき、怒《いか》りくるった猛獣《もうじゅう》の獰猛《どうもう》な目に変化した。シアはぽかんと開いた口を閉《と》じるのも忘《わす》れてリディアを見ていた。もはやリディアはかわいらしい子どもではなかった。魔物《まもの》に変身していた。飢《う》えたように凶暴《きょうぼう》な目がシアのひとみと向き合う。シアはどこに目をやるべきかわからなかった。リディアの全身は黒い毛におおわれ、激しく震《ふる》え続けている。恐怖《きょうふ》を感じてシアが後ずさると、リディアが怒《いか》りのまじった声で言った。

「行かないで。あたしと遊んでってば」

魔物になってもリディアの声はさっきと同じだった。前と同じ高い音階の澄んだ声が、魔物になったリディアの口からそのまま発せられていた。身の毛もよだつそのギャップ。シアはぶるぶる震《ふる》える体をどうにかドアのほうに向けた。水晶玉《すいしょうだま》のことなど考える余裕《よゆう》もない。今すぐこの部屋から出なければという一心だった。急いでドアへ手を伸《の》ばした。

しかし、手がドアノブに届《とど》かぬうちに冷たい風が吹き起《ふ》こ《お》り、彼女の手をはたいた。シアは震える手をふたたびドアノブへ伸ばす。だが今度は、すばやく寄《よ》ってきたリディアに手をはらいのけられた。

観念してドアに背《せ》を向けた。すると、リディアが片方《かたほう》の口角を上げ、いたずらっぽい笑みとともに口を開いた。

「出られないわよ」

鳥肌《とりはだ》が立った。

「ド、ドアを開けてちょうだい」

ドアノブを両手でつかみ、ほとんどぶら下がるようにしてシアが真剣《しんけん》にたのんだ。そのとき、ドアを強くたたく音がした。

「なんだ！　どうして開かないんだ！」

奇跡《きせき》のように耳に届いた聞き慣れた声。突然《とつぜん》の物音にリディアもまたおどろいて一歩後ろへ下がる。

ドアの前にいたふたりが離《はな》れると、ドアはバタンと大きな音をたてて開いた。シアとリディアがあっけにとられるなか、ジュードが勇ましく部屋のなかへ入ってきた。状況《じょうきょう》をわかっていないジュードが平然とした表情《ひょうじょう》で歩いてくる。リディアの様子をうかがうと、いつのまにか、少女の姿《すがた》にもどってジュードを見つめていた。

シアは、ジュードを見つめるリディアの耳が赤くなっていることに気づいた。まさか、という気持ちが頭をもたげてきたころ、ジュードがシアを見やって、ぼやいた。

「なあ、リディアを見つけたんなら僕《ぼく》を呼ばないと。全然関係ないところをむだに探《さが》し回《まわ》ったじゃないか」

自分が入ってくる前の状況をまったく知らないジュードは、リディアを振《ふ》り返《かえ》り、あっけらかんと言う。

「こんにちは、リディア。聞きたいことがあって来たんだ。ヤコブが持ってる水晶玉だけど、どうやって使うのか知ってるかなと思って」

シアはリディアを注意深く見た。リディアは、ぱっと見ただけでも明らかなくらい、ジュードに好感を持ったようだ。うまくやれば彼《かれ》の願いをきいてくれるかもしれないという希望が芽生えた。

ジュードをじっと見つめていたリディアが口を開く。

「知ってるわ。教えてあげられる」

リディアの返事にシアとジュードの顔色がパアッと明るくなった。しかし、そのあとに続いた言葉がジュードをいらだたせた。

「でも、おにいさんとおねえさんがあたしと遊んでくれたら、ね」

シアは、ジュードはあきらめて地下室にもどるだろうと思ったのだが、ジュードはぶつくさ言いつつもリディアの要求を受け入れた。リディアの望むとおりに海賊《かいぞく》ごっこを始める彼《かれ》を見ながら、彼が水晶玉《すいしょうだま》でなにを見たいのか知りたくなった。そのときジュードが、なにしてるんだ、早く手伝え、という視線《しせん》を送ってよこす。

しかたなく、シアも海賊ごっこに参加することになった。三人は代わりばんこに船長と船員と捕虜《ほりょ》役をやり、せっせと船に乗り、航海し、宝探《たからさが》しをした。

そうして長いこと過《す》ごしたが、リディアは水晶玉の使い方を教える気配すら見せない。しびれを切らしたジュードが帽子《ぼうし》の代わりにかぶっていた鍋《なべ》を脱《ぬ》ぎ捨《す》ててさけんだ。

「正直に言え！　さては知らないな？　退屈《たいくつ》だから僕《ぼく》たちをだましたんじゃないのか？」

シアはジュードにすごまれたリディアがまた魔物《まもの》に化けてしまうのではないかとハラハラ

した。幸いにもリディアは、好意を持っているジュードの前では変身する気はないようだった。その代わりに、息巻《いきま》くジュードを見つめて泣きべそをかいた。

「だけど、おもしろかったおもしろかったでしょ。もうちょっとだけ、あたしと遊んでから行ってよ。おにいさんとおねえさんが行っちゃったら、あたし退屈なの」

シアは気が遠くなる。費やした時間がむなしく感じられた。ジュードは興奮して、つばを飛ばして声を荒《あら》らげた。

「なんだって？　ほんとに知らないのか？　冗談《じょうだん》だろ……。これ以上は遊ばない！　ヤコブのお使いをしなきゃいけなくて、油を売ってるひまなんかないんだ」

おこったジュードはシアの腕《うで》を引っぱって荒々しく部屋の外へ出た。シアだってのんきでいられる立場ではない。先を行くジュードを追って、ろうかを足早に歩いた。

リディアは風のような速度で彼らに追いつき、「行かないで、退屈なの」としつこくだだをこねた。ジュードとシアがいくらおこったり、さとしたりしても、リディアは泣きわめいて追ってくる。地下室までついてきそうな勢《いきお》いだ。リディアを引《ひ》き離《はな》すために、ジュードとシアは彼女《かのじょ》の望むとおりに海賊ごっこを再開《さいかい》するはめになった。

「今度は君が捕虜の番だ」

船長役のジュードがリディアを掃除用具《そうじようぐ》入れのなかに入れた。シアはどうしてこんなことになったのかとむなしい気持ちになり、剣《けん》代わりのほうきを手にジュードとリディアを見やった。

ジュードは、今度はもっと本格的《ほんかくてき》に遊ばなきゃと言って、夢中《むちゅう》になっているリディアの全身を縄《なわ》で結んだ。さなぎのようになったリディアをながめてジュードがさけぶ。

「これでよし！」

くるっと顔を向けてシアを見つめる。その射《い》るような強いまなざしで、シアは彼《かれ》のたくらみに気づいた。そして、シアがなにかを言うよりも先に、ジュードがさけんだ。

「もう行こう！」

リディアはその意味をさとり、怒《いか》りまじりの金切り声をあげた。シアが面食らって動けずにいると、ジュードはたいしたことじゃないとでもいうように肩《かた》をすくめた。

「心配しなくていい。もうすぐエッグタイムだ。冒険心《ぼうけんしん》の強い卵《たまご》たちがいて、そいつらはいつも決まって、料理室じゃない別の部屋にこっそり入るんだ。そのうちの何個《こ》かがこの倉庫に来てリディアを発見するさ。とにかく早く来い。遅《おく》れちゃうよ」

あの小さな卵たちがこんな太い縄をほどけるのか疑問《ぎもん》だったけれど、ここの卵たちには縄をほどくことのできる手がついていることを思いだし、うなずいた。リディアには申《もう》し訳《わけ》ない気もするが、いつまでも子どものわがままにつきあって時間をむだにするわけにはいかない。卵が縄をほどいてくれることを願いつつ、罪悪感《ざいあくかん》にふたをしてジュードと一緒《いっしょ》に倉庫を抜《ぬ》けでた。

リディアの怒りの雄《お》たけびを置き去りにして、ろうかの大きな窓《まど》から差しこむ月の光を受けながら、ふたりはヤコブの地下室へとかけていった。

6. 水晶玉の秘密

「止まれ！」

地下室に足を踏《ふ》み入《い》れるやいなや、ヤコブの怒号《どごう》がシアとジュードの足を止めた。振《ふ》り向《む》くと、積まれた本のあいまからヤコブが顔色を赤から紫《むらさき》に、紫から青に変えながらにらみつけている。シアとジュードはすさまじい怒《いか》りの形相にけおされてちぢこまった。

「ハトみたいなやつらめ、サボろうなんて、ずいぶんいい度胸《どきょう》をしているじゃないか。配達がどれだけ遅《おく》れていると思ってるんだ！」

太いどなり声が耳をつんざく。シアはありのままを打ち明けることにした。

「水晶玉《すいしょうだま》の使い方を知るためだったんです」

そんなことはとっくに知っているとでもいうように、ヤコブはなんの反応《はんのう》も見せない。ヤコブの前には水晶玉が置かれている。シアはようやく、魔女《まじょ》に自分たちの行動を見られていたことに気づいた。ヤコブは鼻をふんっと鳴らし、声を低めて荒《あら》っぽくつぶやく。

「この世には水晶玉で見られないものがある。ほかの治療薬《ちりょうやく》もそのひとつだ。探《さが》しだせるのなら、おまえをここに連れてくるまでもないだろう」

シアは心臓《しんぞう》が沈没船《ちんぼつせん》のように沈《しず》んでいくのを感じた。失望感が広がっていく。水晶玉が治療薬を探す唯一《ゆいいつ》の糸口だと思っていた。ヤコブの硬《かた》く険《けわ》しい表情《ひょうじょう》からすると、うそを言っているようではない。

前に治療薬について知っていると言ったのはどういうことなのか、シアがヤコブにたずねようと口を開きかけたとき、ヤコブは目をむいてシアに言い放った。

「見当違《けんとうちが》いなところで時間をむだにしていないで、ほかの方法を見つけることだね。おまえにとって時間は貴重《きちょう》だろうから」

その言葉を最後に、ヤコブは配達しなきゃならない薬がたくさんあると言ってジュードに薬を投《な》げ渡《わた》し、彼《かれ》を部屋の外へ追いだした。

手持ちぶさたなシアはジュードのあとについて地下室を出ることにした。緋色《ひいろ》のランプとホタルの光できらめくエメラルド色の階段《かいだん》を、上がったり、下りたり。桜《さくら》の花びらは彼らを歓迎《かんげい》し、夜空を桃色《ももいろ》に染《そ》めた。仲よさそうに並《なら》んで歩くふたりだが、気分はさほど愉快《ゆかい》ではなかった。リディアの遊びに何時間も強制的《きょうせいてき》につきあわされたせいで、まだ今日という一日をまともにスタートさせてもいないのに、すでにへとへとだった。期待していた水晶玉《すいしょうだま》についても収穫《しゅうかく》がなく、心のなかは空っぽだ。

「あーあ、うるさくて死にそうだった」

沈《しず》んだ雰囲気《ふんいき》のなか、ジュードが沈黙《ちんもく》を破《やぶ》って、ぶうぶう不満を言った。

そうしてしばらくヤコブのどなり声について愚痴《ぐち》をこぼしたあと、ふうーっと気の抜《ぬ》けたため息をつきながらポケットに手をつっこんだ。ところがすぐに、ポケットに先のとがった錐《きり》でも入っていたかのように、ぱっと手を抜く。

「なに？　どうかした？」

シアがたずねると、彼《かれ》はもう一度ポケットに手を入れてなかをあさったかと思うと、なにかを握《にぎ》って取りだした。こぶしを開くと、手のひらの上でほのかな輝《かがや》きを放っているホタルが一匹《ぴき》、シアの目に飛びこんできた。ジュードは肩《かた》をすくめた。

「さっきリディアのホタルを一匹連れてきた」

いたずらっぽくイヒヒと笑って、ホタルをポケットにもどす。

「ほら、あとで必要になるかもしれないだろ！　遊ぶこともできるし」

変なまねをしないで放してあげてというシアのまなざしに、ジュードは声をはりあげて取りつくろった。シアはひとみを斜《なな》め上へやる。そして少ししてから口を開いた。

「ジュード、あなたは水晶玉でなにを見たかったの？」

永遠《えいえん》に終わりそうにないリディアの遊びに、ジュードがつきあってやることにしたときから気になっていたことだ。彼がそうまでして知りたいことはなんだろう。

ジュードは迷《まよ》いなく答えた。

「強くなる方法を知りたいんだ」

思ってもみなかった答えだ。シアはジュードを見つめる。彼はじゅうぶんに健康そうだ。弱そうには見えない。それはどういう意味かとたずねたかったが、みだりにきいてはいけないような気がして、口をつぐんだ。妙《みょう》な沈黙がおとずれる。

シアは雰囲気を変えるために、頭のなかでほかの話題を探《さが》す。けれども、話を切りだす必要もなく、沈黙を破る音がシアのおなかから聞こえてきた。こっそりジュードの様子をうかがうと、彼はあっけらかんとした笑顔でシアを見ていた。

「おなかがすいてるな？」

素直《すなお》にうなずくしかなかった。昨夜レストランに来てからというもの、苦難《くなん》はたくさん味わったが、食べ物は一度も味わっていない。ジュードが左上の階段《かいだん》を指さした。

「僕《ぼく》だけの秘密《ひみつ》の名店なんだけど、特別に教えてあげる。お茶の部屋へ行ってごらん」

「お茶の部屋？」

「そう。僕は普段《ふだん》、ヤコブがくれるものしか食べないけど、たまに特別なものが必要なときは、そこへ行って食べてる」

シアの表情《ひょうじょう》を読み取ったジュードは彼女《かのじょ》の肩《かた》をぽんぽんとたたき、つけ加えた。

「心配しなくていいよ。そこには妖怪《ようかい》の食べ物だけでなく、人間の食べ物もある。いろんな種類の料理をあつかってるんだ」


配達に向かうジュードと別れ、シアは教えてもらった方向へと階段を上がった。複雑《ふくざつ》に入り組む通路をながめ、ジュードに教えてもらった道順を思いだしていると、足元から声が聞こえてきた。

「ネエ、ちょっと、どいてくれない？」

シアは突然《とつぜん》の声にびっくりして、すんでのところでその物体を蹴《け》り飛《と》ばすところだった。

「イタタッ！　もう、気をつけてよ。踏《ふ》むとこだったじゃない。アタシッチのなかにはかわいい黄身ッチがいるんだから、気をつけないと！」

シアは声のする下のほうを向く。緋色《ひいろ》のランプの下にうっすらと見えたのは、なんと卵《たまご》。その小さな卵には、昨夜、小麦粉の部屋で見たものと同じように目鼻口と手足が密集《みっしゅう》してついており、澄《す》ました丸いひとみでシアをにらみつけている。

「あっ、ごめんね」

急いで卵に謝《あやま》った。

シアのいるろうかに卵たちが転がりこみはじめ、みるみるうちに数が増《ふ》えていく。ジュードが言っていたとおり、今日の〈エッグタイム〉が始まったようだ。シアは卵たちがもうすぐリディアの縄《なわ》をほどいてくれるだろうと安心した。そして、この不思議な生命体たちを踏まないように気をつけながら壁《かべ》のほうへ歩いていき、できるだけ壁にくっついて立った。

そうするうちに床《ゆか》の上は足の踏み場もないぐらい、一生懸命《いっしょうけんめい》に転がる卵でうめつくされた。その数たるやおびただしいもので、まるで野生動物の群《む》れの大移動《だいいどう》を見ているようだ。

もしやと期待して、卵たちに質問《しつもん》を投げかけてみた。

「あのっ、お茶の部屋がどこにあるか知ってますか？」

ろうかのいちばん先にいる卵たちまで聞こえるぐらい大声でさけんだ。すると、ろうかのあちこちから自慢《じまん》げに鼻を鳴らす音が聞こえてきた。

「もっちろん！　オレッチたちのことが必要な料理室へ、できるだけ速く移動《いどう》するためには、料理室の場所をぜーんぶ知ってなきゃいけないからね！」

小躍《こおど》りしたシアがさらに質問《しつもん》をしようと口を開きかけたとき、大きくさけぶ声が届《とど》いた。

「ソコはアタシッチたちが行く部屋よ！　しかもすぐとなり！」

声がするほうを向くと、二、三歩も離《はな》れていないところで、興奮《こうふん》した卵《たまご》たちがシアにおいでおいでをしたり、部屋のドアをノックしたりしている。

シアは卵たちを踏《ふ》まないようにつま先立ちになって、細心の注意をはらいながらそこへ向かって歩いた。そして、お茶の部屋のドアを開けると、ドアの前にうじゃうじゃと集まっている卵たちと一緒《いっしょ》になかに入った。

とたんに甘《あま》い食べ物の香《かお》りが彼女《かのじょ》の鼻をやさしくくすぐる。室内を取り囲む壁紙《かべがみ》は、うすい象牙色《ぞうげいろ》の地に、桜色《さくらいろ》の小さな花柄刺繍《はながらししゅう》がうっすらとほどこされている。正面の壁の下では、暖炉《だんろ》の炎《ほのお》が暖《あたた》かそうに赤々と揺《ゆ》れていた。室内に漂《ただよ》うまったりした雰囲気《ふんいき》だけでも、シアの体はぽかぽかしてきて、とけてゆくようだ。そのうえ部屋の中央にある長テーブルには、おいしそうな食べ物が並《なら》べられていた。

シアは食べ物にとりつかれたように歩を進める。クリーム色のテーブルクロスの上では、卵たちが皿をよけて集まり、ピーチクパーチクとケンカをしていた。シアはテーブルいっぱいの食べ物に目が釘《くぎ》づけだ。

「ああ、久《ひさ》しぶりにお客様が来たわね」

シアの背後《はいご》から、歌うようにほがらかなソプラノの声が流れてきた。部屋のなかには自分と卵しかいないと思っていたので、シアはびっくりして振《ふ》り返《かえ》った。目の前におばさんがふたり、シアと向かい合って立っていた。

ひとりは背《せ》が高くガリガリのやせ型で、不規則《ふきそく》にねじれている髪《かみ》は紫色《むらさきいろ》。後れ毛がおでこにはらりと落ちている。彼女は目尻《めじり》をやわらかく下げ、ほのぼのとしたほほ笑みを浮《う》かべた。近所の気のいいおばさんのような印象だ。

でも、もしこういうおばさんが近所にいたら、きっと町内の子どもたちはみんな逃《に》げだすだろう。なぜなら首があるべき位置に二十センチほどの長いパイプが収《おさ》まっていたからだ。シアは目をぱちくりさせて何度もじっくりながめたが、それは確《たし》かにパイプだった。

さらに、うねうねした紫色の髪と、濃《こ》いアイメイクの奥《おく》にかくれた（まつ毛が手の指くらい長かった）黒いひとみは、なんだかこちらを落ち着かない気分にさせる。服装《ふくそう》も独特《どくとく》だ。

ドレスは葉っぱのような緑色の布《ぬの》でできていて、袖《そで》の部分は黒のメッシュで透《す》けている。華《はな》やか、かつ神秘的《しんぴてき》な雰囲気《ふんいき》だ。

シアは興奮《こうふん》した気持ちを落ち着かせながら、パイプ首のおばさんのとなりに立っているもうひとりのおばさんを観察した。そのおばさんはパイプ・レディーよりは平凡《へいぼん》に見えた。やせ細ってひょろ長いパイプ・レディーとは正反対に、こちらは短身でぽっちゃりとしている。ベビーピンクのバスローブをそのふくよかな身にまとい、たった今シャワーを終えたような湿《しめ》った金髪《きんぱつ》は、いくつものパーマロッドでくるくると巻《ま》かれていた。つり目で少し気むずかしそうな印象なので、シアは彼女《かのじょ》を別バージョンのマダム・モリブルみたいだと思った。

おばさんふたりをすばやくチェックしたシアは、ひとまずあいさつをしなければと口を開いたものの、言葉が出てこない。パイプ・レディーが濃《こ》い化粧《けしょう》をほどこした顔に温かな笑みを浮《う》かべて話しだす。

「あなたが、うわさに聞いていたあの人間ね。そうでしょう? 鏡のように輝《かがや》くまなざしが物語っているわ。あなたはここのものではないってことを……」

綿菓子《わたがし》のように甘《あま》ったるい高い音域《おんいき》の声がパイプのなかでゆったりと響《ひび》きわたり、やわらかな流れとなって口から外へ発せられた。まるで声楽家の歌声を聞くようだ。シアは返事をするのも忘《わす》れてしまった。神秘的な声に聞きほれておばさんを見上げていると、人のよさそうなレディーは気持ちのいい笑顔をたたえて口ずさんだ。

「ああ、好奇心《こうきしん》に満ちたその澄《す》んだまなざし、とってもかわいいわ。そうよ、妖怪《ようかい》にはそういうまなざしがないもの。ええ、ほんとにそう。わたしたちは産声をあげた瞬間《しゅんかん》から、これよりもずっと奇怪《きかい》なものを見て育っていくのだから」

朝もやを散らすウグイスの美声だ。まるで楽器を演奏《えんそう》しているような美しい高音が、長いパイプのなかで反響《はんきょう》する。レディーの声がシアの耳を包みこんでゆく。

「でも、このくらいでおどろいてはいけないわ。だって、この世にはもっとおどろくべきことが、もっと残酷《ざんこく》なものが、戦場の死体のようにあふれ返っているんだもの。ささいなことにいちいちおどろいていたら、あなたもしまいにゃ、そのあふれる死体のひとつとなり、冷たく腐《くさ》ってゆくでしょう」

音色は美しいが、内容《ないよう》はそうではない。パイプおばさんが歌でシアをうっとりさせているあいだ、となりにいた太っちょおばさんはカップを取りだし、ティーポットの温かいお茶をちょろちょろとそそぎだした。そして、近くで口げんかをしていた卵《たまご》たちを手でどかし、小さなかわいいフォークとスプーン、皿を取りだした。

「だから、お嬢《じょう》さん、早くこっちへいらっしゃい。わたしたちとおしゃべりしましょ。おしゃべりをすれば、あなたの頭のなかは役に立つ情報《じょうほう》と考える力で、もっとうるおって……」

パイプおばさんは歌を口ずさみ続ける。太っちょおばさんは、カラフルなシートクッションが敷《し》かれたイスをひとつ持ってきて、シアを座《すわ》らせた。

「口ざみしかった口のなかは楽しくなって、空っぽのおなかは、ほっぺたが落ちそうなわたしの料理でいっぱいになってしまうから」

パイプおばさんは笑顔を見せて、イチゴクリームたっぷりのケーキをひと切れ、シアの皿にのせてくれた。

「かかえたものはしばし視界《しかい》の外に追いやって、つかのまの余裕《よゆう》を楽しむの。このむごたらしい世のなかで、一度くらいは楽しい思い出をつくれるように、努力してごらんなさい」

太っちょおばさんがシアの手にフォークを握《にぎ》らせ、パイプおばさんの歌は続く。

「わたしのパイプは、わたしがこの残酷《ざんこく》な城《しろ》に来てすぐの新入りだったころ、なにも知らなくて油断《ゆだん》していたためにちょん切られた、わたしの首の代替品《だいたいひん》。そして、わたしの楽器でもあるの。だから、今からわたしの歌に耳をかたむけてごらんなさい。だって、ほら、このパイプがあなたにとって決定的な手がかりを与《あた》えてくれるかもしれないでしょ」

休むまもなく、おばさんたちの自己紹介《じこしょうかい》へと続く。パイプおばさんがほほ笑んだ。

「わたしはワイワイおばさんで」

そのあと太っちょおばさんがはじめて口を開いた。

「あたしはガヤガヤおばさんよ」

息ぴったりのいいコンビ。シアを彼女《かのじょ》たちのティー・パーティーへ引き入れることに成功したワイワイ・ガヤガヤおばさんが、今度はハモって言った。

「お茶の部屋へようこそ」

7. お茶の部屋

　ワイワイ・ガヤガヤおばさんに導《みちび》かれてティー・パーティーに参加することになったシアは、目の前のクリーム色のテーブルクロスに視線《しせん》を落とした。食べ物がぎっしりと並《なら》べられている。つばをごくりとのみこんだ。

　とろりとしたやわらかいイチゴクリームたっぷりのケーキ、レモン汁《じる》をかけた焼きトマトが添《そ》えられた新鮮《しんせん》なチキンサラダ、ほんのひとかじりで煮りんごが口いっぱいにとろけだしそうな熱々のパイ、見ているだけでうっとりするキラキラなプリン、バターの香《こう》ばしさとあんずジャムの甘《あま》い香《かお》りがふんわり広がるサクサクッとしたクッキー類、そして仕上げに、小さなティーカップからゆらゆらと湯気を立ちのぼらせている一杯《いっぱい》のお茶。

　見ているだけで口のなかによだれがたまるごちそうだ。

「さあ、冷めないうちに召《め》し上《あ》がれ。ほら、どうぞ」

シアの気持ちを察したように、ガヤガヤおばさんがカップに目を向けてすすめてくれた。ベビーピンク色のバスローブの襟元《えりもと》を左手で整えながら、右手はカップに砂糖《さとう》を入れて、くるくるとかきまぜている。彼女《かのじょ》の声は、パイプのワイワイおばさんとは正反対で、かわいた低音だ。

いつのまにかフォークを握《にぎ》っていた手が本能的《ほんのうてき》に動きだす。皿の上のイチゴケーキにフォークを刺《さ》そうとした瞬間《しゅんかん》、頭のなかにビビッと電気のようなものが走った。忘《わす》れていたあることを知らせる警告《けいこく》に、シアは手をぴたっと止めた。

自分たちの料理を味わってもらえるとあって、うきうきしていたワイワイ・ガヤガヤおばさんは、急に動きを止めたシアに、どうしたの？　とたずねるような視線《しせん》を送った。シアはフォークを下ろす。

「あのう……」

ワイワイ・ガヤガヤおばさんの期待をむげに裏切《うらぎ》りたくはない。慎重《しんちょう》に口を開いた。

「人間が妖怪《ようかい》の食べ物を食べると、心臓《しんぞう》が腐《くさ》るって……」

言葉尻《じり》をにごしておばさんたちの表情《ひょうじょう》をうかがうと、ふたりはシアがおもしろい冗談《じょうだん》でも言ったように、高らかに笑いだした。思ってもみない反応《はんのう》だ。笑い声がおさまるのを辛抱《しんぼう》強《づよ》く待った。

少しして、ワイワイおばさんがソプラノの歌声をパイプに響《ひび》かせた。

「ああ、ううん。心配しないで。あなたがここに一カ月いることになったと聞いて、あなたがいつ来てもいいように人間の食べ物をつくったの。ときどき変わったものを食べたがる妖《よう》怪《かい》がいるから、たまに人間の食べ物をつくったりもするのよ。それに、妖怪のお茶はあなたがたのお茶と変わらないから、飲んでも平気よ」

もう引き止めるものはなにもない。ワイワイおばさんの説明を聞いて安心したシアは、おいしそうな食べ物めがけて突進《とっしん》した。ウサギ穴《あな》を通ってここに着いてから二日間、なにも食べずにこの波乱万丈《はらんばんじょう》な冒険《ぼうけん》にたえてきたのだ。食べ物の信号をキャッチしたおなかはもっとたくさん送りこめと要求し、フォークを握《にぎ》った手はその要求に誠実《せいじつ》に応《こた》えていった。

ワイワイ・ガヤガヤおばさんはうれしそうに見守っている。

「どう？　お嬢《じょう》さん。とってもおいしいでしょう？」

シアはうなずく。ケーキをもうひと切れ取り分け、さかんにぱくつくシアの姿《すがた》に、おばさんたちは満足げだ。夢中《むちゅう》だったシアはふと、お礼を言っていないことに気づく。口のなかのものを飲みこんでから、きまり悪そうな笑みを浮《う》かべた。

「とってもおいしいです。ありがとうございます」

「おほほほ、そう言ってもらえるとうれしいわ。あなたを迎《むか》えるために人間の食べ物をがんばってつくったかいがあるわね」

ワイワイおばさんは口ずさみながら、細い歌声のような笑い声をこぼした。シアは不思議そうにたずねた。

「ところで、どうして……そんなパイプの首になったんですか？」

ワイワイおばさんのパイプに目をやる。

「あっ、パイプが変だということではなくて、ただ、めずらしいなあと思って……。人間の世界ではそういうのはあまり見ないので」

気を悪くするのではないかと思い、あわててしどろもどろに言《い》い訳《わけ》をした。でも気さくな性格《せいかく》のワイワイおばさんは、むしろもっと愉快《ゆかい》そうに笑った。

「ああ、わたしももともとは普通《ふつう》の首を持っていたわ。でも、さっき話したとおり、この城《しろ》に来てすぐの新入りだったころに首をちょん切られたのよ」

ワイワイおばさんはおどろくほど落ち着いた表情《ひょうじょう》で、お茶をひと口すすってから話を続けた。

「それでヤコブが治療《ちりょう》してくれたの。知ってのとおり、ヤコブはここで最高の魔女《まじょ》よ。ちょん切れた首を彼女《かのじょ》がこのパイプに替《か》えてくれたというわけ」

「それを入れてくれたのは、ヤコブですって？」

信じられないとばかりにたずねると、ワイワイおばさんは化粧《けしょう》でキラキラしている目元をゆるませて、やわらかくほほ笑んだ。

「あっ、そうだ。うわさで聞いたことを忘《わす》れていたわ。あなたは確《たし》か、ヤコブの地下室で過《す》ごすことになったのよね？　うーん、あなたの気持ち、とてもよくわかるわ。よりによって、あんな騒々《そうぞう》しいおばあさんと一緒《いっしょ》に暮《く》らすことになるなんて……。そうね、ヤコブ、あのとんでもない魔女はだれかを治療してあげるような性格《せいかく》ではないものね」

シアが首をぶんぶんと縦《たて》に振《ふ》って激《はげ》しく同意すると、ワイワイおばさんは笑みを浮《う》かべた。

「まあ、とはいえ、こうなってしまったからには早く慣《な》れて、うまくやっていきなさい。ヤコブは気性《きしょう》が荒《あら》いけれど、ああ見えて意外といいところもあるのよ」

「例えばどんなところですか？」

シアにはヤコブに〝いいところ〟があるとはとうてい思えない。たまらずたずねると、今度はガヤガヤおばさんが答える。

「例えば、ジュードがいるでしょ」

「えっ？　ジュードですか？」

シアは目をぱちくりさせて聞き返す。ガヤガヤおばさんはプリンをすくって食べながらうなずく。

「そう、ジュード。あの子が最初にここへやって来たとき、だれもあの子を雇《やと》おうとしなかったの。ジュードはほかの妖怪《ようかい》たちとくらべると、すごく平凡《へいぼん》だったから。力が強いわけでもない、腕《うで》や足が三本以上あるわけでもない、料理や家事が特に上手なわけでもない。あの子が持っているものといえば、頭に生えている二本の角だけだもの」

ガヤガヤおばさんは話を止めて、ティーポットのお茶をカップにつぎ足しながら息を整える。そのすきにワイワイおばさんが話の続きを引き取った。

「だから、このレストランのオーナーのヘドン様はジュードを雇おうとしなかった。ところがそこで、ヤコブがひと肌脱《はだぬ》いだというわけ」

今度はワイワイおばさんが話を止めて、パイをひと口、ぱくり。ガヤガヤおばさんが話を続けた。

「ヤコブは自分がジュードの面倒《めんどう》を見るからと、ヘドン様にジュードを雇うようたのんだの。

ほんとのところは、ヤコブにはジュードが必要なかったにもかかわらず。だって、その気にさえなれば、ジュードよりも足が速くて有能《ゆうのう》な配達係を雇《やと》うこともできたのよ。なのに、あえてジュードにこだわって。結局、ジュードは雇われた」

話を終えたガヤガヤおばさんは、唇《くちびる》についたケーキの粉をナプキンで上品にぬぐい取った。ワイワイおばさんによる補足《ほそく》説明が続く。

「ヤコブがどうしてあえてジュードを選んだのかは、だれにもわからない。だけど、ヤコブにはあのとげとげしい心の奥《おく》のどこか深いところに、行く当てのないジュードに同情《どうじょう》する気持ちがあって、あの子を救ってやることにしたんだ、っていう説が語りつがれているわ。たぶんそれでマダム・モリブルも、ひと月のあいだあなたの面倒《めんどう》を見る妖怪《ようかい》はヤコブだけだろうって考えて、あなたを地下室に行かせたのよ」

ワイワイおばさんは説明を終えたが、シアは沈黙《ちんもく》を保《たも》っている。いろいろな思いがシアの頭のなかで入《い》り乱《みだ》れていた。意図せずジュードの過去《かこ》まで知ることになった。物思いにふけっていると、ワイワイおばさんがふたたび口を開いた。

「まあ、実を言うと、ヤコブがこのパイプをくれたこと、わたしもそれなりに感謝《かんしゃ》しているのよ。このパイプが個性《こせい》になったんだもの。パイプがなかったら、こんなうるわしい歌声を出すこともできなかったでしょう？　おかげでルイの公演団《こうえんだん》に入ることもできたわ。だから平気なの」

ワイワイおばさんは誇《ほこ》らしげに話していたが、シアはルイという名前にはっとして、彼女《かのじょ》のおしゃべりに割りこんだ。

「ルイ？　公演団？　ルイというのは、私《わたし》をここに連れてきたあの男のことを言っているんですか？」

ネコに変身してシアをここまで連れてきたあの冷たいルイが、ステージの上で観客になにかを披露《ひろう》するなんて、まったく想像《そうぞう》できない。今度はガヤガヤおばさんが話をつぐ。

「あらまあ、知らなかったのね。そうよ、ルイは魔術師《まじゅつし》なの。ショーで魔術を見せてくれるのよ。特にカードマジックはすごいんだから。公演団の団長でもあって、レストランに大事なお客様がいらっしゃるときや、ヘドン様が退屈《たいくつ》なさっているときにはたいてい公演を開いているわ」

ガヤガヤおばさんの説明が終わるやいなや、ワイワイおばさんが口を開く。

「公演団は、ここの従業員《じゅうぎょういん》にとってはなんていうか、副業みたいなものなの。知ってのとおり、ここではたくさんの妖怪が働いているでしょう。そのなかで歌やダンスの能力《のうりょく》に長《た》けているとか、豊《ゆた》かな才能《さいのう》を持った妖怪《ようかい》たちがオーディションを受けて、合格《ごうかく》すると公演団に入ることができるのよ」

新しい話題が見つかって、ワイワイおばさんのおしゃべりはまた興《きょう》に乗りはじめた。

「わたしはこのパイプを持ったあと、歌の実力を認《みと》められて入団《にゅうだん》することになったの。とっても楽しいのよ。ステージに立つとね、なんだかよくわからないスリルのようなドキドキを感じられるの」

ところがすぐに、ワイワイおばさんの自慢《じまん》はガヤガヤおばさんの「ふんっ」という鼻で笑う音にうもれてしまった。

ガヤガヤおばさんがお茶をかきまぜながら小声でつぶやく。

「そうはいっても、料理人は公演《こうえん》よりも料理に集中すべきだわ」

ちょっとした挑発《ちょうはつ》だ。シアはワイワイおばさんが怒《おこ》りだすと思って彼女《かのじょ》のほうをうかがったが、ワイワイおばさんは、けろっとして言った。

「ガヤガヤさんはわたしが公演団に入ったことを嫌《いや》がっているの。わたしが公演の準備《じゅんび》のために席を空けるあいだ、ここにひとりでいなくてはならないから」

ガヤガヤおばさんは目玉をくるりと回した。

「んまぁ、ワイワイさん、なにを言ってんの？　あたしたちはお茶の部屋の料理人よ。あたしたちがこの料理室でする仕事は、一日じゅうおしゃべりをしながら、お客様にお出しするお茶をいれたり、それに添《そ》えるいろんなお茶菓子《ちゃがし》をつくったりすることでしょ。それなのに、あんたが公演に行っちゃうせいで、あたしはおしゃべりをする相手がいなくなって、あたしまで自分の仕事ができなくなってるじゃないの」

さっきまでとは違《ちが》う、明らかにとげとげしくなったガヤガヤおばさんの話し方に、ワイワイおばさんも眉《まゆ》をひそめた。シアはふたりのけんかが心配になり、話題を変えるために割《わ》って入る。

「おふたりはおしゃべりするのが好きなんですね。お茶をいれるのも、おしゃべりをしながらやるなんて」

効果《こうか》は抜群《ばつぐん》だった。にらむような細目になっていたワイワイおばさんの顔つきが、たちまちほがらかになった。ワイワイおばさんは活気を取りもどして言った。

「ええ！　そうよ、そうなの。わたしたちはレストランのあらゆる話を知っているわ。もっと正確《せいかく》に言うと、ここでささやかれている話題は全部わたしたちの口から始まっているということ。どんなにプライベートな話であっても、わたしたちの口を通っていないものはないほどよ」

ワイワイおばさんのまなざしは自信に満ちて輝《かがや》いている。ガヤガヤおばさんもまた、依然《いぜん》としてむすっとしてはいるものの、はるかにやわらかくなった口調でワイワイおばさんの話を引き取った。

「あたしたちはおしゃべりが大好き。ここで起こることのあらゆる情報《じょうほう》は、ひとつ残らず、あたしたちの耳を通っていくのよ」

そう言いながらガヤガヤおばさんは、シアのカップにちらりと目をやった。そしてティーポットを手に取って、いつのまにか空になっていたカップにお茶をそそいでくれた。ほのかな香《かお》りを漂《ただよ》わせ、ちょろちょろと音をたてて、カップがお茶で満たされる。

「おもしろそうですね」

シアはカップを手のひらで包みこむように持って、つぶやいた。お茶のぬくもりが手のひらから全身に伝わってゆくのをじっと感じ取る。暖炉《だんろ》ではちょうどよい強さの炎《ほのお》が静かに踊《おど》っている。こぢんまりとした室内は居心地《いごこち》がよかった。おなかがいっぱいになったうえ、温かいお茶まで飲んだ。シアはイスにだらりともたれかかった。ワイワイ・ガヤガヤおばさんのほうは、あいかわらずはつらつとしている。

ワイワイおばさんが笑って言った。

「そう、おもしろいわよ。でも、わたしたち、自分が話をするよりも、あなたの話を聞きたいわ。ここで経験《けいけん》したあなたの冒険物語《ぼうけんものがたり》を聞かせてちょうだいな。ああ、あなたの話が聞きたくて、どれほどうずうずしていたか！　ずうっとあなたを待っていたんだから」

おばさんたちはしめし合《あ》わせたように、期待に満ちた熱いまなざしをシアに向ける。我知《われし》らず話題の人になってしまったシアは、またしても成り行きで口を開いた。こうして彼女《かのじょ》たちのティー・パーティーに華《はな》やかなおしゃべりの花々が咲《さ》き乱《みだ》れはじめた。


ワイワイ・ガヤガヤおばさんは、世界一のおしゃべり相手といえるだろう。この心やさしいふたりのレディーは、シアの凍《こご》えた心を温かなほほ笑みですうっととかし、話に耳をかたむけ、ちょっとした言葉のひとつひとつにも熱烈《ねつれつ》なリアクションを返した。

ルイによって強制的《きょうせいてき》に城《しろ》へ来ることになった話をしたときは、一緒《いっしょ》に熱くなってルイの悪口を言ってくれたし、ヘドンに心臓《しんぞう》を奪《うば》われそうになったときの話では、唇《くちびる》をすぼめて集中して聞いていたかと思うと、「あら、まあ！」という合いの手を適度《てきど》にはさみ、シアの恐《きょう》怖《ふ》に寄《よ》り添《そ》ってくれた。さらに、妖怪《ようかい》の食べ物を持ってヘドンをおどしたあと契約《けいやく》を結んだ部分では、ふたりは手をぎゅっと握《にぎ》り合《あ》い、「ほぉ！」と息をつまらせて、身を乗りだして聞いてくれる。聴衆《ちょうしゅう》が熱く反応《はんのう》してくれるものだから、シアもどんどん夢中になった。

最初のほうは満腹《まんぷく》で、唇《くちびる》を動かすのもおっくうだったけれど、だんだんと勢《いきお》いに乗り、気がつくと唇がいそがしく動いていた。契約《けいやく》が成立してから出会ったマダム・モリブルとジュードの話、そしてジュードのお使いで訪《たず》ねた〈小麦粉《こむぎこ》の部屋〉と〈酒の部屋〉で起こった出来事など、すべてを語ったけれど、そこからどのように追いだされたかは、あえて伏《ふ》せた。

ハーツとはだれなのか、たずねるたびにろうかに追いだされるのだから、ここでもその名を口にすれば、どんな目にあうかわからない。

そうしてシアは、ハーツの部分だけすっぽりと抜《ぬ》いて、ほかのことはあらいざらい話した。酒の部屋に薬を配達したあと飼育室《しいくしつ》でヒーローと会ったこと、そのあとジュードと移動《いどう》した地下室でのヤコブとのさんざんな初顔合わせ、そして、寝《ね》て起きてから夕方にリディアを訪ねたことまで語り終えた。

わずか二日間の出来事なのに、自分の一生を語っている気分だった。そして、混乱《こんらん》した複《ふく》雑《ざつ》な自分の気持ちにこんなにも共感してくれること、はげましてくれることが、シアにとって不思議なくらい大きな力になった。

話し終えたシアは、ゆらゆらと湯気の立つお茶でのどをうるおした。ガヤガヤおばさんがゆるやかに話を切りだす。

「そうなのねえ、たいへんだったでしょうねえ。まだまだ幼《おさな》い子がひとりでこんな見知らぬ場所に来ては、さぞかしおうちが恋《こい》しいでしょう」

自分の気持ちをくみ取ってくれたような言葉に、熱いものがこみ上げてきた。気持ちが落ち着くまでお茶を飲むふりをしたあと、赤くほてった顔をカップでかくして言った。

「家族に会いたいです。私《わたし》のことをすごく心配しているはずです」

妖怪島《ようかいじま》に来てすぐのとき、ルイが人間界とここでは時間の流れ方がことなると言ってはいたが、シアにとっては両親と離《はな》れてもう二日目だ。

ワイワイ・ガヤガヤおばさんは心配そうなまなざしでシアを見つめる。シアはため息まじりにつぶやいた。

「両親に会いに、ちょっとだけ元の世界に行って来ることはできないでしょうか?」

小さな声だったけれど切実さが伝わってきた。

ワイワイ・ガヤガヤおばさんはそっと目くばせし合ったあと、結局ふたりそろって首を横に振《ふ》った。ガヤガヤおばさんはシアの顔をうかがいながら、ひと言ひと言、言葉を慎重《しんちょう》に選んで話しはじめる。

「……ごめんなさいね。だけど、ここへ一歩足を踏《ふ》み入《い》れた以上、そのまま帰ることはできないわ。ヘドン様との契約《けいやく》どおり、一カ月のあいだに治療薬《ちりょうやく》を見つけて、帰っていいというお許《ゆる》しが出ないと無理なの。あたしたちも助けてあげられないの」

ワイワイおばさんも慎重に話を引きつぐ。

「でも、そんなに気を落とさないで。妖怪《ようかい》と人間では時間の概念《がいねん》が違《ちが》うから、ご家族はあなたがいなくなったこともまだ知らないわ。あなたがここで一カ月を過《す》ごしたころになっても、まだ気づいていないかも。ここの一カ月は、あなたがいた場所のせいぜい五分くらいだから」

この言葉はシアにとって大きななぐさめになった。少なくとも自分のせいで両親が胸《むね》を痛《いた》めることはないように思えた。しかし、そのあとのガヤガヤおばさんの話にシアはぞっとする。

「だから、治療薬を見つけるまでは絶対《ぜったい》に帰ろうと思わないことね。ヘドン様が許可《きょか》しないと帰る通路も開かないけれど、それだけじゃなくて、こっそり脱出しようとしてバレたら、ヘドン様はそれを口実にあなたの心臓《しんぞう》を奪《うば》うでしょうから」

ガヤガヤおばさんは物やわらかに言い終えると、まぶたを閉《と》じてお茶を味わった。とっくに食欲《しょくよく》がうせたシアはティーカップを置いた。ケーキにももう手をつけなかった。

シアの表情《ひょうじょう》の変化に気づき、そわそわしたワイワイおばさんがシアをなぐさめる。

「あらまぁ……。お嬢《じょう》さん、そんな顔をする必要はないわ。今のヘドン様には、あなたを傷つけるようなことはできないもの」

ガヤガヤおばさんも加勢《かせい》する。

「そうよ、そう。あの方は今、病で寝《ね》たきりよ。起き上がるのもつらいらしいわ。立ち上がることなんか、日に五回もないとか。オーナーがそこまで弱ってしまったものだから、今やレストランでいちばん力を持つものはハーツというわけ。でしょ?」

愚《おろ》かにも余計《よけい》なことを口にしたと気づいたのは、すべて話し終えてからだった。おばさんはあわてて手で口をふさいだが、後の祭りだ。彼女《かのじょ》の口からこぼれでたハーツという名は、すでにシアの耳に届《とど》いている。

シアは顔を上げ、おばさんたちを見た。濃《こ》い化粧《けしょう》のせいでもともと白い顔が、緊張《きんちょう》でさらに白くなっている。ワイワイおばさんの顔色は白さの限界《げんかい》を超《こ》えて青白い。ガヤガヤおばさんは自分が失言したことにあわてふためいている。それればかりでない。ずっとちょこまか騒《さわ》いでいた卵《たまご》たちも、みんな動くのをやめ、目を丸くしてこちらを見つめているではないか。

「その……ハーツというのは……」

勇気を出してその名を口にすると、またしても全員、「ほえぇ」と息をのんだ。

「だれなのか……」

「あらっ、こんなに時間がたっていたの？　もう遊んでいる時間はないわね、早くお茶をつくらないと！　悪いけど、そろそろ出ていってちょうだいな」

シアの話をさえぎり、ばねで跳《は》ね飛《と》ばされたように、ぴょこん、とガヤガヤおばさんが立ち上がる。その勢《いきお》いのせいでカップが転がり落ち、大きな音をたてて割《わ》れた。

「だけど……」

シアの言葉は今度もガヤガヤおばさんによってかき消された。

「まだ全部食べていないのに、悪いわね。もうほんとうに出ていって。さあ、早く」

ガヤガヤおばさんはバタバタとせわしなくシアをドアのほうへ押《お》しやった。それでもこんなふうに追いだすのが申《もう》し訳《わけ》なかったのか、テーブルの上にあった食べ物を適当《てきとう》につかんでシアの手に握《にぎ》らせた。

「これでも持っていってちょうだいな。こんなふうに帰して、ごめんなさいね」

ワイワイおばさんのほうは、もうパイプまですっかり真っ白になったのではないかと思われた。彼女《かのじょ》が銅像《どうぞう》みたいにつっ立って見守るなか、ガヤガヤおばさんは乱暴《らんぼう》にドアを開け、シアを外に押しだした。そして、あたりの様子をさっとうかがったかと思うと、少しかがみ、目の高さをシアに合わせて小声で言った。

「ごめんなさいね。うっかり失言をしてしまったわ。ほんとにどうしようもないわね、あたしの口ったら！　あの名前、もう二度とワイワイさんの前で口にしないでほしいの。その名前を軽々しく口にしたせいで首をちょん切られたから、彼女はその名前を聞くだけで気絶《きぜつ》してしまうほどなの」

返事をするまもなく、ドアはバッタンと大きな音をたてて閉《し》められた。

お茶の部屋から追いだされたシアは、もやもやした気分でヤコブの地下室に向かった。リディア、そしてワイワイ・ガヤガヤおばさんとかなり長い時間を過《す》ごしていたようで、夜が明けはじめていた。

地下室に向かいながらハーツのことをじっくり考えた。いったいどんな存在《そんざい》なのだろう。どうして小麦粉の部屋のヘンテコリンや酒の部屋の飲兵衛《のんべえ》は、その話題に触《ふ》れただけで、話すことを拒否《きょひ》したのか。ワイワイおばさんがそのせいで首を切られただなんて、どれほど強力な存在《そんざい》なのだろう。謎《なぞ》が深まるばかりだ。歩きながら、あれこれ推理《すいり》してみたが、なんのヒントもない今の状態《じょうたい》ではわかりようもない。

目の前に地下室の古びたドアがあることに気づき、シアはようやく考えるのをやめた。今、ハーツについてわかっていることはない。これ以上むだなことを考えて時間を使うのはやめよう。そう結論《けつろん》づけて地下室に入った。

幸いヤコブは寝《ね》ていて、室内は静かだ。明け方、それも朝がもうそこまで来ているからか、それほど暗くはなかったが、地下室ならではの冷気がシアをひんやりと包みこんだ。ぶるるっと肩《かた》を震《ふる》わせ、奥《おく》へと進む。ジュードがぶうぶう文句《もんく》をたれながら掃除《そうじ》をしていた。

「おっ？　シア〜！」

シアを発見したコーヒー色の大きなひとみがパアッと明るくなった。

「もどるのを待ってたんだよ！　手伝ってくれるよね？　さっきサボったことをヤコブがまた持ちだして、掃除をしておけって大騒ぎだったんだ」

今度彼《かれ》になにかをたのまれたら絶対《ぜったい》に断《ことわ》ろう、とシアは決心していたのだが、ジュードに先手を打たれた。

「サボったのは君のせいでもあるんだし」

シアは掃除を手伝うことになり、ふたりのがんばりのおかげで、夜が明けきる前までには終わらせることができた。

そして朝。世界が眠《ねむ》りにつく。気づけばシアはここの生活にすっかり慣《な》れていた。バスルームで着替《きが》えてからジュードの部屋に入る。ジュードは寝る準備《じゅんび》をしていた。シアが入ってきて一瞬《いっしゅん》とまどった様子だったが、彼女《かのじょ》もこの部屋で寝ることを思いだし、ベランダ側のすみっこで寝るように言った。そこは人が寝るにはとても窮屈《きゅうくつ》そうな空間なのに、ジュードはがんこだった。

結局シアは言われたとおりベランダ側で横になった。ジュードが寝言をつぶやきはじめて寝入ったことがわかると、様子をうかがいながらこっそりと、ふかふかの布団《ふとん》が敷《し》かれてあるほうへはっていき、眠りについた。昨日はまんじりともせず寝返りを打っていたシアも、今日は一度も目が覚めなかった。暖《あたた》かい日光の当たっていた場所が、冷たい月光に照らされるまで。

いつしか空は暗いベールに包まれていた。その上に月が姿《すがた》を現《あらわ》す時間になって、ようやくシアは格段《かくだん》に軽くなったまぶたを引っぱり上げた。伸《の》びをしていると満足感を通《とお》り越《こ》して、爽快感《そうかいかん》に包まれた。もう迷《まよ》うことなく、この勢《いきお》いで一日を始めよう。シアは起き上がった。片側ではジュードが腕《うで》をあっちへバタン、こっちへバタンとやかましく眠《ねむ》っていたが、そんなことはどうでもいい。今日は必ず治療薬《ちりょうやく》の手がかりを見つけださないと。与《あた》えられた一カ月のうち、すでに二日が過《す》ぎている。残りの期間をむだにせず動き回ってこそ、治療薬が見つかるというものだ。

固く決意して寝床《ねどこ》を簡単《かんたん》に片《かた》づけたあと、マダム・モリブルの管理室から持ってきた服のひとつを手に取ってバスルームに入った。そして、すでにそれが日常《にちじょう》となっている自分におどろきつつも、昨日と同じように軽くシャワーを浴びて着替《きが》える。

ぬれた髪《かみ》から漂《ただよ》うイチゴの香《かお》りで気分がいい。シアは地下室のすみにある古びた冷蔵庫《れいぞうこ》へ向かう。お茶の部屋から持ってきたケーキとパイを冷蔵庫に入れておいたのだが、その上に〝ジュードのもの〟と書かれたメモがはられていた。

そんなことはたいして重要でないとばかりにメモを引っぺがし、パイを平らげる。ひと晩《ばん》ですっかり固くなった冷たいパイでも、空腹《くうふく》を満たすにはじゅうぶんだった。

そうしてささっと朝食をすませたシアは、本格的《ほんかくてき》に一日をスタートさせることにした。くるんと回って冷蔵庫を背《せ》にすると、だらりとあくびをしているライオンのようなヤコブと目が合ってしまった。あわてたシアは面倒《めんどう》なことになる前に地下室を抜《ぬ》けだそうとした。しかし、いったん狙《ねら》いを定めたらやすやすと見逃《みのが》すヤコブではない。

「どこに行くんだい！」

いらだたしげな声が背中のほうからけたたましく響《ひび》いた。その声は、ぱっと身をひるがえして歩きはじめていたシアの体を丸ごと捕《と》らえ、ヤコブと向き合わせた。

「……治療薬を探《さが》しに行くんです」

しぶしぶ返事をしたあと、ヤコブが次にどんな気のめいるようなことを言いだすか予想しながら待った。案の定、ヤコブのあざ笑う声が地下室を満たした。

「エケッ、エケッ。そうか、ついに気を引きしめて治療薬探しを始めようってわけだね！」

シアがうなずくと、ヤコブは朝から遊び道具を発見したかのように、とても楽しそうにシアを追いこむ。

「で、今のところ手がかりや情報《じょうほう》はなにも見つかっていない、と？」

笑いを含《ふく》んだその言葉には露骨《ろこつ》な皮肉がまざっていた。ひとまずシアは首を横に振《ふ》り、もうこの意地悪な魔女《まじょ》の話を聞いてやる時間はないと判断《はんだん》して、会話をきっぱり終わらせることにした。

「すみませんが、今はいそがしいので……」

「じゃあ、ハーツについてもまだ知らないってことなんだね！」

おどろいているシアを見て、ヤコブはくっくっと笑った。

「なんてマヌケなんだ。城《しろ》へ来て三日目だというのに、その程度《ていど》の情報《じょうほう》も入手できていないのか！」

言葉につまったシアは、しれっと座《すわ》っているいまわしい魔女《まじょ》を見た。どう理解《りかい》すればよいのかわからない。これまで会った妖怪《ようかい》のなかでヤコブはただひとり、ハーツの名前を怖《こわ》がらずに口にした。そのあとに続いたヤコブの言葉に、シアはさらにおどろいた。

「教えてやろうか？」

ヤコブの笑みが生臭《なまぐさ》さを放つ。

「ハーツについてだよ」

予期せぬヤコブの親切に、シアはとまどった。なんと返答すべきか見当がつかず、口をパクパクさせる。

ヤコブはシアが妖怪島《ようかいじま》へ連れてこられる最大の原因《げんいん》をつくった張本人《ちょうほんにん》であり、偏屈《へんくつ》な魔女だ。それなのに、シアに好意的だったほかの妖怪たちでさえ話さなかったことを、自ら進んで教えてくれるとは……。当の本人は、たいして深い考えなどないかのように、顔の筋肉《きんにく》をヒステリックにゆがませ、脂《あぶら》でぎとぎとの頭をぼりぼりとかいている。髪《かみ》を洗《あら》ったことはあるのかしら？　そんな疑問《ぎもん》が頭をかすめた。

「……ほんとうに教えてくれるんですか？」

あらためてたずねると、ヤコブは思いきり鼻を鳴らして横目でシアを見た。

「ふん。ほんとうに教えるに決まってるだろうが。教えるのに、うそもほんともあるか？　さっさと返事をすることだね。マヌケなハトみたいなおまえにだらだらつきあっていられるほど、わたしはひまな魔女ではないんだよ！」

ヤコブはどなりつけてシアをせかした。

「教えてください！」

ヤコブの気が変わってしまわないうちに、シアはすぐさま大声で返事をした。ヤコブが裏でどんなたくらみをいだいているかはわからない。でも、とにかくこんなチャンスを逃《のが》してはならない。ワイワイ・ガヤガヤおばさんが言っていたように、ヤコブにも意外といいところがあるのかもしれないし。

シアが予想どおりの反応《はんのう》を見せると、ヤコブは見るものを不快《ふかい》にさせる笑みを浮《う》かべ、ソーセージみたいな唇《くちびる》をおもむろに動かした。

「よし。よーく耳をかたむけなさい、人間よ。これから話すことは、春風の吹《ふ》く音や、鳥たちの鳴き声なんぞに気を取られて、聞き流してはいけない」

ヤコブは謎《なぞ》めいた笑みを見せてシアと向き合う。

「今から聞かせてやる話は、おまえに与《あた》えられるたった一度のチャンスであり、おまえを救える最後の鍵《かぎ》でもあるのだから」

こうしてヤコブの話は始まった。

8. ヤコブの話

あれはちょうど冬支度《ふゆじたく》を始めるころ、寒さを感じる秋の終わりだった。当時のわたしはまだレストランに雇《やと》われる前だったから、外で暮《く》らす妖怪《ようかい》たちの世界と城《しろ》とを自由に出入りできていた。だから妖怪たちのあいだで起こる出来事や、うわさ話をいち早く見たり聞いたりできたんだ。まあ、そういう状況《じょうきょう》でなかったとしても、なんだって水晶玉《すいしょうだま》で知ることはできただろうけどねえ。

とにかくその当時、妖怪たちの関心を一身に集めている存在《そんざい》がいた。カラスの油を買うために毎晩《まいばん》商店街を歩いていると、そいつにまつわる話が、そうだねえ、両手で数えきれないくらい聞こえてきたよ。それほど話題の人物だったということだ。

それが〝ハーツ〟だ。ハーツは、そう、引きこもりの妖怪でも知ってるぐらい、悪名をとどろかせていた。遠くからその名がかすかに聞こえてくるだけで、みながみな、やつに関する新しい情報《じょうほう》を得られると期待して耳をそばだてていたよ。

もっとも、妖怪《ようかい》たちがそこまであいつに注目するのは、ある意味、当然のことだったんだ。あいつは妖怪島でいちばんの大悪党《だいあくとう》であり泥棒《どろぼう》だったから。いや、正しく言えば、金をもらって代わりに罪《つみ》を犯《おか》してくれるもの、だな。腹《はら》を満たせる金額《きんがく》さえ渡《わた》せば、望みどおり、だれかを殺《ころ》し、物を盗《ぬす》んでくれる、そういう卑劣《ひれつ》な悪党だ。だから、やられる側の妖怪たちは正気を失う一歩手前だった。この悪党、腕前《うでまえ》がとんでもなかったのさ。

ハーツはどんなむずかしいことでも、望んだ金額を受け取りさえすれば、たったひと晩《ばん》できれいさっぱり処理《しょり》してくれた。ありゃ、まるで影《かげ》だね。いくら知恵《ちえ》をひねっても、警備《けいび》を万全にしても、やつの刃《やいば》から逃《のが》れることはできない。いったんあいつに狙《ねら》われると、むなしくなるほどいとも簡単《かんたん》に片づけられちまうんだからね。それがなにであろうと、だれであろうとだ。

しかもあいつにとっては、妖怪島の序列《じょれつ》最高位にいる女王さえ取るに足らない存在《そんざい》なんだ。女王の宮殿《きゅうでん》の奥にしまいこまれている高価《こうか》な品物を盗んでほしい、なんて依頼《いらい》を受けたりもしたんだが、女王がいくら警備兵を増《ふ》やして保安対策《ほあんたいさく》を強化しても、次の日になればその品物がそっくり消えてしまっていた。それこそ、正気でいられるほうが、おかしいってもんだ。

　世はまさに混乱《こんらん》の境地《きょうち》だった。妖怪たちはあいつを恐《おそ》れていながらも、またその一方で、自分の欲《よく》が満たされないときにはあいつを訪《たず》ね、自分の代わりに罪を犯すことを求めた。まったくもって矛盾《むじゅん》しているよ。

　そんな状況《じょうきょう》にまでおちいると、女王はおふれを出した。殺そうが生《い》け捕《ど》りにしようが、とにかくハーツを捕らえよ。捕らえたものには、一生ぜいたくをして暮《く》らしていける莫大《ばくだい》な賞金を与《あた》える、とね。すると、金に飢《う》えていた妖怪たちが、こぞって捕獲《ほかく》に乗りだした。実にいろんな妖怪が王都に集まってきて、あらゆることを試したねえ。ハーツが口に入れそうな食べ物に無色無臭《むしゅう》の毒を盛《も》っておいたり、目を凝《こ》らしても見破《みやぶ》ることのできない罠《わな》を仕《し》掛《か》けたり、しまいには自らあの悪党を探《さが》しに出かける猛者《もさ》まで現《あらわ》れた。

　だがハーツは、そんな妖怪たちの手にかかるほど愚《おろ》かではない。罠を避《さ》けて歩くのがどれほどうまいかって、こっちが感心するくらいだ。いや、ときにはむしろ、その罠を逆手《さかて》に取っていた。例えば、自分の前にある透明《とうめい》な罠を、それを仕掛けた犯人《はんにん》の家の庭に投げておくようないたずらをしたんだ。次の日になると、その犯人は硬《かた》い屍《しかばね》に変わりはてて発見されたりしてね。

面と向かってハーツを捕《つか》まえようとした向こうみずな妖怪《ようかい》たちは、みんなあの世送りにされ、屍《しかばね》が家に届《とど》けられるという、まあ別におどろきもしない結末ばかりだった。そうしてハーツの首に懸《か》かっていた賞金の額《がく》はだんだんとつり上がり、あいつに対する恐怖《きょうふ》も一緒《いっしょ》にふくらんでいった。

そこでヤコブのお出ましだ。そう。このわたしだよ。もちろん、そんな無謀《むぼう》な挑戦《ちょうせん》をしたのにはちゃんと理由があった。水晶玉《すいしょうだま》を盗《ぬす》まれたんだ。ある晩《ばん》、目覚めると、枕元《まくらもと》にあるはずの水晶玉が行方知れずになっていた。あわててあちこち探《さが》してみたが見つからない。行き着いた答えはひとつ。ハーツ、あの悪党《あくとう》が盗んだに違《ちが》いないってことだ。

大事な宝物《たからもの》二号を失った事実に怒《いか》りくるったわたしは、あの悪党を追ったことがあるという肝《きも》っ玉《たま》の太い妖怪を訪《たず》ねた。平凡《へいぼん》な中年の男ではあったけれど、ギャンブルに溺《おぼ》れてかなりすさんだ生活をしていてねえ。なんといっても、ひどく充血《じゅうけつ》した茶色の目。とにかくやさぐれていて、ほんとうに見ていられないほどだった。

とにかく、その男の話によると、博打《ばくち》でこしらえた借金を返すために懸賞金《けんしょうきん》目当てでハーツのいる場所へ行ったんだが、すべて徒労に終わったんだそうだ。男はハーツ捕獲《ほかく》に乗りだして運よく命拾いした数少ないなかのひとりさ。そいつはわたしの挑戦をあざ笑ってこう言ったよ。

「あいつは怪物《かいぶつ》だぞ。おれは今までいろんな間違いを犯《おか》してきたけど、人生でいちばん愚《おろ》かな間違いは、やつを捕《つか》まえられると考えたことだ」

だが、失った水晶玉をいとおしく思う気持ちは、怪物という言葉でも消し去れなかった。

「北に向かってずうっと行くと、なんもかんも白い霧《きり》におおわれて、一寸先《いっすん》も見えない場所が現《あらわ》れる。そこに、にょきっとそびえ立つ険《けわ》しい山がかくれていて、あの怪物はその山のどっかにいる。あっ、霧は夜のあいだに晴れるから、日が暮《く》れるころに行くといい。まあどうせ、やつを見つけたら、あんたもすぐ死んじまうんだろうけど。せいぜいがんばるんだな！」

しつこくせがんだものだから、その勝負師《しょうぶし》も根負けしてハーツの居場所《いばしょ》を教えてくれた。わたしをバカにして笑いながらね。

目的地を探し当てたわたしはその日のうちに準備万端《じゅんびばんたん》整えて、次の日の夕方にそこへ向かった。山はまるでハサミで切り取られたみたいに鋭《するど》く険しくて、おまけにすべてが真っ白くカチンカチンにこおりついていた。そりゃもう高い高い山で、まわりは綿《わた》のかたまりみたいな雲が青い空にいっぱい浮《う》いていた。ずいぶん苦労して登ったよ。何時間もひいひい言いながら。ああ、ほんとうにつらい時間だった。全身がズキズキしたし、寒さでガタガタと震《ふる》えはじめた。だが、絶対《ぜったい》にあきらめなかった。

長い死闘《しとう》の末、頂上《ちょうじょう》にたどり着いたが、残念ながらハーツは見当たらなかった。しかし、そこに来るまでの苦労を思うと、そのままあきらめて下山するわけにはいかない。だからそこで夜を過《す》ごした。最悪な夜だった。気温がとてつもなく低いうえ、山は夜空にちりばめられた真っ黄色な星たちに囲まれていたんだが、その星ひとつひとつがみんな目ん玉になってわたしをにらんでいるようだった。そうして全身に凍傷《とうしょう》を負いそうな寒さと闘《たたか》いながら、ハーツが現《あらわ》れるのを待った。だが、時間がたって朝が来ても、状況《じょうきょう》は変わらなかった。

なにがハーツだ……。夜が過《す》ぎて朝が来ると、勝負師《しょうぶし》が話したとおり、白い霧《きり》にさえぎられてなにも視界《しかい》に入ってこなくてね、そのまま死ぬんじゃないかと思ったよ。夜の寒さで体はとっくにコチコチになっていたし、霧のせいで山を下りることもできないんだから……。わたしがそこへ行った理由である獲物《えもの》は、とうとう髪《かみ》の毛《け》の一本すら見えなかった。

勝負師がわたしをからかって、うそをついたに違《ちが》いないと考えた。絶望《ぜつぼう》したわたしはなんとかしてその状況から抜《ぬ》けだそうと、手探《てさぐ》りではってでも山を下りることにした。霧のせいで前が見えないもどかしさに耐《た》えながら、はい下りることだけに集中したんだ。

そうしてしばらく感覚だけにたよって下山していると、なにか冷たくて硬《かた》いものが首に触《ふ》れた。それが短剣《たんけん》であることに気づいた瞬間《しゅんかん》、だれかが後ろからヘビのようにふんわりと体に密着《みっちゃく》してきた。後ろから抱《だ》くようにして、わたしののどに短剣を押《お》し当《あ》てたそいつは、かたむけた顔をわたしの肩《かた》にくっつけて、鳥肌《とりはだ》の立つような笑い声を耳のなかに吹《ふ》き入《い》れた。耳元に触れた唇《くちびる》がゆっくりと開いて動く感触《かんしょく》は、拘束《こうそく》されたわたしの全身をすうっと縛《しば》りつけてゆき、その奥《おく》から低いささやきが発せられた……「おれはここにいる」と。それは言わば予告チャイムのようなものさ。状況が今から転がりはじめるぞ、と知らせるためのね。

首に向けられている短剣よりももっと鋭《するど》いささやきに、なにも考えられなくなった。バカみたいに身動きひとつできなかったよ。ああ、今思い返すと、なんてこっぱずかしいんだ。水晶玉《すいしょうだま》の仕返しにこらしめてやろうと勢《いきお》い勇んで行きながら、声ひとつにおじけづいたのだから……。ハーツだって、そんなわたしがこっけいだったろう。大口をたたいておいて、いざ目の前にするとぶるぶると震《ふる》え上がって、さぞあわれな老人に見えただろうさ。チェッ。

とにかく、そうしてじりじりするような沈黙《ちんもく》が続いたあと、後ろからぴったりくっついていたあいつはようやく一歩離《はな》れて、わたしの横にぬうっと顔をつきだした。霧に乗って悠々《ゆうゆう》と流れてできた声は、予想していたとおり、あわれなわたしを皮肉ったよ。

「年寄《としよ》りがここになんの用だ？」

つやのある美声だったけれど、あわれなどころか退屈《たいくつ》だとでもいうような口ぶりさ。恐《おそ》れ多くもわたしのような最高の魔女《まじょ》に対して、なんてことを！　プライドにビキッとヒビが入ってしまった。

わたしはこわばった唇《くちびる》を無理やりこじ開けて言ってやった。がた落ちした名誉《めいよ》を取りもどさなければならないからね。

「水晶玉《すいしょうだま》を取り返しに来た！　今すぐ返さなければ、痛《いた》い目にあわせるぞ！」

ほんとうはのどの奥《おく》まで凍《こご》えてしまったせいで声を出しにくかったんだが、そんなことは気にせず振《ふ》り返《かえ》ってどなりつけた。目をいちばん大きく見開いて、すさまじい形相でね。実《じっ》際《さい》は霧《きり》のせいでなにも見えなかった。宙《ちゅう》に向かってそんなことをしているんだから、なんだかすっきりしない気分だったね。

ふわんふわんと踊《おど》っている霧のあいまから声が聞こえてきたが、またしてもあざ笑っているようだった。

「ババアが？　おれを？」

とうてい聞いていられないと言いたげな、あきれ返った声だった。あいつのくっくっと笑う声が霧にまじって聞こえてきて、わたしはますます激高《げっこう》した。もっとおどしつけてやろうとしたんだが、短剣《たんけん》が首筋《くびすじ》に一段《いちだん》とせまってきて、そのひんやりとした感触《かんしょく》に体を縛《しば》りつけられてしまった。

「全身が凍《こご》えきってるうえに、まともに見えもしない状況《じょうきょう》で、調子に乗りすぎだろ」

あいつの生意気な声は、退屈そうな無感情《むかんじょう》な低音なのにやわらかくて、なんていうか、落ち葉のように耳にふんわりと舞《ま》い落《お》ちる感じだった。

「おれが少し力を加えるだけで、あんたの首はそこの下に転がり落ちるってのに」

もし言葉を理解《りかい》できないものが聞いたなら、愛をささやいているのだろうと思うぐらい、やわらかい口調だった。とまどいをさとられぬよう、わたしはあらんかぎりの力をつくさねばならなかった。

実を言うと、わたしだって、なんの準備《じゅんび》もなく向こうみずに水晶玉を探《さが》しに行ったわけではない。ポケットのなかには戦いに役立つような魔法薬があふれるほど入っていたんだ。

「ハッ！　おもしろい。わたしの首の皮は、そんなちゃちな短剣なんかじゃ切《き》り裂《さ》けないくらい硬《かた》いんだよ、おちびちゃん」

わたしのことを〝年寄《としよ》り〟と言い、〝ババア〟呼《よ》ばわりしたことへの一種の復讐《ふくしゅう》だ。「おまえなんぞ、ちょろいもんだ」というように、わざとあいつのことを〝おちびちゃん〟と言ってやった。

「もうそのくらいにして水晶玉《すいしょうだま》を返したほうが身のためだ！　さもなきゃおまえこそ、この山奥《やまおく》に骨《ほね》をうずめることになるだろうよ」

自信たっぷりに威嚇《いかく》はしたが、内心、おこったハーツがいきなり攻撃《こうげき》してくるんじゃないかとびくびくして、魔法薬《まほうやく》の入っているポケットにこっそり手をやった。だがハーツの反応《はんのう》は、思っていたよりもつまらないものだった。

あいつはわたしの首に向けていた短剣《たんけん》をしまい、実に面倒《めんどう》くさそうに、ため息をついたんだ。いかにも気にさわるような音をたててね。ため息の深さと同じくらい、わたしのプライドもヒビが広がってズタボロさ。

そのあと、わたしがおどしつけるよりも先に、霧《きり》のあいだから突然《とつぜん》なにかが飛んできた。おどろいて受け止めると、なんと水晶玉じゃないか。ふいに水晶玉がもどってきたことをよろこぶべきか、あるいは、どうでもいいごみのように水晶玉を放り投げたハーツをどやすのが先か、非常《ひじょう》に悩《なや》むところだ。迷《まよ》っていると、ハーツがこう言ったよ。

「それを探《さが》していたんだろ？　持っていけ」

もう欲《ほ》しい物は握《にぎ》らせてやったんだから、さっさとうせろ、そんな物言いさ。予想に反して簡単《かんたん》に水晶玉を取りもどすことはできたわけだが、完全にバカにされた気分になった。

「ぬっ、盗《ぬす》んでおいて、こっ、こうもおとなしく返してよこすとは、いったいどういうもくろみだ！」

わたしは、言葉をつまらせながらつめ寄《よ》った。うるさく言いつのるわたしに、ますます嫌《いや》気《け》がさしたようで、ハーツはいらいらした調子で言《い》い捨《す》てた。

「いろいろ見せてくれる水晶玉だって聞いたから、おもしろそうだなと思って盗んだが、別にたいしたことなかったぞ。あんたにやるよ」

盗んだ物を返すんじゃなくて、自分の物をプレゼントするかのごとく言ってのけるとは、なんという厚《あつ》かましさだ。なにより水晶玉を侮辱《ぶじょく》したことに、わたしは憤慨《ふんがい》した。

「やい、おまえ！　この水晶玉の価値《かち》をちゃんとわかって言っているのか！　これは、過去《かこ》であろうと現在《げんざい》であろうと時間を問わず、おまえの望むものを映《うつ》しだしてくれる神聖《しんせい》なる水晶玉であるぞ！」

興奮《こうふん》して、じだんだを踏みながら水晶玉の偉大《いだい》さをうたい上げると、ハーツは……。ああ、こうして思いだすだけでも、いまいましい。ハーツはわたしのことを荒《あ》れくるったサルでも見るみたいにながめて、大声で笑ったんだ。ほんとに腹《はら》が立ってどうにかなりそうだった。

わたしが怒《いか》りをあらわにしても、おかまいなしで皮肉たっぷりに笑うとは。

霧《きり》のなかでも、やつが腰《こし》をかがめて、わたしのほうへ顔をつきだして話すのがわかった。

「おもしろいばあさんだな。現在《げんざい》と過去《かこ》がちょっと見えることの、なにがそんなにすごいんだ？　なあ、水晶玉《すいしょうだま》なら未来を映《うつ》さないと」

ハーツは、さも残念そうにため息をつき、つややかな声で毒づいた。怒りで頭が爆発寸前《ばくはつすんぜん》だったが、霧のせいでまともに見ることもできない状況《じょうきょう》では攻撃《こうげき》するのも無理だ。ただその場で、じたばたもがくしかなかった。

「なんてマヌケなやつだ！　未来はだれも見ることのできない神秘《しんぴ》の世界！　あるときもの、ちょっとした気分ひとつ、考えひとつで、完全にひっくり返るかもしれない不確《ふたし》かなものなのだ！　そういうものは水晶玉でも予測不能《よそくふのう》だってことだ！」

「そういう不確かなものだからこそ、水晶玉が見せるべきなんじゃないのか？」

わたしは怒りで絶叫《ぜっきょう》しているのに、あいつはあわれむように言った。

「ああ、悪いけどもう帰ってくれ。気持ちとしては殺《ころ》しちまいたいが、おもしろい年寄《としよ》りをひとり、生かしてやるくらいの慈悲《じひ》はほどこしてやれる」

霧のせいで見えはしなかったが、口の端《はし》をつり上げて笑っているあいつの姿《すがた》を、頭のなかにありありと描《えが》けた。ハーツはわたしの怒りの雄《お》たけびを無視《むし》して話し続けた。

「あっ、それと、下山するときは水晶玉を使ったほうがいいぞ。この霧、実は霧じゃなくて、死んでいった風たちだ。水晶玉が風の死体たちのすきまを見つけてくれるだろうから、それをたよりに下りていけ」

そんな手ほどきまでされて、わたしは歯をぎりぎりと鳴らしつつ、宙《ちゅう》に浮《う》かぶ風の死体のすきまを水晶玉で探《さが》してみた。ハーツは笑いながら、心のこもった別れのあいさつを言ってよこしたよ。

「気をつけて行けよ、おかしなばあさん。その年齢《ねんれい》でここまで来るなんて、ご苦労だったな。あっ、下りていくのに介助《かいじょ》でもしてやったほうがいいか？」

流れる霧のあいだで、やつは唇《くちびる》をつり上げ、にんまりとほくそ笑んだ。かっとなって声をあげたが、にらみつけたときにはもうあいつはそこにいなかった。わたしはあの日、急な傾《けい》斜《しゃ》を下りていきながら、あの悪党《あくとう》の首を必ずやこの手で取ってやると誓《ちか》った。

ハーツとはじめて対面したその日から、わたしはやつをこの手で捕《つか》まえるために、ありとあらゆる方法を考えた。なにせ頭の切れる悪党だから、罠《わな》や毒薬なんていうありきたりなものでは無理だからね。

長いこと使っていなかった凝《こ》り固《かた》まった脳《のう》みそを、何日も何日も、せっせせっせと回転させた末に、ようやくもってこいな方法をひとつ思いついた。わたしはまずこの国の統治者《とうちしゃ》、妖怪島《ようかいじま》の女王に支援《しえん》を要請《ようせい》するために宮殿《きゅうでん》を訪《たず》ねた。ちょうどハーツの懸賞金《けんしょうきん》の額《がく》が日に日につり上げられていたときだ。女王はそれほどあいつを捕《つか》まえることに執念《しゅうねん》を燃《も》やしていたのさ。大魔女《だいまじょ》のわたしの登場をそれはそれはよろこんで、積極的な支援に乗りだした。兵士も武器《ぶき》も惜《お》しまず提供《ていきょう》してくれた。

浮《う》かれてそわそわしていたのは、わたしも同じさ。水晶玉《すいしょうだま》とわたしのことを思いきりバカにしたあの野郎《やろう》が、今度は自分が見下していたものにやられる。赤っ恥《ぱじ》をかくあいつの姿《すがた》を思いうかべて、ひとりでウヒウヒ笑っていたよ。

さあ、このへんでわたしが考えついたその奇抜《きばつ》な方法を教えてやろう。

わたしは宮殿の召《め》し使《つか》いたちのなかからいちばん信頼《しんらい》できるものを選びだし、そのものをハーツのところへ行かせた。ハーツに会ったらこう言うように、と指示《しじ》をしておいてだ。

「伝説の薬草〈ブリ草〉が山のふもとにうまっているという情報《じょうほう》がある。金はいくらでも出すから、日が暮《く》れる前までにそこへ行って、ブリ草を探《さが》してほしい」とね。

ブリ草は数千年前から妖怪の歴史に伝説としてその名を伝える夢《ゆめ》のような薬草だ。あまりにたくさんのうわさ話が入《い》り乱《みだ》れて、いったいなにが事実なのか、その効能《こうのう》についてはだれも知らない。煎《せん》じて飲めば、ひと目見るだけで敵《てき》をひと握《にぎ》りの灰《はい》にしてしまえるとか、生のまま噛《か》みくだいて飲みこめば、あらゆる妖怪を虜《とりこ》にするほどの美貌《びぼう》を得られるとか、この薬草に関するうわさは実にさまざまだ。

ブリ草はハーツのねぐらであるあの山奥《やまおく》にうまっていると伝えられてきた。そこに住むカラスがブリ草を守っているという説もある。その鳥は、もともとはハトだったらしい。ハトが堕落《だらく》して黒く染《そ》まり、人の魂《たましい》をついばむカラスになったと聞いたことがある。そのうわさの真偽《しんぎ》はどうでもいいんだ。わたしはハーツに、やつが住んでる山のふもとにその神聖《しんせい》なる薬草があると、うそを伝えることを思いついた。ようは、あいつをおびきだすエサだ。成功率《りつ》はかなり高いと踏《ふ》んだ。自分のかくれ家のすぐ下にかの有名なブリ草が存在《そんざい》すると聞けば、たとえあのハーツの野郎でも必ずや好奇心《こうきしん》にかられて下りてくると考えたわけさ。

わたしの計画はこうだ。当たり前のように盗《ぬす》みや殺《ころ》しを請《う》け負《お》うハーツは、召し使いの話を信じこんでブリ草を見つけてやると約束するだろう。そして召し使いのたのんだとおり、ブリ草がうまっているという場所へ絶対《ぜったい》に探しに来るはずだ。しかし、それは罠《わな》だ。さっき聞いたからわかるだろうが、その山は日没《にちぼつ》までは霧《きり》……いや、正確《せいかく》に言うと風の死体たちだ。それが立ちこめていて、前がよく見えない。それを利用することに決めたんだ。

ハーツがブリ草を探《さが》しに来るまでのあいだ、わたしは女王が派遣《はけん》してくれた軍隊と一緒《いっしょ》に、山のふもとに潜伏《せんぷく》することにした。そうして風の死体にさえぎられ、ハーツはわたしらに気づかぬまま、ブリ草があるという場所へ接近《せっきん》する。わたしはその近くに身をかくし、水晶《すいしょう》玉《だま》でこっそり見張《みは》っておいて、やつが油断《ゆだん》したすきに、勇ましい号令とともに兵士たちと力を合わせて悪党《あくとう》を捕《つか》まえる、とこういう算段《さんだん》だ。

ああ、かなり満足のいく計画だった。すべてが罠《わな》だったと知ったとき、はたしてあいつはどんな顔をするのか、想像《そうぞう》するだけでこれまでのうっぷんが全部吹《ふ》っ飛《と》んでいきそうだったねえ。

いよいよその計画を実行に移《うつ》すときがくると、興奮《こうふん》は倍になり、わたしはある種の恍惚《こうこつ》状態《じょうたい》にいた。まもなく手にする気高い勝利。その瞬間《しゅんかん》だけを心待ちにして、風の死体のなかに兵士たちと一緒に身をひそめた。あとは悪党がのこのこやってくるだけだ。

だが、それもつかのま、予想していた時刻《じこく》を過《す》ぎてもハーツは現《あらわ》れなかった。ふくれ上がった自信と緊迫感《きんぱくかん》のある興奮がどんどん冷めていく。なにも見えない状況《じょうきょう》で、いつ来るかもわからないハーツをかくれて待ち続け、ぶるぶる震《ふる》える格好《かっこう》になってしまった。ちょっとでも油断すれば、背後《はいご》から悪党がにょっと現れるかもしれない。息を吸《す》う一秒一秒が、まるで死んでいる百年のように感じられた。

女王の兵士たちは息づかいが向こうに聞こえてしまうのではないかとハラハラした気持ちで身をすくめていた。わたしは穴《あな》があきそうなくらい水晶玉をじっとにらみつけるしかなくて、あまりの緊張《きんちょう》で目が充血《じゅうけつ》してきた。

けものが通《とお》り過《す》ぎる音や、風が枝《えだ》をかすめて吹《ふ》く音が背後から聞こえただけでも、みんなびくっとおどろき、恐怖《きょうふ》に満ちたまなざしであたりを見回した。白っぽくかすむ風の死体に囲まれて、聴覚《ちょうかく》だけをたよりに、獲物《えもの》がわたしの罠に入ってくるのを待たなくちゃいけない。忍耐力《にんたいりょく》をくすぐるように宙《ちゅう》を舞《ま》う風の死体たちは、だれの声も、わずかな息づかいも運んではこなかった。ただ、体の芯《しん》までしみこむ寒さだけが、せまりくる危険《きけん》を予告していた。まるで世のなかに自分だけが置き去りにされて、死んでしまった気分さ。むごたらしい時間だった。

りきんで水晶玉をのぞきこんでいたせいで、目の玉に血管の花が咲《さ》き乱《みだ》れはじめたころだった。ついに水晶玉が待望の知らせを映《うつ》しだしてくれて、その透明《とうめい》な警告《けいこく》によって知ることができた。わたしらの腹《はら》を満たしてくれるよろこばしい獲物《えもの》、わたしらのうちのほとんどの魂《たましい》を奪《うば》ってゆくであろう残忍《ざんにん》な怪物《かいぶつ》が、まんまと罠《わな》に足を踏《ふ》み入《い》れたことを……。水晶玉《すいしょうだま》のなかのあいつが腰《こし》をかがめてブリ草を探《さが》しはじめたとき、わたしは荒《あら》い息づかいに乗せて「攻撃《こうげき》！」と、うわずった声でさけんだ。

その声が銃《じゅう》の引き金を引く役割《やくわり》をはたし、かくれていた兵士たちが雄《お》たけびをあげて飛びだした。

けたたましい声が天空をつき刺《さ》す。軍隊が風の死体をかき分け、わあっと突進《とっしん》する。まるで動物の群《む》れの大移動《だいいどう》。のどがすうっとするような咆哮《ほうこう》と突進の音は、爆竹《ばくちく》がパパンッと破《は》裂《れつ》するみたいにわたしの快感《かいかん》を炸裂《さくれつ》させた。

じきにハーツの悲鳴が聞こえてくるはずだ。期待して豪快《ごうかい》に笑い声をあげた。口が裂けるんじゃないかと思うくらいにね。痛快《つうかい》すぎて涙《なみだ》が出るほどさ。そのさなかにも兵士たちはわたしの横を通《とお》り過《す》ぎ、獲物が捕《つか》まっている罠にどんどん飛びこんでいった。わたしはわたしで、あわてて水晶玉に向き直る。いくらその瞬間《しゅんかん》がうっとりするような美しいものであっても、笑い続けていたらハーツのやられる姿《すがた》を見逃《みのが》してしまうからね。そう、絶対《ぜったい》に見逃すものか。

口元からわき上がる笑いを必死にこらえ、ハーツのあわてぶりを見るために水晶玉をのぞきこんだ。ああ、なんとよろこばしいことか。聖《せい》なる水晶玉はあの悪党《あくとう》が敗北する場面を映《うつ》しだし、わたしの勝利を認《みと》めてくれたんだ。宙《ちゅう》を横切る風の死体のあいまに、そのおびえきったひとみがおぼろげに見えた。

「勝ったぞ！　勝利だ！」

勝利のよろこびに熱狂《ねっきょう》して歓声《かんせい》をあげた。水晶玉をぐぐっとのぞきこむと恐怖《きょうふ》に満ちたひとみがくっきりと見えた。ひどく充血《じゅうけつ》した茶色の目。どことなく見覚えがあった。ぎくりとして水晶玉をもう一度、食い入るように見つめた。自分が見間違《みまちが》っていないことを確《たし》かめたあとは、ショックでしばらく動くことができなかったねえ。やっとのことで正気を取りもどしてから、「やめ！　やめ！」とさけびながらその戦場へ突入《とつにゅう》した。

大声でわめき立て、乱暴《らんぼう》に兵士たちのなかへ分け入ったわたしは、そこで今さらのように目にしたんだ。糸のような白い風の死体のあいだで、軍隊の手によって息絶《いきた》えた屍《しかばね》は、ハーツではなく、ハーツの居場所《いばしょ》を教えてくれた勝負師《しょうぶし》だった。ハーツの顔を知らない兵士たちは、風の死体におおわれてよく見えない相手をあいつだと思いこみ、あわれにも無関係なものを殺《ころ》したのだ。

怒《いか》りと失望がこみ上げてきて、愚《おろ》かな女王の兵士たちに怒りをぶちまけた。そうするうちにふと気づき、振《ふ》り返《かえ》ったときにはもう、置いてあった水晶玉《すいしょうだま》が消えたあとだった。心臓《しんぞう》が一瞬《いっしゅん》ビクンと止まって、目の前は真っ暗。そのときになってようやく気づいたんだ。この罠《わな》の仕掛《しか》け人だったわたしは、実は仕掛けられた側だったということを。

全身をくねらせて激怒《げきど》した。溶岩《ようがん》を爆破《ばくは》させるような勢《いきお》いで。情《なさ》けないことこのうえない兵士たちは、じたばたと〝本物のハーツ〟を探《さが》しはじめた。だが、どうがんばってみたところでむだだ。風の死体におおわれて視界《しかい》の悪い状況《じょうきょう》では、水晶玉を奪《うば》って逃《に》げたハーツを見つけだす手立てはない。

不運な勝負師《しょうぶし》の死体が地面の上でむごたらしく冷たくなってゆく。わたしはそれを踏《ふ》みつけて通《とお》り過《す》ぎることで、体じゅうに煮《に》えたぎる怒りを表した。とんまな女王の兵士たち、わたしをバカにしきったハーツ、そしてなによりも、あいつにもてあそばれた自分自身への怒りだ。

半狂乱《はんきょうらん》になって風の死体をめちゃくちゃにかき分けていると、遠くからかすかな笑い声が耳に舞《ま》いこんだ。聞《き》き慣《な》れた笑い声で我《われ》に返り、ふと顔を上げた。

風の死体越《ご》しにぼんやりと見えたのは、黒髪《くろかみ》と、せいぜい十代後半にしか見えないあどけなさの残る少年の顔。思っていたよりもはるかに幼《おさな》かった。あいつは月明かりがほのかに映《うつ》る大きな黒いひとみで、自分を見つけようとじたばた騒《さわ》いでいる兵士の群《む》れを見物していたんだ。死ぬほど笑える、という表情《ひょうじょう》でね。がく然としたよ。いまいましいことに、あいつにとってその状況は喜劇《きげき》でしかなかったのだから。

山のふもとにブリ草がうまっているという偽情報《にせじょうほう》を流したときから、あいつはそれが策《さく》略《りゃく》であることに気づいていて、わたしの仕掛けた罠を逆《ぎゃく》に利用《りよう》してやろうと決めてたんだ。

そのうえ、勝負師がそれまでの堕落《だらく》した暮《く》らしのせいで借金を背負《せお》って困《こま》っていることも、よく知っていた。だから、わざわざ勝負師を訪《たず》ねていき、山のふもとにブリ草がうまっている、その神聖《しんせい》な薬草を採《と》れば簡単《かんたん》に大金を稼《かせ》げる、そうこっそり教えたのさ。

金が必要だった勝負師にそれ以上の説得なんか必要ない。彼《かれ》はすぐさま玄関《げんかん》のドアを蹴《け》り開《あ》けて、ハーツが教えてくれた場所に飛んでいき、薬草を探しはじめた。風の死体のせいで前がよく見えなかった兵士たちは、ハーツだと思って勝負師に襲《おそ》いかかった。

そのすべてをそばでながめていたハーツは、捕《と》らえた獲物《えもの》が勝負師だったことをわたしがこの目で確《たし》かめているうちに……。ああ、憎《にく》らしいやつ。ちょっと目を離《はな》したすきに水晶玉を盗《ぬす》んでいくとは。そうしてハーツは〝二兎《と》を追うものは一兎をも得ず〟どころか、二兎を全部手に入れたと、こういうわけだ。

一羽目の兎《うさぎ》は、以前ハーツを捕《つか》まえようと追ってきた勝負師《しょうぶし》へ、死というかたちで贈《おく》った残酷《ざんこく》な復讐《ふくしゅう》。二羽目の兎は、以前あいつに向かって大口をたたいたわたしの鼻をへし折り、またしても水晶玉《すいしょうだま》を、しかもやすやすと盗《ぬす》んでいったこと。その二羽の兎で腹《はら》を満たしたあいつは、水晶玉を使って風の死体をくぐり抜《ぬ》け、ねぐらのある山の上へ向かいはじめた。こっちは水晶玉がないものだから風の死体のなかを進むこともできず、ただあいつの笑いぐさに成り下がった。

わたしはあらんかぎりの悪態《あくたい》をついた。すると上から兵士たちをせせら笑っていたハーツが、ふとこっちを向いた。わたしと目が合っておどろいたのか、やつのひとみはぴたっと止まった。険《けわ》しいまなざしで静かににらみつけてくる黒いひとみ。あまりにも生意気で、目の玉をえぐりだしてやりたいほどだったよ。

少しして、こおりついていたひとみはとけはじめた。口角がゆっくりと上がっていって、にやりと笑った。激《はげ》しい怒《いか》りが燃《も》え上《あ》がり、真っ赤になった顔で悪態を浴びせかけようと口を開いたとき、ハーツが突然《とつぜん》、愛らしくまばたきをしたんだ。そして、わたしにウインクを送ってよこして……からかうように背《せ》を向けて消えていった。

風の死体が消えた日没後《にちぼつご》、わたしらがあたふたと上へ登っていったときには、ハーツはすでに身をかくしてしまっていた。山の上の一帯は氷でつるつるだった。そこに水晶玉がぽつんと、つばをかけられた状態《じょうたい》で、みすぼらしく転がっていた。

水晶玉を盗んでおきながら持ち去らず、そんなふうにつばまで吐《は》きかけて放《ほう》り捨《す》てた理由は、〝せいぜい水晶玉でも大事にしてろ。あんたなんかいくらでも倒《たお》せる〟という……つまり、いくらでもかかってこいという、わたしに向けた挑発《ちょうはつ》であり挑戦状《ちょうせんじょう》だったのさ。そしてそれはわたしのプライドを影《かげ》もかたちも見えないくらい粉々に打ちくだき、ほこりよりもちっぽけな破片《はへん》にしてしまった……。

完全なる敗北を喫《きっ》したあと、わたしは罰《ばつ》としてどん底の生活を強いられた。惜《お》しみなく支《し》援《えん》したにもかかわらず、捕獲《ほかく》が失敗に終わったことが女王の耳に入ってね。たいそう立腹《りっぷく》した女王は、〝無能《むのう》な魔女《まじょ》〟という烙印《らくいん》を押《お》してわたしを追放した。妖怪《ようかい》たちには、わたしを雇《やと》うこと、わたしに金を渡すことを禁《きん》じ、違反《いはん》したものは厳罰《げんばつ》に処《しょ》す、とおふれを出したんだ。寛大《かんだい》さのかけらもない厳《きび》しい処罰《しょばつ》だった。

そうしてわたしは一夜にしてみじめな身の上さ。それまでわたしを必要とし、わたしにこびへつらってきた資本家《しほんか》たちや商人たちのまなざしが変わった。そばを通っただけでも冷気が伝わってくる目つきに。その事実を受け入れねばならなかった。それでも最初は特段《とくだん》なんの感情《かんじょう》もわかなかった。そもそもほかの妖怪《ようかい》たちからどう見られているかなんて、さして気にするほうではないからね。だが、時間がたつにつれて肉体的な苦痛《くつう》にさいなまれていった。稼《かせ》いでおいた金があったから最初こそ問題はなかったんだが、前ばらいで注文を受けた魔《ま》法薬《ほうやく》を高額《こうがく》な材料を購入《こうにゅう》してつくり続ける必要があった。収入《しゅうにゅう》が途絶《とだ》え、一文なしになるのは、あっというまだった。

ああ、ほんとうにつらい暮《く》らしだった。毎朝、道端《みちばた》で寒さに震《ふる》えて目を覚まし、うすい服一枚《まい》で耐《た》え抜《ぬ》いて、食べ物を手に入れるために近所の子どもや気の弱い妖怪たちをおどすしかなかった。

そんなある日、ちっとも上向く気配のなかった悲惨《ひさん》な生活に、かすかな希望の光が差しこんだ。女王の命令に逆《さか》らってわたしを雇《やと》おうとする大胆《だいたん》な妖怪が現れたんだ。

ヘドンだ。

本来、持てるものほど強欲《ごうよく》なものだ。妖怪島で最高のレストランを所有している彼《かれ》は、積み上げてきた富《とみ》と同じぐらい、欲の深さもかなりのものだった。ヘドンは以前から、優《すぐ》れた魔女《まじょ》として名をはせていたわたしをレストランで雇いたがっていてね。何度も誘《さそ》われて、もちろん何度も断《ことわ》った。あのころのわたしは魔女人生でいちばんの全盛期《ぜんせいき》を迎《むか》えていたから、ひとところに縛《しば》られて働かなくてもじゅうぶん稼《かせ》ぐことができたのさ。しかし女王が、わたしにつながる物質的《ぶっしつてき》なルートを遮断《しゃだん》してしまった。ヘドンが女王をはじめ、ほかの妖怪たちの目を盗《ぬす》み、彼らが眠《ねむ》っている真っ昼間に従業員《じゅうぎょういん》をよこして職《しょく》に就《つ》くことを提案《ていあん》してきたとき、そのときは状況《じょうきょう》が変わったあとだったから食指が動いた。

カラスの骨《ほね》をじっくり煮《に》こんでつくった熱々のスープをもう一度味わうことができるのなら、ネズミのしっぽの革製《かわせい》のやわらかい布団《ふとん》にくるまれて暖《あたた》かく眠りにつけるのなら……！　わたしは魂《たましい》だってよろこんで売り飛ばすことができた。だからヘドンの慈悲《じひ》深《ぶか》い提案に、心から忠誠《ちゅうせい》をつくすと約束した。そしてその日以来、ほかのものたちの目からかくれるようにレストランに身をひそめたのさ。

話が少し横道にそれた気もするが、わたしがここで働くことになったてんまつはこんなとこだ。

仕事を得たことを女王に知られないようにするために、レストランでいちばん深い場所、まるで地中のようなこの暗い地下室に腰《こし》をすえ、薬はジュードに配達させて、なるべく地下室から出ないようにした。でもねえ、秘密《ひみつ》というのは、秘密であり続けることはできないものなんだよ。この世に秘密《ひみつ》が秘密として存在《そんざい》できるのは、ほんのつかのまだ。

レストランの魔女《まじょ》リディアが解雇《かいこ》され、新しい魔女が雇《やと》われたことに妖怪《ようかい》たちは好奇心《こうきしん》を抑《おさ》えきれなかった。口から口へと、わたしがここで働いているといううわさはまたたくまに広まり、残念なことに女王の耳にまで届《とど》いてしまった。王命にそむいたヘドンに対する女王の怒《いか》りときたら、それはそれはものすごかった。彼女《かのじょ》は命令違反罪《いはんざい》という名目でヘドンに厳《きび》しい制裁《せいさい》を加えた。そして、その処罰《しょばつ》は今も続いている。

それが今、ヘドンがわずらっている謎《なぞ》の病だ。人間の心臓《しんぞう》でなければ治すことのできないあの病気は、女王がヘドンに与《あた》えた罰なんだ。ヘドンはわたしを雇った代償《だいしょう》としてそんなわざわいに見舞《みま》われてしまったが、わたしを責《せ》めることはできなかった。地獄《じごく》の門を開くことだと知りながら、その扉《とびら》の取っ手を引いてわたしを迎《むか》え入《い》れたのは、彼自身《かれじしん》が決めたことだからね。

そしてそれから数日後、彼は有名人をもうひとり自分の城《しろ》に引きこんだ。ハーツだよ。正しくは、ヘドンが雇ったのではない。わたしが引き入れたんだ。さっき話したように、わたしはブリ草の偽情報《にせじょうほう》でハーツを捕《つか》まえようとしたが、ハーツは罠《わな》にかからなかった。あいつはそれがうそだと知っていたからだ。

なぜ偽情報だと見破《みやぶ》ったのか。それにはちゃんとわけがあったんだ。なんとハーツは、ブリ草がどこにあるのか知っていたんだよ。あとになって考えてみれば当たり前のことなんだが、あの固く凍《い》てついた山で暮《く》らしていたハーツが、その山のどこにブリ草がうまっているのかを知らないわけがないだろ。

わたしがどうやってそれを知ったのかって？　見たのさ。まさにここ、この地下室で。水《すい》晶玉《しょうだま》をなでているときにね。水晶玉が映《うつ》しだしたハーツは、寒さで血の気のうせた白い顔に、歓喜《かんき》のほほ笑みをたたえ、ブリ草を守っているという伝説のカラスと向き合っていた。意図せずしてカラスの姿を目にすることになったわたしは、あやうく水晶玉を落として割《わ》ってしまうところだったよ。もともとは真っ白いハトだったけれど堕落《だらく》して黒くなり、カラスになってしまったというその呪《のろ》われた鳥は、こげついた真っ黒な胴体《どうたい》の上に、まぶしいほどに輝《かがや》く悪魔《あくま》の顔を持っていた。カラスはハーッとおんなじような笑みを浮《う》かべ、目の前に立つ少年に伸《の》びのあるやわらかい声でささやいた。

「小僧《こぞう》、ブリ草を取りに来たんだな」

わたしはその声を聞いたとたん、サーッと鳥肌《とりはだ》が立った。息が止まりそうなほど恐《おそ》ろしく、美しい声だったから。

カラスは夜空を全部かき集められそうな翼《つばさ》を広げ、指か羽かわからない翼の先で、後ろにある薬草をなでながらたずねた。

「薬草がここにあるとなぜわかった？　見つけにくいところにかくしておいたんだが」

ハーツは素直《すなお》に答えていたよ。

「白一色の山に真っ黒な鳥が張《は》りついていたら、気づかないほうがおかしいだろ」

あいつは悪魔《あくま》のようなカラスの顔を正面から見すえて要求した。「ブリ草をくれ」とね。

すると悪魔の顔から、身の毛もよだつようなうっとりした笑みがこぼれ落ちた。

「おおぉ、でもな、長いこと手間ひまかけて育ててきたものをひょいと渡《わた》してしまうのは、なんだか惜《お》しい気もする」

悪魔はやんわりと拒《こば》んだが、それが悪魔のいつもの話し方なのだろう、ささやきは続く。

「ブリ草に代わるものをプレゼントしてくれるんなら……薬草くらい、よろこんでくれてやるんだがなあ」

絵でも描《えが》くようにハーツの頬《ほお》をはっていたカラスの翼の先が、悪魔の歌声に乗ってなめらかに動く。

「きさまのきれいな魂《たましい》のなかに入らせてくれ。なかに入って、ちょっとずつ、ちょっぴりずつ、ついばみたい。そのあっさりした味を楽しませてくれないか？」

のどをゆるやかにしめつけてゆく歌声に、ハーツはよろこび勇んで両腕《りょううで》を広げてみせた。木の上にいる悪魔に向かって全身を広げてみせる姿《すがた》は、見ているこっちが体を折り曲げてやりたい衝動《しょうどう》にかられるほど無防備《むぼうび》だった。

「ほら、入れよ」

ハーツは低い声でつぶやいた。悪魔の顔を見上げる黒いひとみ。そのまなざしは実に淡々《たんたん》としていた。

そのとき、カラスの翼が扇子《せんす》のようにバサッと宙《ちゅう》で羽ばたいた。同時にハーツの口角がカラスの翼と同じ曲線を描いた。悪魔のささやきは受け入れられた。そうして……悪魔というあだ名で呼《よ》ばれたひとりの少年は、本物の悪魔になってしまった。

この世で最も残忍《ざんにん》な悪党《あくとう》が、この世で最も残忍な悪魔と結合して以来、世界は混乱《こんらん》におちいった。ハーツのなかに入ったカラスは、かつては純粋《じゅんすい》だったこともある魂をじわじわと蝕《むしば》んでいき、その結果、ハーツは日に日に悪魔へと変貌《へんぼう》していった。金をもらい必要に応《おう》じて悪事をはたらいていた少年は、快楽《かいらく》のために命を奪《うば》いはじめた。

あいつは魂の奥《おく》で常《つね》に目覚めている悪魔に命令され、服従《ふくじゅう》することを強いられた。そしてすぐに、悪魔《あくま》のささやきは策略《さくりゃく》にすぎなかったことが明らかになる。悪魔の手に落ちた少年は、ただ悪魔の望むとおりに動かされるだけで、ブリ草を手に入れることはできなかったんだ。悪魔の強い力でコントロールされているからさ。ブリ草はそのまま山のなかのもとあった場所に存在《そんざい》し続け、ハーツは徐々《じょじょ》に壊《こわ》れていった。

あいつが歩いていく道には、赤い血の足跡《あしあと》が刻《きざ》まれ、死体が山のように積み上げられていき、その頂上《ちょうじょう》の王座《おうざ》にあいつは君臨《くんりん》した。昼夜を問わず、妖怪《ようかい》たちはいっときも緊張《きんちょう》の糸をゆるめることはできなかった。ただただ恐怖《きょうふ》にぶるぶると震《ふる》え、おびえていた。どうか今日の犠牲者《ぎせいしゃ》のひとりが自分ではないように、と祈《いの》りながら。

もちろんわたしも、そのひとりさ。ヘドンのレストランという心強い盾《たて》の内側にかくれてはいたけれど、ハーツとはじめて対面したあとは、いつまたあいつがわたしに矢を向けるかわからなかったからね。それは、今から話す出来事が起こった日も同じだった。

その日、わたしはいつものように地下室で、魔法薬《まほうやく》や治療薬《ちりょうやく》を調合する実験をしたり、世のなかの移《うつ》り変《か》わりを水晶玉《すいしょうだま》でのぞいたりして、普段《ふだん》と変わらない日常《にちじょう》を過《す》ごしていた。そのうちに分厚《ぶあつ》い本を前にして眠気《ねむけ》が襲《おそ》ってきてねえ、うとうとしていたんだが、いきなり冷たい風がスーッと吹《ふ》きこんできて、そばにあったろうそくの火が消えた。ひんやりとした感じがして、夢《ゆめ》うつつの目がぱっちりと覚めた。窓《まど》ひとつない地下室だ。ベランダがあるジュードの部屋へ続く扉《とびら》は閉《し》まっている。風が吹きこむことはない。だれかが入ってくる以外には……。

おかしな恐怖心にかられた。かろうじてマッチを手に取って、ろうそくに火を灯《とも》し、なんとか気を落ち着かせて、ろうそく片手《かたて》に後ろを振《ふ》り返《かえ》った。と同時に、ハーツがわたしの首に短剣《たんけん》を向けた。びっくりしすぎて言葉が出なかったよ。この悪魔はどうやってここへ侵《しん》入《にゅう》したのか、それしか頭になかった。

夢中《むちゅう》で考えているうちに少しずつ落ち着いてきて、冷静にハーツのことを見られるようになったとき、あいつの変化に一発で気づくことができた。背中《せなか》にカラスの巨大《きょだい》な翼《つばさ》が生えていて、翼の先があいつの肩《かた》をかかえこんでいた。脇腹《わきばら》や足、ほかの部位もカラスの羽毛におおわれているんだが、その姿《すがた》のなんと見苦しいこと。生え方が乱雑《らんざつ》で、まだらになっていたからね。まるで、どでかいカラスがあいつの全身をのみこんでしまったみたいだった。しかし、いちばん大きな変化はあいつの目だった。あどけない少年のキラキラと輝《かがや》いていた澄《す》んだひとみは、ひんやりと冷めきって光を失っていた。死者の目のようだった、とでもいおうかね。

びっくりしてなにか言おうとしたが、それより早く、ハーツの短剣《たんけん》がわたしの唇《くちびる》に押《お》し当《あ》てられた。静かにしていろという合図だ。あいつはわたしのほうへ、ぐっと寄《よ》った。近距離《きんきょり》で見たあいつの顔はつかれはてていた。以前にはなかった濃《こ》い影《かげ》が目の下に刻《きざ》まれて、みずみずしかった頬《ほお》は青ざめていた。

　身動きひとつせず黙《だま》って立っていると、ハーツは唇を圧迫《あっぱく》していた短剣を静かに引いた。応戦《おうせん》に使えるような魔法薬《まほうやく》はどこにあったか、頭のなかであたふたと思いだしていたとき、あいつは言った。「そんな目で見るな」と。とてもつらそうで切ない声だった。だから、わたしがどんな目で見ていたのかをきき返すことはできなかった。

　なにをどこから話せばよいのかわからず、ためらっているようだった。「あんたを傷《きず》つけるために来たんじゃない。おれはただ……」と言ってから、ひと呼吸《こきゅう》おいて、「これはおれが望んだことじゃない」と独《ひと》り言《ごと》のように言った。そのときはまだ、やつの言わんとしていることがよくつかめなかった。頭のなかが混乱《こんらん》していたからね。ところがあいつは、わたしを見上げて切実そうな声でこう言ったんだ。「助けてくれ」ってね。

　助けを求めてはいたが、あんたに選択権《せんたくけん》を与《あた》えているわけじゃないとでもいうように、両手で肩《かた》をわしづかみにしていた。必死につかんでいるように見えたし、なにか、ぎりぎりを保《たも》っているような震《ふる》えた声だった。あいつのなかには自分を操《あやつ》る悪魔《あくま》が存在《そんざい》しているから、なにをどう助けてほしいのかを具体的に口に出して言うことはできなかった。それでも、わたしが状況《じょうきょう》を理解《りかい》するには〝助けてくれ〟のひと言でじゅうぶんだった。

すぐさま、あいつを助けてやることに決めた。同情《どうじょう》や憎《にく》しみなんていうバカバカしい理由からじゃあない。ハーツが悪魔から少しでも自由になれるように助けてやれば、いつなんどきあいつに殺《ころ》されるかわからないという恐怖《きょうふ》から逃《のが》れられるのは間違《まちが》いないだろ。

実を言うと、ちょっと楽しみでもあった。やつを助けるという選択がどんな結果をもたらすかはわからないとしても、これだけは確《たし》かだった。すべての糸口がわたしの手中にあるということ。女王の怒《いか》り、ヘドンの呪《のろ》い、ハーツの決断《けつだん》。うまく利用さえすれば、なにもかもわたしの思いどおりになるかもしれない。そう考えると、にたにたと笑みが浮《う》かんでくるのを止められなかったよ。

「今、おまえのなかにいる悪魔、そいつを追いだしたいだろう？」と、わたしだけが正しい答えを知っている質問《しつもん》を投げかけた。その瞬間《しゅんかん》を満喫《まんきつ》するために、あいつをじらすことにしたのさ。でもそれも、ほんの一瞬のことだ。目の前にいる悪党の怒りを買ってはたいへんだからね。

「ああ。どうすればいいんだ」

あいつは素直《すなお》に返事をした。

ハーツの黒いひとみを見つめた。感情《かんじょう》のないまなざしではあったが、その目にどんな思いが秘《ひ》められているのかは明らかだ。

「食いつぶすしかない……。おまえのなかにいるやつよりももっと強い上位の悪魔《あくま》に会うんだ。そういう悪魔なら、おまえのなかにいるやつを捕食《ほしょく》できるだろうから」

わたしは楽しげにささやいた。

「もっと強い悪魔に会う……。でも、どうやって？」

せっぱつまってきいてくるハーツに、うす笑《わら》いを浮《う》かべて答えてやったよ。

「紹介《しょうかい》してやろうか？」

戦況《せんきょう》は逆転《ぎゃくてん》した。わたしはいかにも得意げに、意気揚々《いきようよう》と水晶玉《すいしょうだま》をなでた。球面をくるくると舞《ま》う指の動きに沿《そ》って、水晶玉のなかに煙《けむり》が立ちはじめた。ほどなくして玉の内側は、たなびく輝《かがや》きで満たされた。

「ひとり、知っている。そいつよりも強い悪魔を……」

ハーツの視線《しせん》が水晶玉からわたしへと移《うつ》った。目を見ただけで、あいつの言わんとしていることがわかったよ。そして案の定、あいつは「今すぐ呼《よ》んでくれ」と言った。まったくもって大胆不敵《だいたんふてき》なやつだ。そう思わないかい？　そんなにも強力な悪魔と即座《そくざ》に会おうとするなんて、あの度胸《どきょう》はいったいどこから出てきてるのかねえ。くすくす笑って、「呼べない」と告げたんだが、その瞬間《しゅんかん》がまたどれほど楽しかったことか。

　そのとき、水晶玉を満たしていた煙が、カーテンを開けるように晴れていき、そこにヘドンが現れた。

「だれでも呼びだせるものではない。あのものを呼びだせるのは、たったひとりだ。ヘドンのところへ行きなさい」

　ハーツは眉《まゆ》をつり上げた。

「ヘドンが悪魔を呼びだせるだと？」

　あいつのあきれたような反応《はんのう》は、わたしも理解《りかい》ができた。偉大《いだい》な魔女《まじょ》のわたしでさえ呼びだせない悪魔を、たかがレストランのオーナーが呼びだせるというのは、なかなか信じられない展開《てんかい》ではある。だが、いかんせんヘドンは単なる店主じゃあない。彼《かれ》が経営《けいえい》するレストランは妖怪島《ようかいじま》で最大の規模《きぼ》だ。それだけ稼《かせ》ぎも資本《しほん》も莫大《ばくだい》だということ。「悪魔も結局は、物質的《ぶっしつてき》な欲《よく》に弱いだろ？」というわたしの言葉に、ハーツは眉をひそめてねえ。わたしはその表情《ひょうじょう》がいたく気に入ったよ。事があいつの思うように進んでいない証拠《しょうこ》だからさ。

わたしは話を続けた。

「ヘドンは運がよかったんだ。ある日偶然《ぐうぜん》、あのものがレストランへ食事をしにやってきたとき、ヘドンはチャンスを逃《のが》さなかった。それまで蓄《たくわ》えてきた莫大《ばくだい》な資本《しほん》をもとに、そいつとの取《と》り引《ひ》きを成功させた。こんなにも大きなレストランだ。ちゃんと回していくために、ヘドンはたくさんの従業員《じゅうぎょういん》を必要としていた。単純《たんじゅん》に数が多いだけではすまない。従業員を思うように動かすには、うまいこと束縛《そくばく》しておかないとね。でも従業員の数はほとんど無数とも言える。ひとりの力では、とうていさばききれない。そこでヘドンはその悪魔を利用した。従業員と雇用契約《こようけいやく》を結ぶときに、悪魔《あくま》を仲介人《ちゅうかいにん》として立てるのさ。契約締結《ていけつ》に悪魔の仲介人の関与があった従業員は、悪魔の支配下《しはいか》に置かれることになる。そうすると、レストランを去ることもできないし、自由を奪われるんだ。そうと知りながらも妖怪《ようかい》たちが契約を結ぶのは、彼《かれ》らがそれほど追いつめられた状況《じょうきょう》にいるということだ。わたしもそのひとりなんだから、笑える話だな」

余裕《よゆう》が生まれたわたしは、かなり親切に説明してやった。いつしか水晶玉《すいしょうだま》のなかは煙《けむり》で満たされ、霧《きり》のようにぼんやりと一定のリズムで円を描《えが》いて回っていた。回って、回って、また回って……。

「もちろん悪魔は、仲介人の役割《やくわり》をただで引き受けてはいない。ヘドンが従業員たちを思う存分《ぞんぶん》に使えるように、拘束《こうそく》してやることの見返りとして、そいつは……」

水晶玉のなかで催眠術《さいみんじゅつ》をかけるかのように規則的《きそくてき》に円を描いていた煙は、今度はティーポットからゆらゆらと立ちのぼる湯気になっていた。突拍子《とっぴょうし》もないティーポットの登場に、ハーツはぽかんとして「ティーポット？」とつぶやいた。わたしは、くっくっと笑いをこぼした。

「そう。なんとも変わった悪魔でな、報酬《ほうしゅう》としてティーポットを受け取った。それも、ものすごくたくさん。雇用契約を一件《けん》仲介するごとに大量のティーポットを持っていった。そいつがなぜそんなにティーポットが好きなのかは、わたしにもわからない。水晶玉でじっくり見てやろうとするたんびに、そいつは姿《すがた》をくらまして、もぬけの殻《から》になっているんだよ」

水晶玉のなかの煙をかき散らしながら話を続けた。

「巨大《きょだい》なレストランを経営《けいえい》しているヘドンにしてみれば、そんな要求はむずかしいことでもなんでもない。ティーポットなんか、レストランにあまるほどあるのだから。で、ようするに、おまえのなかにいるやつよりも強いあのものを、ヘドンが契約仲介人として使っているということだ」

わたしはにやりと笑って言った。

「もう一度言うと、そいつを呼《よ》びだせるのはヘドンだけ、ということになるんだろうね」

話は終わっていなかったが、それをさえぎる勢《いきお》いでハーツはたずねた。

「ヘドンはどこにいる?」

結論《けつろん》に達したとたんヘドンに会おうとするハーツのあせりように、わたしはにたにたと笑った。忍耐力《にんたいりょく》が底をついたんだろうが、どうしようもないだろう? 待つしかないのだから。

「どうした。ヘドンに会って、そいつを呼びだしてくれとたのむつもりかい? 無理だよ」

わたしを雇《やと》うなという女王の命令にそむいた罰《ばつ》として、長引く病に苦しむヘドン。その姿《すがた》が、いつのまにか水晶玉《すいしょうだま》に映《うつ》しだされていた。

「ヘドンは今、病状《びょうじょう》が非常《ひじょう》にかんばしくない。悪魔《あくま》の完全体を呼びだすことができないほど弱っている。契約《けいやく》を結ぶときに呼びだせるのも、悪魔の腕《うで》や足くらいなものだ。そうして呼びだされた悪魔が使える力のレベルも、ちょうどその部位程度《ていど》だ。従業員《じゅうぎょういん》たちを束縛《そくばく》するのには問題ないが、おまえのなかにいる悪魔を食いつぶすのは厳《きび》しいってことだ」

希望らしきものはとことん排除《はいじょ》した。絶望的《ぜつぼうてき》なことばかりを機関銃《きかんじゅう》のようにしゃべりまくったわたしは、大きなよろこびを感じていた。

「むろん、その悪魔はあるときふいに食事をしにやってくるかもしれないし、そのときを待つこともできるだろう。だが、それが数時間後なのか数十年後なのかは、だれにもわからない」

言い終えたわたしは、ケラケラとぶちまけるようにバカ笑いした。どんどん激《はげ》しく笑いがこみ上げてきて、我慢《がまん》できないもんだから地下室の床《ゆか》を転げ回って笑ったよ。まあ、それも一瞬《いっしゅん》のことで、すぐに笑いは止まったがね。ハーツがしゃがみこんで、わたしの首に短剣《たんけん》を向けたんだ。山でにらみ合ったときのように。

「そんなにおもしろいことが、今、あったか？」

あいつの怒《いか》りは、そう、本気すぎるぐらい本気に見えた。

状況《じょうきょう》を理解《りかい》したわたしは笑うのをやめて、顔をしかめた。ひとしきり罵詈雑言《ばりぞうごん》を浴びたあと、説明を続けた。

「落ち着け。なあに、可能性《かのうせい》がないわけではないさ。いつか病が治れば、完全体を呼びだせる」

わたしは顔を上げ、あいつと正面から向き合った。

「ヘドンのところへ行き、彼《かれ》のために働くと言いなさい。そうすればおまえはその悪魔《あくま》の仲介《ちゅうかい》でヘドンと雇用契約《こようけいやく》を結ぶことになるだろう。上位の悪魔が保証《ほしょう》する契約に縛《しば》られた状態《じょうたい》でいれば、おまえのなかにいる下位の悪魔の力は弱まるはずだ。完全にいなくなるわけではないが、しばらくはそれで満足するほかあるまい」

ハーツの顔には表情《ひょうじょう》がなかった。ただ水晶玉《すいしょうだま》のなかの苦しんでいるヘドンを淡々《たんたん》と見つめるだけだった。

無表情の奥《おく》にたくさんの感情がうずまいていることはわかった。だから、もう一度説明してやったよ。

「ヘドンが女王の呪《のろ》いでわずらっている病気から回復《かいふく》できるように協力するんだ。ヘドンが回復すれば、上位の悪魔の完全体を呼《よ》びだせる」

自分に課せられた役割《やくわり》をハーツははたしてどんな方法でやり遂《と》げるのか、楽しみになってきて笑いがこぼれた。あいつの求めていた回答はしめしてやったから、わたしがこれからやることは、ただ見守るのみ。わたしがさずけた方針《ほうしん》を軸《じく》にして、奇妙《きみょう》で危険《きけん》な世界がどんなふうにからみ合っていくか、楽しく見物すればいいだけだ。ときどき気に食わないことが出てきたら、あっちをいじったり、こっちをつついたりして、好みに合わせて変えていきながら。

そんな思惑《おもわく》を知ってか知らでか、あるいは単に興味《きょうみ》がないのか、ハーツは冷静に見えた。

「そういうことなら、ひとまず雇《やと》われて、ヘドンが呪いから解《と》かれるように手伝わないといけないな」

あいつは迷《まよ》うことなく、ヘドンのもとへ向かうために、くるっと後ろを向いた。そして数歩進んで、ぴたっと足を止め、またわたしのほうへ顔を向けた。わたしは笑うのをやめて、やつを見つめた。あいつも見つめ返した。

「ババア」

耳慣《みみな》れたその呼《よ》び方《かた》にわたしが顔をゆがめたとき、信じられないことに、あいつはにっこりと笑って、「ありがとう」と言ったんだ。そのあとは振《ふ》り返《かえ》ることなく地下室を出ていったよ。

それから一時間もたたないうちに、ハーツがレストランの従業員《じゅうぎょういん》になったことが発表されて、わたし以外の全妖怪《ようかい》がその事実に度肝《どぎも》を抜《ぬ》かれた。そうしてレストランに新しい緊張《きんちょう》が走ることになった。陰《かげ》でこっそりハーツのことをしゃべった従業員たちは、ハーツにバレた瞬間《しゅんかん》、容赦《ようしゃ》なく痛《いた》い目にあわされたんだ。だから妖怪たちは、あいつについてしゃべることに慎重《しんちょう》にならざるをえないのさ。

「さあ、シア。わたしが聞かせてやれるハーツの話は、これが全部だ。わたしから受け取ったこの貴重《きちょう》な情報《じょうほう》をしっかり心に刻《きざ》みな。おまえにとって、たったひとつの希望なのだから。ヘドンが呪《のろ》いから解《と》かれて回復《かいふく》すれば、ハーツもあいつのなかにいる悪魔《あくま》から解放《かいほう》される。だからハーツは、ヘドンの病を治すためなら、どんなことだってやるだろう」

「……」

「そして、その方法はふたつある。ひとつは、ほかの治療薬《ちりょうやく》を探《さが》しているおまえを手伝い、おまえと一緒《いっしょ》に新しい薬を見つけだすこと。ふたつ目は、今のところ唯一《ゆいいつ》の治療薬として知られている人間の心臓《しんぞう》を、つまり、おまえの心臓を持っていくことだ。おまえはなにがあろうと必ず、あいつがひとつ目の方法を選ぶようにしむけなければならない。もしふたつ目の方法を選ぶことになれば、妖怪島《ようかいじま》でいちばんの大悪党《だいあくとう》、恐怖《きょうふ》の権化《ごんげ》であるあいつは、なにがあろうと必ずおまえの心臓を持っていくのだから」

少女と年老いた魔女《まじょ》、ふたりのあいだをすり抜《ぬ》けて、おごそかな沈黙《ちんもく》がうす暗《ぐら》い地下室を満たす。話し終えたヤコブは、おもしろそうにエケッ、エケッと、こらえきれない笑いをこぼしながらシアの反応《はんのう》をうかがっている。シアはヤコブの話を頭のなかで入念に反すうする。

ハーツがどういう存在《そんざい》なのか、ついに知ることはできたが、突然《とつぜん》に積み上げられた情報の山をひとまず整理する必要があった。

望んでいた答えを得ると同時に、混乱《こんらん》はもっと大きくふくらんだ。ヤコブがシアの表情《ひょうじょう》を観賞してケラケラ笑っているのにも気づかず、シアは熱心に考えこんだ。たった今聞いた話は、貴重な情報であることは間違《まちが》いない。うまくすれば別の治療薬を見つける糸口になるかもしれない内容《ないよう》だ。シアは話をもっと掘《ほ》り下《さ》げてみることにした。

「ハーツのなかで彼《かれ》をコントロールしているという……悪魔のことなんですけど」

「コントロールというのはものの言いようで、のみこんだも同然だ。あいつの全身をカラスの羽だらけにしたんだからね。エケッ、エケッ。カラスの翼《つばさ》に、胴体《どうたい》に生えた羽……。エケッ。まあ、ときどき現《あらわ》れるだけで常《つね》にその状態《じょうたい》ではないにしても、一度見たら夢《ゆめ》に出てくるぐらいなんだってば」

ヤコブは自分が着ているリボンだらけのツツジ色のドレスなど意《い》に介《かい》さず、楽しそうに話し続けた。しかしシアの興味《きょうみ》の対象はそこではない。

「その悪魔を食いつぶすことのできる、もっと強い悪魔って、だれなんですか？」

ヤコブの表情が微妙《びみょう》に変化した。シアは自分の質問《しつもん》が核心《かくしん》をついたのをさとった。

「おもしろいねえ……。たいていは、そいつがだれかではなく、どんなやつかをきくというのに。そいつは世界でいちばん邪悪《じゃあく》なやつだ。そして、謎《なぞ》めいたやつでもある」

ヤコブはほほ笑み、ひとみが下弦《かげん》の月のようなつつましい曲線を描《えが》く。彼女の笑みにしては物静かだ。

「今の答えは、そいつはどんなやつかとたずねられたときの、わたしの返事だ。だが、そいつはだれかとたずねられたならば……」

一転して、紙やすりのようにざらついていて、峰《みね》のようにつきでた目玉がシアを凝視《ぎょうし》する。矛盾《むじゅん》しているようだが、まなざしはおだやかだ。

「雇用契約《こようけいやく》の仲介人《ちゅうかいにん》として、ごまんといる従業員《じゅうぎょういん》を制御《せいぎょ》できる強大な権力《けんりょく》をヘドンに与《あた》え、その見返りとして、おもしろいことにティーポットを要求するそいつは……だれなのか。あのものには名前がたくさんある。自分の体にサインされた名前のなかでいちばん気に入ったものを、そのときどきに応《おう》じて自分の名前として使うからだ。だからわたしらは、あのものをシンプルにこう呼《よ》んでいる」

シアの鼓動《こどう》が速まる。同時に、ヤコブが声をあげて笑った。〝なにを知らないふりしてる。おまえだって知っているじゃないか〟とでもいうように。

「トム」

ヤコブはささやいた。

「おまえも会ったことがあるよ」

シアは二日前のことを思いだした。

——同意されるとのことですので、トムの腕《うで》に指で名前をお書きください。一種の契約書だと思っていただければけっこうです。

——管理人のマダム・モリブルです。もうお耳に入っているかもしれませんが、本日トムが一件《けん》、契約の仲介をしましてね。ティーポットを追加で送っていただきたいんです。ええ、いいえ、それよりもっとたくさん必要だと思います。はい、では……。

ヘドンと契約を結んだ日、通訳官《つうやくかん》が言っていたことと、管理室で聞いたマダム・モリブルの電話での会話内容《ないよう》が、鳥肌《とりはだ》が立つほど正確《せいかく》に、まるで録音されていたように、シアの頭のなかで再生《さいせい》された。

難解《なんかい》だったパズルのピースがついに、ピタッ、ピタッと、鋭《するど》く不気味な音をたててはまっていく。トムの腕。その上には無数の名前がぎっしり書かれていた。ならば、そのたくさんの名前の主たちは……。

「その悪魔《あくま》の体が契約書《けいやくしょ》だ。契約を結ぶときにヘドンがそいつを呼《よ》びだし、そいつの体に署《しょ》名《めい》をした従業員《じゅうぎょういん》は、契約が成立した瞬間《しゅんかん》から悪魔に従属《じゅうぞく》したも同然さ。だからヘドンは彼《かれ》らを制御《せいぎょ》できている」

絶望感《ぜつぼうかん》がシアを襲《おそ》う。腕《うで》にある名前のうちのひとつは、残酷《ざんこく》にも……。

「シア」

ヤコブは笑った。

「そいつの体に名前を書いただろう？　おまえももう悪魔に従属しているんだよ」

シアは状況《じょうきょう》をきちんと把握《はあく》できなかった。ただの物語として聞いていたから、自分がその残酷物語の一部だということが実感できない。

「そう落ちこむことはない。おまえは治療《ちりょう》薬《やく》を一カ月以内に探《さが》しだせば解放《かいほう》されるだろ？　ほかの従業員はそんな希望すらない」

そう話すヤコブの表情《ひょうじょう》は、シアにとってはじめて、読み取るのがむずかしいものだった。

しかし、もっとむずかしいことはほかにあった。

「……それじゃあ、私《わたし》は治療薬を見つけるためにどうすればいいんでしょう？」

話の本筋《ほんすじ》であり、最も重要かつ、待ちこがれていた結論《けつろん》へとつながる質問《しつもん》。シアが震《ふる》える声でたずねた。ヤコブはゆったりとささやく。

「言ったじゃないか、ハーツを味方につけろと。ハーツがあいつのなかにいる悪魔を追いだすためには、トムが必要だ。トムの全身を呼びだすためには、ヘドンの病が治らなければならない」

「だから、つまり……」

シアは表情をいっそう暗くさせて口を開いた。

「ハーツは悪魔から自由になるために、ヘドンが病気から回復《かいふく》できるように協力するということ」

顔を上げ、ヤコブを見る。

「その方法のうちひとつは、ハーツが私を手伝って別の治療薬を見つけることで、もうひとつは、私の心臓《しんぞう》を治療薬として持っていくこと……」

ヤコブはシアがようやく全部理解《りかい》したことに満足して、カラカラと笑いだした。一方、あわれなシアは足の力が抜《ぬ》けてしまわないよう、踏《ふ》んばっている。恐怖《きょうふ》の波が胸《むね》に押《お》し寄《よ》せて、小さな肩《かた》をわなわなと震《ふる》わせた。

「教えてください」

シアはか細い声で訴《うった》えた。

「私《わたし》の心臓《しんぞう》を持っていく代わりに、新しい治療薬《ちりょうやく》を探《さが》すようにハーツを説得する方法を……」

「残念ながら、説得する方法は、おまえが自力で見つけなきゃならないね」

現実《げんじつ》は無慈悲《むじひ》だ。絶望《ぜつぼう》したシアはヤコブのひとみをまっすぐに見た。そして、さっきからずっと気になっていたことを力なくたずねた。最後の質問《しつもん》として。

「あなたは……」

今にも倒《たお》れてしまいそうな力のない声だった。

「どうして私に全部、話してくれたんですか？」

いぶかしむシアにヤコブは眉《まゆ》をひそめたが、シアは気にしなかった。少なくともこの数日のあいだに見てきたことから考えると、ヤコブは理由もなく親切をほどこすような寛大《かんだい》さを持ち合わせてはいないはずだ。

「そうだねえ……言うなれば……。わたしのものを取りもどすため、ということかねえ……」

答えは、むしろシアをもっと深い迷宮《めいきゅう》におとしいれた。

そのときになってシアは気づいた。ヤコブは水晶玉《すいしょうだま》のことを宝物《たからもの》二号と言っていた。ならば、宝物一号はなんなのか。そして、それはどこにあるのだろう。

9. ハーツとの出会い

シアとヤコブがいる地下室のはるか上空。ひとりの少年が、夜空と同じくらい漆黒《しっこく》の翼《つばさ》に引き回されるように、空を横切って向かってくる。体をのみこむほど巨大《きょだい》な翼をばたつかせ、つかれはてた顔をしている。しばらくのあいだ苦しそうに羽ばたいたのち、ようやく目的地に着いたのか、動きが鈍《にぶ》くなった。徐々《じょじょ》に速度を落とした少年は、ほのかな月明かりに照らされたバルコニーに降《お》り立《た》った。

彫刻《ちょうこく》のほどこされた雅《みやび》やかな欄干《らんかん》の下、顔がはっきり映《うつ》るほど磨《みが》き上げられた大理石の床《ゆか》に、血痕《けっこん》が道をつくる。少年は伏《ふ》し目《め》がちで、ぜいぜい荒《あら》い息を吐《は》きながらゆっくりと、やっとの思いで部屋へと足を踏《ふ》みだす。真っ白いカーテンに赤い染《し》みがついたが、そんなことはまったく気にしていない。

一歩進むごとに、彼《かれ》の全身をおおっていたカラスの羽と翼がだんだんと消えていき、部屋に足を踏《ふ》み入《い》れたころにはきれいに消えうせていた。揺《ゆ》らめくカーテンから離《はな》れ、部屋のなかほどに進むと、マントのひもをほどきながらうめき声をあげた。目を半開きにして、体の緊張《きんちょう》を解《と》く。

「やっと来ましたね」

月明かりの届《とど》かないすみで暗闇《くらやみ》にまぎれていたルイが冷たく言った。

「時間を約束《やくそく》してたっけ？」

少年は笑い、マントを脱《ぬ》いだ。血のついたシャツがあらわになる。ルイは片《かた》メガネを押《お》し上げ、血まみれのハーツをざっと見た。

（たいしたけがでもないな）

心のなかでつぶやいたルイは、事務的《じむてき》な調子でハーツに言う。

「あなたがもどったらすぐに連れてこいというヘドン様のご命令に従《したが》い、こちらへ参りました。ついてきてください」

「あっちに行けだの、こっちに来いだの、うるさいなあ。いらいらするぜ」

少年はついていく気などまったくない様子で当たり散らした。ガサッと音をたて、赤く染《そ》まったシャツのボタンを荒《あら》っぽく外す。

「ご存《ぞん》じなかったのですね。あなたが女王のところへみつぎ物を届《とど》けに行っているあいだに、ヘドン様に心臓《しんぞう》をささげる人間を連れてきました」

「ああ、そういうこと……」

無気力に答えた少年は、しまりなくはおっていたシャツを脱《ぬ》ぎ捨《す》て、新しいシャツの袖《そで》に腕《うで》をつっこんだ。

「ついに見つけたか。おめでとう」

ルイは少年の反応《はんのう》を観察しつつ話を続ける。

「人間が来た、それがなにを意味するかは、あなたもよくご存じでしょう。じきにヘドン様は呪《のろ》いから解かれるはずです。そうなればトムを呼《よ》びだして、あなたも悪魔《あくま》から自由になる……」

「はいはい、わかってるって」

少年は面倒《めんどう》くさそうに話をさえぎった。だがルイはしつこく続けた。

「説明は最後までお聞きください。ここへ連れてこられた人間は……」

オッドアイが鋭《するど》く光る。

「普通《ふつう》ではなかったのです」

ハーツはシャツのボタンを留《と》めていて、反応《はんのう》はうすい。

「ヘドン様はその人間の心臓《しんぞう》を食べることができませんでした。その代わり、条件《じょうけん》付きで契約《けいやく》なさいました」

ボタンを留める指が止まった。少年の反応に、ルイは復讐《ふくしゅう》がはたされたような一種の快《かい》感《かん》を味わいながら説明を続けた。

「ヘドン様が心臓を取ろうとしたところ、人間が妖怪《ようかい》の食べ物をつかみ上げて、それを食べて自分の心臓を腐《くさ》らせてやると脅迫《きょうはく》したのです」

シアとヘドンが結んだ契約についても淡々《たんたん》と伝えた。少年の片方《かたほう》の口角がわずかに上がる。

「……へえ」

シャツの襟《えり》までしっかり整えてから、少年はようやく顔を上げた。彼《かれ》は日の光がひと筋《すじ》も届《とど》かない凍《い》てついた山奥《やまおく》で暮《く》らしてきた。その過去《かこ》を物語るような白い肌《はだ》が、バルコニーから差しこむ月の光に照らされていた。長いまつ毛の下には、つらい日々のせいで精彩《せいさい》を失《うしな》ってしまった黒いひとみが奥ゆかしげに収《おさ》まっている。

ハーツはルイの目を見すえた。

「どこにいる？　そのバカは……」

部屋のなかが冷たい静寂《せいじゃく》に満たされた。ルイは疑念《ぎねん》たっぷりの目でハーツを見たが、答えを求めて見つめ返してくる視線《しせん》に耐《た》えかねて、不満げに口を開いた。

「……地下室。聞いたところによれば、地下室にいるとのことでした。人間はこの先一カ月、ヤコブの地下室で過《す》ごすはずです」

「一カ月を過ごすには最悪の場所だな。ヘドンに人間の心臓を食べろとすすめたやつと一緒《いっしょ》に暮《く》らすなんて」

思いもよらないおもしろい組み合わせだった。ハーツはルイに向かって、ぼそぼそとたずねる。

「ところで……人間って、どんな姿《すがた》をしてるんだ？　おれは一度も見たことがなくて……。おれたちとは、かなり違《ちが》うのか？」

ほんとうに知りたそうにルイをじっとうかがっている。

「……小さくて弱そうに見えました」

「小さくて弱そう、か……」

オウム返しにつぶやいて考えこむ様子が、どうにもあやしい。ルイは片メガネを押《お》し上《あ》げた。彼の不吉《ふきつ》な予感が正しかったことを全身で伝えるかのように、ハーツは力強く足を踏《ふ》みだした。

「人間のところに行かないと」

ルイが額《ひたい》に手を当てる。けがをしているにしてはあまりにも元気いっぱいなハーツの歩調に、頭が痛《いた》んだ。一発ガツンと食らった気分だ。ため息をつきそうになるのをぐっとこらえる。

「ストップ」

くぐもった声が深いところから押《お》しだされた。ドアノブを引こうとしていたハーツの手が止まる。

「申し上げたとおり、わたくしは今、あなたをヘドン様のもとへ連れていかねばなりません。個人的《こじんてき》な用事はそのあとにしてください」

ハーツはルイの言うことをきく気などみじんもないようだ。体をくるっと回してルイと向き合い、腕《うで》を広げて傷《きず》を見せた。

「見てのとおり、おれは今けがをしている。こんな状態《じょうたい》でヘドンのところへ行くのは無理だと思うけど」

ルイはすげなく返す。

「たった今の、その力強い歩き方を見るかぎりでは、歩くのには特に問題がないようですが……」

「なにを言ってる。さっきおれがどんだけ苦労してこの部屋に入ってきたか、見ていたんだからわかるだろ」

ふてぶてしく、もっともらしい言《い》い訳《わけ》をして、ハーツは後ろのイスに座《すわ》り、背《せ》にゆったりと体を預《あず》けることで、絶対《ぜったい》に言うことをきかない、という意志《いし》を表明した。

「じゃあ、ひとまず手当てをしないと。包帯を持ってきてくれよ。翼《つばさ》も傷を負ったから飛ぶこともできないし」

背筋《せすじ》をぐっと立て、伸《の》びをしながら言った。イスから動くつもりはない、とでもいうように。ルイはそんな彼《かれ》を不審《ふしん》な目つきで見たが、あきらめるしかなかった。ハーツがこんなふうに意地を張《は》ってしまうと、彼にはどうすることもできないからだ。ため息をつくとすぐに歩きだした。

「……包帯を持ってまいります」

ドアへ向かってコツコツと進んだが、いったん足を止めて振《ふ》り返《かえ》り、念を押した。

「わたくしがもどってくるまで、ほかのところに行かないで、おとなしく待っていてください」
そうしてルイが出ていったあと、けが人にしてはあまりにものんきな様子で爪《つめ》を触《さわ》ってい
たハーツは、そっとイスから立ち上がり、閉《と》じられたドアのほうへ歩いていった。何気なく
ドアノブを引いてみると、思ったとおり、ドアには鍵《かぎ》がかけられていた。彼《かれ》はふんっと鼻で
笑った。
（ああ、ルイ。しょうもないやつだな。鍵なんかかけたって、ドアを壊《こわ》してしまえばすむ話
だろうが。そんなことわかってるだろうに）
ハーツはまた歩きだし、少し前に自分が入ってきたバルコニーへ向かう。月明かりに乗っ
て舞《ま》いこんできた真夜中の春風がハーツの肌《はだ》にひんやりと触《ふ》れる。
バルコニーの欄干《らんかん》に近づき、静かに庭園を見下ろした。いつのまにか彼の両脇《りょうわき》にはカラ
スのように黒々とした巨大《きょだい》な翼《つばさ》が現《あらわ》れていて、月光をさえぎっていた。桜《さくら》が満開に咲《さ》き誇《ほこ》る
壮観《そうかん》な庭園をめでていたかと思いきや、ハーツは突然《とつぜん》、欄干から身を投げた。
（取《と》り替《か》えたばかりのドアをまた替える必要はない。実はおれの翼、なんともないんだぜ）
夜空に翼を広げた黒い人影《ひとかげ》が飛び立った。

一方そのころの地下室は、静かなバルコニーとは正反対の騒《さわ》がしさだった。

「あぁ、それにしてもジュードのやつは、なんでいつまでたっても起きてこないんだ！　もうとっくに日は沈《しず》んで、月が昇《のぼ》っているというのに！　ずっと、日が暮《く》れたとたんに起きていただろ。このところ甘《あま》やかし気味だったから、すっかり調子づいてしまったか！　なにしてるんだい、まったくこの子は。気の利かないハトみたいだね。さっさとジュードを起こしてこないか！」

ヤコブが荒《あ》れくるったサルのように興奮《こうふん》して、ぴょんぴょん飛《と》び跳《は》ねながらさけんだ。シアは夕方、眠《ねむ》りから目覚めるとすぐ部屋のすみに行き、思いがけず手に入れたハーツに関する情報《じょうほう》をずっと丹念《たんねん》に思い返していた。ヤコブの雷《かみなり》のような号令に、びっくりして背筋《せすじ》を伸《の》ばす。

「あっ、はい！　行きます」

むきだされた巨大な四角形のヤコブの歯がてかてかとしていた。猛獣《もうじゅう》のキバのようなぎらつきにけおされ、勢《いきお》いで返事をしてジュードの部屋へ急いだ。

「待ちな！」

ヤコブが大声でシアの足を止めて、こっちへ来いと手招《てまね》きする。わけがわからず、ためらいがちに寄《よ》っていくと、ヤコブはシアの手になにかを握《にぎ》らせた。銃《じゅう》だ。生まれてはじめて銃を見たシアはびっくりした。ヤコブはでこぼこな歯並《はなら》びをむきだしにして、にやりと笑う。

「あいつはちょっとやそっとでは起きないだろう。一発か二発、撃《う》ってやりな」

口をぱくつかせてつっ立っているシアを、ヤコブはたくましい腕《うで》で押《お》して、早く行け、とせき立てた。押されるがまま、ジュードの部屋へ続く階段《かいだん》の前まで来た。銃がぎこちなく片《かた》方《ほう》の手に収《おさ》まっている。シアは階段を上がって部屋に入った。

まだごちゃごちゃしている頭のなかを整理する時間が必要だったけれど、ひとまずジュードを起こすことにした。そうしないと、またヤコブの雷《かみなり》が落ちることはわかりきっている。部屋のなかではいつものように、ぐっすり眠《ねむ》っているジュードが寝言《ねごと》を言っている。

「飛べ！　ヒーロー！　いけ、いけ！」

ヒーローに乗って飛んでいる夢《ゆめ》を見ているらしい。浮《う》かれた声で騒々《そうぞう》しくさけび、片側《かたがわ》の頬《ほお》にはよだれをたらしている。鳥の巣みたいに髪《かみ》をもつれさせ、大の字になっているジュードを見ていると、自然と眉間《みけん》にしわが寄《よ》った。

ジュードをかなり強く揺《ゆ》さぶってみたが、ヤコブの言うとおり、まったく効果《こうか》がない。昨日、一日じゅうヤコブのお使いをこなしてとてもつかれているのか、いくら揺さぶったり蹴《け》ったりしても起きる気配がない。空中に向かって発砲《はっぽう》すれば、確《たし》かに銃声を聞いて飛び起きるだろうが、そこまですることもないだろう。シアは室内の空気を入《い》れ替《か》えるためにカーテンを開けることにした。

銃を慎重《しんちょう》にポケットに入れて、静かに立ち上がり、ベランダの前のカーテンをつかんでまんなかから左右に開いた。カーテンのあいだから桜《さくら》の花びらを運び入れる風が、今日にかぎってものさびしく感じられた。おそらくそれは、ヤコブから聞いた殺伐《さつばつ》とした話のせいだろう。

（いつ、どうやってハーツを訪《たず》ねていって、なんて話せばいいのかな？）

カーテンの向こうに現《あらわ》れた夜空と同じで、頭のなかは真《ま》っ暗闇《くらやみ》だった。

そのとき、開きかけて弓なりになっているカーテンの向こうからふたたび不吉《ふきつ》な風が忍《しの》びこんできた。

「やあ」

風に乗って入ってきたのは、黒い翼《つばさ》を荒々《あらあら》しくはためかせて宙《ちゅう》に浮《う》いている少年だった。

シアが後ずさりするまもなく、少年の両手がシアの頭を乱暴《らんぼう》につかんだ。

シアの手からカーテンが力なく落ちた。空っぽになった手が無意識《むいしき》のうちにポケットへ向かう。ヤコブがシアに銃《じゅう》を握《にぎ》らせたのには別の理由があったのだ。

「小さくて……弱そう……」

シアを見下ろしながらつぶやいた言葉は、シアのことをさしているようだった。

「おまえが……その……人間だな」

昨日も、今日も、そしていつだって――。

「おれの名はハーツだ」

不幸は、こちらから訪《たず》ねていくものでなく、突然《とつぜん》おとずれるものだった。

暗い夜空を背負《せお》ったベランダに、桜《さくら》の花びらが一枚《まい》、また一枚と吹《ふ》き寄《よ》せられる。どこからか幻妖《げんよう》な音楽が流れてくるような気さえした。ふたりの沈黙《ちんもく》は、硬《かた》いクリスタルのようにぎゅっと固まり、ちっとも壊《こわ》れそうにない。

ハーツは両手でシアの顔をがっしりとわしづかみにしている。根こそぎ引《ひ》っこ抜《ぬ》いてしまいそうなほど強い力だ。互《たが》いの息づかいがそっくり伝わる近さから、闇《やみ》よりも深いひとみが、見えない網《あみ》でも広げているかのようにシアをからめ取り、見つめている。長いまつ毛を伏《ふ》せた黒いひとみには、光も、感情《かんじょう》も、焦点《しょうてん》も、なにもない。なのに、まなざしは強く、ぞっとするほどおだやかだった。

「その反応《はんのう》からすると、おれの話はヤコブから全部聞いたようだし……」

（私《わたし》がどんな反応をしているというの。まだ声すら出していないのに……表情を見てわかったんだろうか。それとも……）

シアは銃をつかんでいた手をポケットからそっと抜く。

ハーツは首をかしげて笑みを浮《う》かべた。沈《しず》んだ声で静かに言う。

「おまえもおれも、お互いに話すことがたくさんあると思うんだけど」

シアのひとみが揺《ゆ》れる。

「どうだ？　おしゃべりする気はあるか？」

頭のなかが真っ白になる。生き残るために、早く彼《かれ》に会って話さなければと考えてはいたけれど、こうしてハーツのほうからやってくるとは夢《ゆめ》にも思っていなかった。しかもなんの準備《じゅんび》もできていない。

「いやか？」

ささやきがふたたび耳に届《とど》き、シアは我《われ》に返る。ヤコブが言っていたことが頭に浮かんだ。

ハーツが彼のなかの悪魔《あくま》から解放《かいほう》されるためには、ヘドンの病を治さなくてはならない。そのためには、シアを手伝って別の治療薬《ちりょうやく》を見つけるか、シアの心臓《しんぞう》を持っていくか、ふたつにひとつだ。

――必ずひとつ目を選ぶようにしむけなければならない。

ひしひしとせまる声が頭のなかに響《ひび》いた。

それはつまり、シアがハーツに気に入られなければならないということだ。シアの心臓《しんぞう》を持っていかなくても、彼女《かのじょ》を手伝うことで心臓以外のほかの治療薬《ちりょうやく》を見つけだせるという信頼《しんらい》をハーツに植えつけなければならない。今がそのチャンスだ。今度いつ彼《かれ》に会えるかわからないのだから。

シアは口を開いた。

「……じゃあ、どこで話そうか？」

思いのほか大胆《だいたん》な返答で、ハーツは少女の愚《おろ》かさに笑いがこみ上げてきたが、ぐっと抑《おさ》えてたずねた。

「どっちがいい？　おんぶされるのと、抱《だ》っこされるのと」

質問《しつもん》が意表をつくもので、シアはとまどう。

「どういう……」

「早く答えろ」

「えっと、どっちでも」

ハーツはシアのあごまで回っていた手を離《はな》し、かがめた腰《こし》を伸《の》ばす。

「どっちでもいいなら、おれの好きにする」

なにを言っているのかとたずねるより早く、シアの体がいきなり宙《ちゅう》に浮《う》いた。荷物のようにシアを肩《かた》にかつぎ上げたハーツは、くるりと向きを変え、ベランダの外へと翼《つばさ》を羽ばたかせた。

シアは悲鳴をあげた。怖《こわ》くて目をつぶっていたから見られなかったが、これだけは確《たし》かだった。彼女は今、ハーツの肩に乗って空を飛んでいるということ。しかも猛《もう》スピードで。さらにどんどんスピードを上げ、どこかにぶつからないか心配になるほどで、シアが知っている遊園地の乗り物なんかとは別次元だった。それに体勢《たいせい》もまた普通《ふつう》ではない。後ろ前で、たれた腕《うで》と足が今にも下へ吸《す》いこまれていきそうだ。シアは必死にハーツの腰にしがみついた。

「アアアーッ！　ゆっくり行って！」

冷たい夜風が顔を打ち、恐怖《きょうふ》を感じたシアはがむしゃらにさけんだ。だがハーツは彼女の言うことなど聞く気がない様子だった。いや、むしろ飛行速度をさらに上げた。「わざと乱暴《らんぼう》に飛んでるでしょ？」と問いつめたかったが、そんな余裕《よゆう》もない。

「アアッ！」

腰《こし》に巻《ま》きつけていた腕《うで》が急にゆるみ、体が落下する感覚がして、シアはまた悲鳴をあげた。

次の瞬間《しゅんかん》、彼女《かのじょ》は桜《さくら》の花びらでふかふかな地面の上に、無造作《むぞうさ》に放《ほう》りだされていた。

（この悪魔《あくま》め、マナーってものが、とことんなってない……）

ある程度《ていど》低い位置から落ちたのと、桜がクッションとなってくれたおかげで、大けがをせずにすんだのはよかった。でも、ぶつけたところがかなり痛《いた》い。シアは痛みのあるところをなでながらハーツをにらみつけた。彼《かれ》は自分だけちゃっかり、ふんわりと着地した。と同時に、翼《つばさ》が消えた。その様子をにらむように見ていると、彼のほうから口を開いた。

「ここでどう？　気に入ったか？」

ようやくシアは、どこで話そうかという自分のさっきの質問《しつもん》に、彼は行動で答えたのだと気がついた。黙《だま》ってあたりを見回すと、そこはまさに桜の楽園だった。障子紙《しょうじがみ》のような桜の花びらが、あちこちにこんもりと積もっている。花びらは桜の木からひっきりなしに空に舞《ま》い、空をうめつくしながら、ひらりひらひらと踊《おど》っている。見渡《みわた》すかぎりのうす紅色《べにいろ》の世界だ。

「きれい……」

実にロマンチックな場所だった。自分を殺《ころ》そうとしているものと一緒《いっしょ》にいるのでなかったなら……。

　桜の花びらが雪のように降《ふ》り積《つ》もるなか、ハーツがたずねる。

「なぜおまえをここへ連れてきたか、わかるか？」

　わかるわけのない質問に答えることもできない。彼は歯を見せて笑った。

「おれが暮《く》らしていた場所と似《に》てるからだ」

　言い終わるやいなや、ピンク色に輝《かがや》いていた花びらが真っ白に変わり、おだやかに散り積もっていた桜はたちまち冷たい雪になってこおりつき、風と一緒に激《はげ》しく吹《ふ》き荒《あ》れた。

　雪に吹《ふ》き巻《ま》かれたまんなかで、シアは自分が今、ハーツが悪魔と会う前に暮らしていた場所、カチカチにこおりついた冷たい山、その山奥《やまおく》にいるような錯覚《さっかく》にとらわれた。考えただけでも恐ろしくて、全身がぶるぶる震《ふる》えはじめる。

「話したいことがたくさんあるのはお互《たが》い様《さま》だろうが、こおって死んでしまいそうなほうから話させてやるべきだろうな」

　激しい吹雪《ふぶき》のなかで黒いひとみはシアに向かっていた。

「急いだほうがいいぞ。仕事に行かなくちゃならないのに、おまえと会うためにこっそり抜《ぬ》けだしてきたんだから」

ハーツがそれとなくせき立てる。シアは軽くせきばらいをした。バクバクと跳《は》ねる心臓《しんぞう》を落ち着かせながら、ハーツになにをどう言うべきか考える。もう一秒たりとも油断《ゆだん》してはならない。口に出すひと言ひと言に彼女《かのじょ》の命が懸《か》かっている。たった一度の失敗で心臓を失うかもしれない。

ハーツの冷えきったひとみと向き合った。言いたいことはたくさんあるが、行き着く先は、結局ひとつだ。

「私《わたし》を手伝って」

10. 大雪のなかでの一日

「私を手伝って」

シアは小さな声で真剣《しんけん》に言った。ハーツはシアをながめて、あざ笑うだけ。

「一緒《いっしょ》に新しい治療薬《ちりょうやく》を探《さが》そう。あなたが手伝ってくれれば、きっと見つかるはずよ」

ハーツの反応《はんのう》にもめげずにシアは勇気を出してたのんだが、ハーツはあきれるのを通《とお》り越《こ》して笑い死にしそうな表情《ひょうじょう》を浮《う》かべている。目をぎらつかせ、錯乱《さくらん》しているようにすら見える笑い顔だった。

「なんだ、それ。慈善《じぜん》活動でもしろっていうのか？　目の前に完璧《かんぺき》な治療薬があって、おまえの心臓の音がドクドクと耳に届《とど》いているってのに、このチャンスを棒《ぼう》に振《ふ》ってまで、おれがおまえを手伝うと思うか？」

ハーツは鼻で笑った。シアは、あきれ返って自分を見下ろす目と正面から向き合う。

「うん、手伝うと思うからたのんでる」

心の震《ふる》えをさとられないように答えた。予想のさらに上をいくあきれた返事に、ハーツはもはや見物するような目つきでシアを見ていた。

「私《わたし》を殺《ころ》して心臓《しんぞう》を持っていくですって？　もうそういう悪事をはたらきたくないから、悪《あく》魔《ま》から解放《かいほう》されたいんじゃないの？」

ハーツの目に今までにない光が走る。その反応《はんのう》を読《よ》み解《と》くのはむずかしかったが、それでもシアはひるまずに自分の思いを話し続けた。

「そういうのは、もうやめたらどう？　私、助けてくれと泣きついているんじゃないの。正《せい》義《ぎ》について話しているの」

激《はげ》しい吹雪《ふぶき》のなかで震えないように、どれだけ力を入れて立っていたのだろう。唇《くちびる》が紫《むらさき》色《いろ》になったシアはハーツをにらみつけた。

ふたりのあいだに沈黙《ちんもく》が流れる。その沈黙を吹雪がたちまちさらってゆく。

ハーツは声をあげて笑った。今度は本気の大笑いだ。シアの目には、彼《かれ》のなかのどこかが壊《こわ》れてしまったように映《うつ》った。理解《りかい》できなかった。彼女《かのじょ》の言葉はすべて真剣《しんけん》だった。笑えるところなどひとつもないはずだ。

シアが不思議そうにしていると、ハーツはかろうじて笑うのをやめてシアと向き合った。

「無邪気《むじゃき》だな。人間って、みんなそうなのか?」

笑みの残る顔でシアを見下ろす。彼の口から出た無邪気という言葉に、シアは自分がなんらかの間違《まちが》いを犯《おか》したのだと気がついた。

「なるほど、おれがこれ以上だれかを殺したくなくて、今こんなことをしていると思ってるわけか」

目尻《めじり》を下げ、めでるような表情《ひょうじょう》で笑っている。シアは彼の目つきが、家畜《かちく》を見る飼《か》い主《ぬし》のようだと思った。自分の与《あた》えたエサを食べている家畜を、じゅうぶんに肥《こ》えたら捕《と》って食う腹積《はらづ》もりでながめる目。

「いいか、おまえが暮《く》らしてたところではどうだか知らないが、殺しなんてのは、ここではありふれたことだ」

シアはこおりつく。ハーツはシアを見つめてさびしげに笑った。

「おれの家族も、みんなそうやって死んだ」

荒々《あらあら》しい言葉はまるで傾斜《けいしゃ》の激しい峰《みね》のようだ。その先端《せんたん》が空中を鋭《するど》くつき刺《さ》した。容赦《ようしゃ》なくつき破《やぶ》られた宙《ちゅう》から、見えない血のしずくが噴《ふ》きだし、みるみるうちにまわりが赤く染《そ》まっていくようだった。シアの意識《いしき》が遠のいていく。頭のなかが、空っぽのトンネルになったみたいだ。ハーツはおどろくほど平然としていた。

「おまえは知らないんだ。正義《せいぎ》を主張《しゅちょう》できるのも特権《とっけん》だってことを」

ハーツは静かに言った。

「特権じゃない。だれにでもある権利《けんり》よ。私《わたし》にも、そしてあなたにも」

シアはきっぱりと反論《はんろん》した。

「八歳《さい》のときだ。学校が終わって家に帰ると、父さんは玄関《げんかん》の前で包丁を握《にぎ》った状態《じょうたい》で死んでいた。台所で目の玉スープをつくっていた母さんは、火のついたガスコンロにつっ伏《ぶ》していて、顔を焼かれて死んでいた。妹は風呂《ふろ》の赤い泡《あわ》のなかでしわしわにふやけて死んでいた……」

「それがだれかを殺《ころ》していい理由にはならない」

シアにはあまりにも衝撃的《しょうげきてき》な話だった。目を閉《と》じて耳をふさいだが、ハーツは自分の言いたいことだけをつらつらと並《なら》べていった。

「ありがたいことに、近所に住んでいた老女が面倒《めんどう》を見てくれて、おれはさすらいの身にはならずにすんだ。そのばあさまは、家族の死にショックを受けた幼《おさな》いおれをとても大事にしてくれたよ。ほんとうに家族だと思えるくらいに……」

「それなのに、どうして……?」

「ばあさまはほかの妖怪《ようかい》と同じように昼間は眠《ねむ》り、夜は仕事に出かけた。でも時間が空くたび家にもどってきては遊んでくれた。おれは一緒《いっしょ》に過《す》ごしたくてひと晩《ばん》じゅうばあさまを待ち続けたし、昼間は眠らないで鍛錬《たんれん》に時間を費やした。家族を殺したやつを探《さが》しだして会いに行くつもりだったのさ。復讐《ふくしゅう》をするためにな」

吹《ふ》き荒《あ》れる雪景色は、それよりも冷たく鋭《するど》く吹きすさぶ物語の前で、もはやただの静かな背景《はいけい》ぐらいにしか感じられない。

「毎日全身に何十カ所、ときには何百カ所も傷《きず》を負い、骨《ほね》を折った。それでもおれは何万回もナイフを振《ふ》り回《まわ》し、銃《じゅう》を撃《う》った」

シアは今の自分よりも幼かったハーツがそんなふうに練習をしていたなんて、うまく想像《そうぞう》ができなかった。

「夜になって家へもどると、ばあさまはなにひとつたずねず、傷に薬を塗《ぬ》ってくれ、料理をつくってくれた。そうして十年間の鍛錬を終えたある日の昼間、おれはその当時水晶玉《すいしょうだま》を持っている唯一《ゆいいつ》のものとして知られていたヤコブの家に忍《しの》びこんだ。水晶玉の使い方はすでに知っていたから、家族を殺《ころ》したやつがどこにいるのか、水晶玉《すいしょうだま》で調べるのはむずかしくなかったさ」

ハーツは退屈《たいくつ》そうに爪《つめ》をなでる。

「そのばあさまだったよ。おれの家族を殺したやつは」

シアは一切反応《はんのう》できなかった。ハーツはそんな彼女《かのじょ》を横目で見ながら、ふんっと鼻で笑った。

「わかったか？　ここはそういうところだ。隣人《りんじん》が隣人を殺して、友人が友人を殺して、もっと言うと家族が家族を殺すところ。おれはこんな世界で生きてきた。ほかの妖怪《ようかい》たちだって似《に》たようなもんさ。それでもなお正義《せいぎ》をうたうことのできるご立派《りっぱ》なやつが、この世にどれくらいいるだろうな」

シアはこわばる口を開いた。聞きたいことがあったからだ。しかし、言葉にできない感《かん》情《じょう》がのどをべったりとふさいでしまって、声が出ない。それでも無理に声を出す必要はなかった。シアがなにを知りたがっているのか、ハーツはお見通しだったようだ。

「殺してない」

そう言った彼《かれ》の目は荒涼《こうりょう》としていて、感情が感じられなかった。

「殺そうとはした。寝《ね》ているばあさまのところへナイフまで持って行ったのに、ナイフを手にしたまま日が暮《く》れるまで立ってた。ただ、ながめていた……」

ハーツはシアの言うことになど興味《きょうみ》がないようだ。シアに話すすきを与《あた》えない。

「本気で殺そうと決心したとき、ばあさまが目を覚ました。起きて、おれに向かってけろっと言ったんだ。おなかがすいたろう、って。目の玉スープをつくってくれたよ」

家族を殺したものの手でつくられた食事など、シアは絶対《ぜったい》に食べない気がする。

「無理やり食べた。別にうまくもないのに」

のんびりと言った。

「そしてその日、ばあさまが出かけてるあいだに、おれは家を出た。それ以来、あの凍《い》てつく山奥《やまおく》で暮らしてきたのさ。できることといえば、殺したり盗《ぬす》んだり、まあそういうことしかなかったから、そうやって生き延《の》びてきたわけだ」

半開きの目でシアを見る。

「こんな状況《じょうきょう》でもおまえは、殺すな、と言えるか?」

猛吹雪《もうふぶき》にあおられながら、彼はシアの鼻先まで顔を近づけてたずねた。

「おまえがおれと同じ人生を送っていたら、違《ちが》う選択《せんたく》をしていたと思うか?」

これまでの無機質な視線《しせん》とは打って変わり、強烈《きょうれつ》な、今にもシアを食いちぎりそうな、けものの目つきだ。シアの目には、ハーツが必死に答えを求めているようにも見えた。

「私《わたし》なら……これだけは間違《まちが》いない。だれかを殺《ころ》すようなことなんか、していないはず」

シアはきっぱりと答えた。ハーツの事情《じじょう》が想像《そうぞう》を超《こ》える凄惨《せいさん》さなのは確《たし》かだ。けれどシアは目を閉《と》じ、耳をふさいで、自分の内なる声に正直に答えた。

「そうか？」

ハーツの声が予想に反してとても落ち着いていたので、シアは彼《かれ》の顔を見やった。信じられないことに、やわらかな笑みを浮《う》かべていた。そのほほ笑みにシアの心臓《しんぞう》がとくんと鳴った。そして次の瞬間《しゅんかん》、人を見透《みす》かすような黒い目が不気味にたわみ、三日月形になった。

「とか言いながら、なんでポケットに銃《じゅう》を入れてんだ？」

無邪気《むじゃき》であっさりした声だった。

手のひらひとつぶんほどの距離《きょり》にあるふたりの顔のあいだで、黒い銃が時計の振《ふ》り子《こ》のように左右に行ったり来たりしている。銃をながめるハーツの笑みが深まっていく。シアは心臓がどすんと落下したような衝撃《しょうげき》を感じ、目の前がかすんでいった。

「おいおい、言ってることとやってることが違うじゃないかよ」

落ち着きはらってシアをたしなめる声に笑いがにじんでいる。まるでこの状況《じょうきょう》を予想していたかのようだ。楽しんでいるようにも見えた。ハーツは銃を持ったまま、ぱっと振《ふ》り返《かえ》って歩いていきながら、弾倉《だんそう》にこめられている弾《たま》を手のひらに取りだした。

「一、二、三……八個。ずいぶんたくさん用意したな」

カチャッ、カチャッと弾を弾倉にもどす音が聞こえてくる。シアはあわてて口を開く。

「だれかを傷《きず》つけようとして持っていたんじゃないわ！　ヤコブがジュードを起こすときに使えって、それで万が一のために……。しかたなく……」

「卑怯《ひきょう》だなあ」

のんきにつぶやく声がシアの言《い》い訳《わけ》をひねりつぶした。

「しかたないと言うわりには、会った瞬間《しゅんかん》から握《にぎ》りしめていたよな。ポケットのなかに入ってるからって、おれが気づかないとでも？」

ハーツはふたたび振り返ってシアを見すえた。ぞっとするほど口角がつり上がっている。彼は片手《かたて》で銃を揺《ゆ》らしてみせた。

「これは、おまえもだれかを殺す意志《いし》があった、ということになるよな？」

——これだけは間違いない。だれかを殺すようなことなんか、していないはず。

堂々と言い放った言葉がシアの頭のなかで出口を失い、こだまのように反響《はんきょう》した。シアの顔が赤く染《そ》まる。

「私《わたし》には……事情《じじょう》があるから」

か細い声でつぶやいた。ハーツは笑《え》みを浮かべたまま、そっと目を閉《と》じ、首を振《ふ》る。

「それがだれかを殺《ころ》していい理由にはならない」

ハーツはシアに言われた言葉をそっくりそのまま返した。そして、長いまつ毛の下に収《おさ》まる神妙《しんみょう》かつ、感情《かんじょう》の読み取れないひとみでシアを静かに見つめた。

「事情はおれにだってあった。結局のところ、おまえもおれも、おんなじってことさ」

そうつけ加えてシアをあざ笑う。

「ただし、おれにはその意志《いし》があることを認《みと》めるだけの勇気がある。だが、おまえにはない。おまえは言《い》い訳《わけ》ばっかりだ」

「そんなつもりじゃ……」

説明しようと開かれたシアの口は、言い訳という単語にぶち当たり、すぼんでいった。

「人は自分のかくしていた本性《ほんしょう》を他人に見せつけられると、そいつを批判《ひはん》することで自分には正義感《せいぎかん》があると思いこむ。そして、満足感にひたるのさ」

――私、助けてくれと泣きついているんじゃないの。正義について話しているの。

さっきハーツに自信満々で言ったことを後悔《こうかい》しはじめた。

「でもそれ、正義じゃないからな」

ハーツのささやくような声だけでも、シアは体がくだけ散ってしまいそうだった。静かなのに毒のある声が、ひしひしと鼓膜《こまく》を圧迫《あっぱく》していた。ハーツを説得して自分の味方につけようというシアの思惑《おもわく》など、もはや子どものちっぽけな夢《ゆめ》としか思えない。説得するどころか、彼《かれ》に丸ごとからめ捕《と》られてしまったようなものだ。

カチャッと、ハーツは銃《じゅう》の安全装置《そうち》をいったんロックした。あわれむようなまなざしでシアを見下ろしている。

「守ることもできない正義なんか、語るな」

反論《はんろん》できない。吹雪《ふぶき》の向こう側に深い静寂《せいじゃく》が流れる。シアが無言でいると、ハーツはすべてを予想していたような顔つきで彼女《かのじょ》を見た。

「そ、それじゃあ……！」

シアはあわてて口を開いた。ハーツの情《なさ》け容赦《ようしゃ》ない言葉の荒波《あらなみ》に、このままなすすべもなく流されているわけにはいかない。

「殺《ころ》すことをなんとも思わないのだったら、その悪魔《あくま》から逃《のが》れようとしているのは、いったいなぜ？」

あせるあまり、頭のなかでまだかたちにならずに漂《ただよ》っていた思いのうちのひとつを、よく考えもせずにつかみ上げて表に放《ほう》りだす。

いざ口に出すと心底知りたくなってきた。ヤコブから聞いたところによれば、ハーツは悪《あく》魔《ま》に振《ふ》り回《まわ》されて、たくさんの妖怪《ようかい》をむごたらしく殺すことになった。だからこそ悪魔から逃れようとしているようだった。なのに、それが理由でないなら、いったいなぜ……？

「家が火事になるとさあ」

ハーツはシアの問いには答えず、突然《とつぜん》、別の話題を持ちだす。

「燃《も》え広《ひろ》がる火に追われて、あわてて逃《に》げて、まずは自分の身から守るやつもいれば、炎《ほのお》のなかにある大切なものを守ろうとして逃げ遅《おく》れるやつもいる。その大切なものが、生きているものであれ品物であれ」

シアから奪《うば》った銃《じゅう》をあちこち見回しながら話し続ける。

「問題は、そうこうしてるうちに死ぬってこと。だってそうだろ、火の回りって早いからさ。そんなときにほかのものを守ろうとするだなんて。自分が逃げるだけでもたいへんなのに」

銃は黒く、硬《かた》く、なめらかだった。でも、すっかり古びて色あせていた。ハーツは銃から視線《しせん》を外してシアを見た。

「笑えると思わないか？　自分にとって大切だったもののせいで、逆《ぎゃく》に自分が焼け死ぬんだから」

黙《だま》って見下ろすまなざしは落ち着いていた。ハーツはつぶやくように言った。

「なにかに情《じょう》を持つと、それは自分の弱点になるんだ」

脈略《みゃくらく》のない話にシアはいらだった。ハーツが悪魔から解放《かいほう》されたい理由と今の話にどんな関係があるのか、さっぱりわからない。

「だから、私《わたし》が言っているのは、いったいなぜ……」

シアが言い終わらないうちにハーツが口を開く。

「悪魔にとりつかれたあと、つらくなったのもそのせいだ。どうすればおれが苦しむことになるのか、悪魔はとてもよく知っていた。あいつはおれを山から引っぱりだしたあと、おれに友だちや近所の知り合いをつくらせて、情がわくようにしむけた」

「それで、そのあとどうなったの？」

待ちに待った答えに近づき、シアはいっそう気を引きしめてたずねた。ハーツは笑いながら話を続けた。

「そのあと、みんなを殺《ころ》させた。おれの意志《いし》のない腕《うで》で、こっちをグサッ、あっちをブスッ。悲鳴をあげたい口が強制的《きょうせいてき》に笑い声をあげながら、目だけは涙《なみだ》をこぼしながら……。抵抗《ていこう》することもできなかった。悪魔《あくま》は完全におれをコントロールしていたから。全員殺し終えると、おれはまた別の友だちと出会って、隣人《りんじん》と知り合って、そのあとは殺して、また知り合って……。知り合って、殺して……。ほんとうにうんざりする繰《く》り返《かえ》しだ。知り合って、殺して、知り合って、殺して、殺して、殺して、殺して」

しきりに銃《じゅう》をいじくり回し、壊《こわ》れたみたいに独《ひと》り言《ごと》を続けた。やめてとさけびたかったけれど、あまりにも自分本位な気がして、なにも言えなかった。そんなことになって正気を失わないものなど、いるわけがない。

「ハーツがいなくなったぞ！」

「また？」

そのとき、かすかなさけび声が吹雪《ふぶき》をつき抜《ぬ》けて聞こえてきた。ハーツがシアに会うためにこっそり抜けだしたことがバレたようだ。

「早く探《さが》せ！」

「ったく、今度はどこに消えたんだ！」

あちこちからおぼろげに届《とど》くヒステリックな声がシアの頭のなかをかき乱《みだ》す。ふと、なにかを思いだしたシアの背筋《せすじ》に、冷たい戦慄《せんりつ》が走った。

（そういえば、ハーツはなぜ私《わたし》を訪《たず》ねてきたんだろう？　私はハーツの助けが必要だから、どうしても彼《かれ》に会わなければならなかったけど、ハーツは？　私を訪ねてくる理由が……理由が……ある！）

11. 幻想

感情《かんじょう》がにわかに一変した。心臓《しんぞう》が大きく鼓動《こどう》を打ち、全身が紙切れのように揺《ゆ》れた。シアはハーツの手に握《にぎ》られている銃《じゅう》をすぐにでも奪《うば》いたかったが、そんなことができるはずもない。

話すのをやめたハーツは荒々《あらあら》しく顔を上げ、震《ふる》えているシアをじっと見つめた。

「寒いか?」

まわりで風と雪が激《はげ》しく吹《ふ》き荒《あ》れているのだから、わかりきった質問《しつもん》だった。

「まあ、おれでさえ、この温度に慣《な》れるまで何年もかかったし」

ハーツが言っているのは、悪魔《あくま》にとりつかれる前に暮《く》らしていたという、あの寒い山奥《やまおく》の話だ。今、シアとハーツが立つことと似《に》ているという、その場所。

「なのに、どうしておれは、そんな寒いところに住んでいたのでしょーか?」

シアはそのままこおりついた。クイズのように楽しそうにきかれたが、悲しいかな、その答えはわかっていた。

老女のベッドの横でナイフを持ち、長いこと立ち続けたあの日を繰《く》り返《かえ》さないために、傷《きず》ついた幼《おさな》いハーツが逃《に》げた山奥。そこは、だれかに情を持つことは弱点になるという、あの日、骨身《ほねみ》にしみるほど学んだ教訓から選んだ場所だったのだろう。二度とだれかに裏切《うらぎ》られることなく、だれかをあやめることをためらわずにすむように、他者との関係を絶《た》つために、ハーツはその幼さで凍《い》てつく山へ入っていったのだ。

悪魔と出会う前までは、そこで暮らしながら、罪《つみ》の意識《いしき》など感じずに、気安く妖怪《ようかい》たちを殺《ころ》せたはずだ。そして、そこに似ているという今この場所……。まさかという不安が確信《かくしん》に変わると、シアの顔から血の気が引いた。

ハーツが小さく歌うように言った。

「罪の意識から解《と》き放《はな》たれる空間、プラス、縁もゆかりもないおまえ」

そして感嘆《かんたん》の声をあげた。

「ああ、なんて完璧《かんぺき》な条件なんだ」

ハーツの腕《うで》がゆるやかな弧《こ》を描《えが》いて優雅《ゆうが》に上がっていく。カチリと安全装置《そうち》を外す音がして、彼《かれ》はまるでシアに最後の握手《あくしゅ》を求めるような自然さで、銃《じゅう》を構《かま》えた。狙《ねら》いを定めた姿勢《しせい》はとてもさまになっていて、これまで幾度《いくど》となく繰《く》り返《かえ》してきたのであろうことが見てとれた。雪煙《ゆきけむり》をたてて荒《あ》れくるう風がハーツの黒髪《くろかみ》を後ろになびかせた。

「ヘドンは私《わたし》に一カ月の時間をくれたわ。それまでは私を殺《ころ》さないって約束したんだってば！」

シアはあわててさけぶ。銃はなおもシアを狙っている。ハーツは片方《かたほう》の口角をつり上げた。

「殺すとは言ってないけど？」

かっこよく笑う。

「おれはこのなかに入ってる八発すべてを使いきっても、おまえの命をつないでおける」

口元から笑いが消えた。シアに向けられるまっすぐなまなざしは、〝なにか変か？〟とたずねているように見える。

「ヘドンは殺すなと言っただけで、けがをさせるのもだめだとは言ってないだろ」

ハーツはシアに死なない程度《ていど》の苦痛《くつう》を与え、耐《た》えられなくなって自ら心臓《しんぞう》を差しだすようにしむけるつもりだった。生まれてこの方ついぞ経験《けいけん》したことのない激《はげ》しい恐怖《きょうふ》がシアを襲《おそ》う。自分が立っているのか倒《たお》れているのかもはっきりしない。地面が揺《ゆ》れているのではないかと思うぐらい全身がぐらついた。

「誓《ちか》ってやるよ。勝手に心臓を奪《うば》うようなまねはしない」

今度は美しい笑顔だ。

「たのむから心臓を持っていってと、おまえが泣きつくまでは……」

息ができない。目の前が真っ暗だ。荒波《あらなみ》が打ちつける黒い海の底へ沈《しず》み、もがいているみたいに。あらゆる音をのみこみそうな毒々しい声が止まると、銃声が聞こえてきた。

バキューン！

目をつぶるまもなかった。銃声が頭の奥《おく》につき刺《さ》さるが早いか、また響《ひび》く。

バキューン！

（あれ？）

シアのぼんやりした視界《しかい》が徐々《じょじょ》に鮮明《せんめい》になっていき、ハーツの硬直《こうちょく》した表情《ひょうじょう》が目に入る。

「なんだ、これ？」

ハーツはヒステリックにつぶやき、ふたたびシアめがけて撃《う》った。バキューン！　まぎれもない銃声を響かせて飛んできた銃弾《じゅうだん》が、突然《とつぜん》シアの前に現《あらわ》れた腕《うで》に当たって反対方向に跳《は》ね返《かえ》る。さまざまな筆跡《ひっせき》で文字が書かれた透明《とうめい》な腕は、一度だけだが見たことがある。トムの腕《うで》だ。銃弾《じゅうだん》がむなしく跳《は》ね返《かえ》ると、奇怪《きかい》な腕もすうっと消えた。

ハーツが苦い顔でたずねる。

「まさかおまえ、ヘドンと契約《けいやく》したときに、トムの腕にサインしたのか？」

まったく状況《じょうきょう》を把握《はあく》できず、返事もできない。これはどういうことだろう。確《たし》かにハーツは銃を撃《う》ったし、銃声ははっきり聞こえた。苦虫《にがむし》を噛《か》みつぶしたようなハーツの表情《ひょうじょう》を見ていると、推測《すいそく》は確信《かくしん》に変わっていった。これはよろこぶべきことだ。でも、どうして？トムの腕はなぜ突如《とつじょ》として現《あらわ》れ、被弾《ひだん》を防《ふせ》ぎ、こつぜんと消えたのだろうか。

頭のなかで止まっていた歯車がギシギシと音をたてたかと思うと、猛《もう》スピードで回りだした。シアはトムが保証《ほしょう》した契約《けいやく》にもとづき、一カ月が経過《けいか》するまではいかなる脅威《きょうい》も受けない権利《けんり》を認《みと》められたのだ。

いくらか状況を理解《りかい》して、シアの目に生気が戻《もど》りはじめた。悪魔《あくま》に従属《じゅうぞく》していることをこうしてよろこぶことになろうとは夢《ゆめ》にも思わなかった。

「あっちだ！」

「やれやれ、レストランで銃声だなんて……。客がいるってのに、そんなこと堂々とやらかす野郎《やろう》はハーツしかいねえよ！」

右往左往《うおうさおう》する声が沈黙《ちんもく》を破《やぶ》った。ハーツを探《さが》していた従業員《じゅうぎょういん》たちが銃声を聞きつけてこちらへ向かっているようだ。おかげで緊張《きんちょう》から解《と》かれたシアはハーツの顔をうかがった。表情からは深い憤《いきどお》りが感じられる。シアは思わず身をすくめた。

「こりゃ、なんちゅう……」

そばまで来た従業員たちはおどろかずにはいられなかった。うす紅色《べにいろ》の桜《さくら》が咲《さ》き乱《みだ》れていたロマンチックな庭園の一角が、吹雪《ふぶき》が猛威《もうい》を振《ふ》るうさびしい原野になっているのだから。

彼《かれ》らはぴくりともしないハーツにおそるおそる近づき、ためらいがちに切りだす。

「あのう、ルイが大あわてで探《さが》してたけど……また、いなくなったって……」

「ヘドン様がお探しだから、早く行ったほうが……」

激怒《げきど》したハーツがぶつぶつと独《ひと》り言《ごと》のように答える。

「わかってるって、そんなこと……！　どっちみち行くつもりだった」

吹雪がさあっと消え、その空間をふたたび桜がうめる。

「また会おうぜ」

一瞬《いっしゅん》にして周囲がピンク色の輝《かがや》きに染《そ》まるのを目にして、シアはめまいと吐《は》き気《け》を覚えた。

ハーツが言葉をつなげる。

「もちろん、そのときまで生きていたら、だがな……」

いつのまにか彼《かれ》の肩《かた》には翼《つばさ》が生えていた。華《はな》やかなうす紅色《べにいろ》の世界にぱらぱらとインクを振《ふ》りかけるように、カラスの黒い羽根がひとつ、ふたつと落ちてきた。あっというまに桜《さくら》のなかへ姿《すがた》を消してゆくハーツを見つめながら、シアは心のなかで悲鳴をあげていた。

荒涼《こうりょう》とした夜空は、まるで真っ黒で終わりのないブラックホールだ。掃除機《そうじき》がほこりを吸《す》い上《あ》げるときのような、キーンという荒《あら》い音とともに、ハーツの飛行に合わせて空気が吸い上げられてゆく。吸いこまれては吹《ふ》きつける向かい風を浴びながら、ハーツはヘドンのいる場所へと邪悪《じゃあく》な翼を乱暴《らんぼう》に羽ばたかせた。けがを負った胸《むね》のあたりにチクチクした痛《いた》みを感じたが、つかれきっていて痛みを訴《うった》える気力もない。少し止まって休んだからといって回《かい》復《ふく》するものでもなかった。

夜空は漆黒《しっこく》の原野のようだった。冷たい風が竜巻《たつまき》のように吹きすさんでいる。星は原野をぽつりぽつりと照らす街路灯だ。でも、明かりをつける係のものに逃《に》げられてしまったのか、今にも闇《やみ》にのみこまれそうな、あやうい輝《かがや》きだった。

彼がいやというほど見てきたこの風景を、一度も見たことのないものたちもいるだろう。〈あの日〉さえなかったなら、ハーツだってこんな不快《ふかい》な風景など一生知らずに生きていたはずだ。すさまじい勢《いきお》いで吸いこまれていく風が、彼に昔の記憶《きおく》を呼《よ》び起《お》こした。

〈あの日〉の夜も彼はカチカチにこおりついた山にいた。自分を捕《つか》まえに来た妖怪《ようかい》ふたりを追いはらい、次に来る客はどんなバカかな、などと考えていた。懸賞金狙《けんしょうきんねら》いのバカなのか、あるいはハーツに犯罪《はんざい》を依頼《いらい》するバカなのか。どちらが現《あらわ》れるかはもちろんわからなかったが、いずれにせよ、そいつらがここを訪《たず》ねられるのは風の死体が晴れる夜のあいだだけだ。いつものように、まもなくだれかが姿を現すことになるだろう。

来客の登場を待ちながら静かな山の風情《ふぜい》を味わっていると、がさがさと登ってくる音が聞こえてきた。うんうんうなり声まであげていて、開いた口がふさがらない。こんなにも無防《むぼう》備《び》にここへやってくるとは、いったいどんな大バカものなんだ。

やまないうなり声に好奇心《こうきしん》がわいたハーツは、声が聞こえてくるほうへ急いで下りていった。声はしだいに大きくなる。ハーツがここにいようがいまいが、ちっとも気にしていないような大声だ。そうしてようやくこの大胆《だいたん》な相手の顔を確《たし》かめると、ハーツのひとみが揺《ゆ》れた。何年ものあいだ同じ表情《ひょうじょう》でいた彼が、とまどいをかくせなかった。

「ハーツ、あたしの坊《ぼう》や。ああ、どんだけ会いたいと思っとったか」

しわだらけの顔で息を切らした老女がハーツに向かって腕《うで》を広げる。歳月《さいげつ》は流れたが、彼女《かのじょ》の声、表情《ひょうじょう》、まなざしは彼《かれ》が記憶《きおく》しているものと同じだった。見覚えのある両腕《りょううで》はもっと広がり、ハーツをおいでと呼《よ》んでいる。しかし、どちらもよくわかっていた。彼がその胸《むね》に抱《だ》かれることなどないということを。

老女を遠目に見下ろしていたハーツの目が、しだいにかわいていく。一瞬《いっしゅん》とまどいを浮《う》かべた表情も冷たさを取りもどした。

「……年をとりすぎて忘《わす》れちまったのか、それともつらの皮が厚《あつ》いのか……」

くぐもった声でつぶやいた。ハーツにしてみれば、自分に向かって腕を広げて愛情《あいじょう》のこもった言葉を投げかける老女の姿《すがた》は、憎《にく》らしいどころか吐《は》き気《け》をもよおすほどの不快《ふかい》以外のなにものでもなかった。ふいの遭遇《そうぐう》にいっときはとまどいを見せたが、それもここまでだ。この久《ひさ》しぶりの再会《さいかい》がもたらされた理由が心温まるものであるはずがない。

「今さらこんなことをする理由は……。あー、懸賞金《けんしょうきん》のためか?」

あれこれ考える必要もなく、無情《むじょう》な声がひとりでにすべりでてきた。老女を見つめるまなざしには愛情も、懐《なつ》かしさも、切なさもない。残っているのは、ひとえに恨《うら》みのみ。

「たかが金ごときのために、この雪山を登ってくるかね。あたしはただ、またおまえの面倒《めんどう》を見てやりとうて、おまえを……迎《むか》えに来たんじゃよ」

たわ言を。まったく予想外の言葉にハーッはあきれ返る。

「いったいどのつら下げて、おめおめと……。そういうふうに言えば、おれが『はい、わかりました』って、ついていってやるとでも思ってんのか？　家族を皆殺《みなごろ》しにしたあんたのもとに？」

ハーッは嫌《いや》みたらしく言ったが、老女はにっこりほほ笑んだ。かつてハーッがあれほど心のよりどころとしていた温かな笑みだ。

「まるで自分がやられた側みたいに話しとるねえ。いろいろと耳にしとったよ。おまえはもっとひどいことをしてきたんじゃろう。金をもらって、代わりに罪《つみ》を犯《おか》す仕事だなんてねえ……」

老女はハーッの感情のないひとみをのぞきこみ、首を軽く左右に振《ふ》った。

「おまえに殺されたものたちもだれかにとっては家族で、恋人《こいびと》で、友だちだったろうに、おまえはただ金を稼《かせ》ぐためにそのものたちを殺したそうじゃのう。こまかいことは話してやれんけども、あたしはしかたのない理由があって、おまえの家族を殺したんじゃ」

ハーッがその理由をたずねるよりも先に、老女が芯《しん》の通った声で話を続ける。

「おまえはだれかを殺《ころ》してもなんの反省の色も見せんのだから、おまえを引き取ることで家族殺しの罪《つみ》を償《つぐな》ってきたあたしにくらべて、はるかにたちが悪いと思わんかい」

罪の意識《いしき》がないから悪質《あくしつ》だ、そう自分を非難《ひなん》する老女の理論《りろん》をハーツが理解《りかい》できるはずがない。そもそも彼《かれ》から罪の意識を感じる機会を奪《うば》ってしまったのは、老女ではなかったのか。

「少なくともおれは、あんたのように自分があやめたものの家族に説教するほど厚《あつ》かましくはない」

ハーツはこの状況《じょうきょう》がただただ不快《ふかい》でしかなかった。

「厚かましい、か……。そうだねえ、おまえにこんな話をしとるあたしは、おまえには厚かましく感じるかもしれんのう」

今さらつまらない話をぐだぐだ並《なら》べ立《た》てる老女にハーツはいらいらした。いらだちを抑《おさ》えきれず、さっさと山を下りろと言おうとしたが、老女の言葉がそれを止めた。

「でもな、これは厚かましいことじゃあない。たとえそう思われようとも、あたしはおまえにこんなことを言ってやれるほど、おまえを大切にしとるっちゅうことじゃ」

彼を見つめている老女のまなざしは、さっきからずっと温《ぬく》もりにあふれていることに、そのとき気づいた。まるで、昔のあのころのように。

「言ったろう。またおまえの面倒《めんどう》を見てやりとうて、迎《むか》えに来たんじゃと」

年輪が刻《きざ》まれたしわくちゃな手がハーツに向かって伸《の》びる。

「ちっちゃかったあのころにはわからんかったろうが、もうすっかり大きくなったから、わかるじゃろ。だれかを殺したり悪事をはたらいたりすることは、いともささいなこと、ありふれたことじゃとな。だからもうおこるのはやめにして、また昔にもどらんかい」

やさしく伸びてくる手をハーツはじっと見つめた。指の節々に、しわの一本一本に、たくさんの記憶《きおく》が刻《きざ》まれている手。彼が覚えていたものよりも、しわがいくらか増《ふ》えている。

眉《まゆ》をゆがめて老女を見やった。

「ふざけやがって。そんなたわ言にほだされるとでも？　おれが感情《かんじょう》なんかにうわつく子どもに見えるか？」

もうつきあっていられない、とハーツは去ろうとしたが、聞くとはなしに耳に届《とど》いた老女の言葉が彼を引き止めた。

「じゅうぶん、そう見えるけど、違《ちが》うかい？　ヤコブっちゅう魔女《まじょ》から水晶玉《すいしょうだま》を盗《ぬす》んだそうじゃのう。その水晶玉は未来を占《うらな》うことができず、過去《かこ》と現在《げんざい》だけを見せてくれると知り、ヤコブに投げ返してしまったとか。そんなうわさを耳にしたぞ」

ハーツは感情《かんじょう》のない目で老女を見下ろす。老女はすべてお見通しだとでもいうように笑った。

「おまえの夢見《ゆめみ》る未来は、このひとつ以外になにがあるんだい」

鋭《するど》くとがった峰《みね》を取《と》り巻《ま》いている黄色い星たちが、ハーツをにらみつけるようにじりじりと燃《も》え上《あ》がる。

「あたしがこの山へやってくるか、あたしと会う日はまた来るのか、あたしにかわいがってもらえる日がふたたびおとずれるのかどうか、それが知りとうて水晶玉《すいしょうだま》を盗んだんじゃろ?」

星たちがささやいているように感じられた。彼女《かのじょ》は全部わかっていて、ここへ来たんだよ。

「何年おまえを育てたと思っとるんじゃ。わかるに決まっとる」

一歩、また一歩、ハーツに向かってヘビのようにゆっくりと近づきながら、シャーッ、シャーッと催眠術《さいみんじゅつ》をかけるかのように老女はささやいた。その姿はガラガラヘビさながらだった。

ヘビがしっぽを振るとガラガラガラガラと不思議な音が鳴り、木の上にいたリスは音に惑《まど》わされて下をのぞきこむ。毒ヘビと目が合った瞬間《しゅんかん》、おどろいたリスはバランスを失って落ちる。そして、あっというまに食われてしまうのだ。

「つかれたときやさびしいときに訪《たず》ねていける相手がおらんことほど、むごいものはないじゃろう」

重いひと言に心臓《しんぞう》をえぐられ、ハーツはあらがうように顔をそむけた。ガラガラヘビはしっぽを振《ふ》る。木の上にいたリスがそのあやしい音に惑わされて下をのぞきこむと……。

「その気持ち、あたしにゃ痛《いた》いほどよくわかる。坊《ぼう》や、さぞかしたいへんだったろうねえ」

ああ、ガラガラヘビはすでに木の上にはい上がっている。

「あたしはおまえのことをとっても大切にして、かわいがってあげるよ」

ところが……ガラガラヘビの目は温かかった。温かすぎて、リスは落っこちなかった。落っこちなかった代わりに、ガラガラヘビはしっぽを鳴らして……もっと近づいてきた。老女が手を伸《の》ばしてハーツの頬《ほお》をそっとなでた。

「おまえもあたしと家族になって暮《く》らしとったころが幸せだったって、よくわかっとるじゃろう。ほれ、また幸せになれる機会だ。この機会を棒《ぼう》に振りゃ、おまえはまたこの寒い山奥《やまおく》にひとり取り残されて、後悔《こうかい》することになるじゃろうねえ」

老女がやさしく抱《だ》き寄《よ》せる。

「あたしの息子、あたしの家族」

ささやく老女の胸《むね》のなかでハーツは微動《びどう》だにしなかった。気づいたときには、もうヘビのとぐろのなかだった。

「あたしの言うとおりにすればいいんじゃ。そうすりゃ、あたしはおまえをこの世でいちばん大切にしてやるよ。あたしの言うとおりにして、あたしのたのみをきいてくれるだけ、それだけでいいんじゃ。たった一回、たのみをきいてくれるだけで」

老女がハーツの耳にささやいた。

「ブリ草を探《さが》してきておくれ」

食われるのは、あっというまだった。

12. 庭師のプレゼント

失敗した。がくがく震《ふる》えていた足の力ががくんと抜《ぬ》けて、シアは風に流される桜《さくら》のじゅうたんに座《すわ》りこんだ。頭のなかでは、ついさっきいちどきに襲《おそ》ってきた衝撃《しょうげき》的な出来事がワンシーンずつ再生《さいせい》された。体が震えている。今にも倒《たお》れこみそうだ。一切の感覚がない。怖《こわ》い。混乱《こんらん》。息《いき》が苦しい。息って、どうやってするんだっけ。

シアは目の焦点《しょうてん》が合わないまま、猛《もう》スピードで走ったあとみたいに息を切らしている。震える両手をやっとのことで動かし、顔をうずめた。両手が顔をおおうと、悲しみのかたまりがつま先からのどへとこみ上げてきて、とうとう泣《な》き崩《くず》れてしまった。

肩《かた》を震わせてしゃくりあげた。そんな人生を送る人がいるなんて。そんな残忍《ざんにん》な世界があることもはじめて知った。殺《ころ》されかけたのもはじめてだ。ぞっとするほど空虚《くうきょ》なあの黒いひとみになにもかも吸《す》いこまれた気がした。

しばらく泣き続けた。今までジュードとヤコブが眠《ねむ》っているあいだに彼《かれ》らを起こさぬよう息を殺《ころ》して涙《なみだ》を流していたけれど、それだけではまだまだ泣き足りなかった。ハーツを味方につけるという希望はうせてしまったし、そもそもどうしてこんな目にあわなければいけないのか。なにもかもがわからなくなってしまった今、シアはひたすら号泣し、恨《うら》めしい感《かん》情《じょう》を思いきり吐きだした。そうして泣いて、泣いて、泣いたシアの目はぱんぱんに腫《は》れた。

ヒリヒリする目元をおぼつかない手で触《さわ》り、おもむろに立ち上がる。涙を出しつくしてしまうと気持ちが落ち着いて、また理性的《りせいてき》に考えることができるようになった。でも、あいかわらず心のなかは空っぽだ。シアはみじめな気分であたりを見回した。目の前には、夜空の下に庭園がひっそりと広がっている。

(どっちのほうへ行くべきかな?)

シアは考えた。だがすぐに、その問い自体が間違《まちが》っていることに気づいた。

(どこを訪《たず》ねるべきかな?)

ふたたび自問した。地下室にもどったとしても、できることはこれといってない。

(私《わたし》はどこへ行かなければならないの?)

状況《じょうきょう》は緊迫《きんぱく》しているのに、どこから始めて、なにをすればよいのか、まったくわからない。その事実が彼女《かのじょ》を不安にさせた。

「迷子《まいご》になったの？」

低い問いかけが聞こえてきた。

「えっ、その……」

言いかけて、はっと我《われ》に返り、あたりを見回す。まわりにはだれもいない。もはや幻聴《げんちょう》まで聞こえるようになってしまったのか。シアは深い絶望感《ぜつぼうかん》に襲《おそ》われ、がっくりとうつむく。

そのとき、下からこちらを見上げているブルドッグと目が合った。シアはまばたきをし、ブルドッグもまばたきをした。そうして少しのあいだ、きょとんとした顔でお互《たが》いを見つめ合った。

「迷子になったの？」

ブルドッグがもう一度たずねた。いや、違う。ブルドッグは話せないはず。なのにどこからか声が聞こえてきて、同時にブルドッグの口が動いた。

シアがなにも言えずにいると、わけもなくはずかしくなったのか、ブルドッグがそわそわした様子で耳をペタンと倒《たお》した。自分の現《あらわ》れ方《かた》がいきなりすぎたとか、それでびっくりさせちゃったとか、なにかをぶつぶつ言いながら、ブルドッグは目をくるくる動かした。

ようやくシアもこの突然《とつぜん》の展開《てんかい》を理解《りかい》しはじめた。ここでは動物も話すことができるのだろうか。まあ、卵《たまご》だって話せるのだから動物にできないことはない。いいかげん慣《な》れてくるというものだ。

あっけにとられていたシアは気持ちを落ち着かせつつ、静かにブルドッグを見つめた。ブルドッグの背《せ》たけはシアの半分ぐらいもあり、とんでもなく大きい。けれど、クリクリとしたやさしい目のおかげでまったく危険《きけん》には見えない。月明かりに輝《かがや》くベージュ色の毛並《けな》みは、手入れの行きとどいた芝生《しばふ》のように整っていて、気品さえ漂《ただよ》っている。頭をかざっている小さなシルバーの王冠《おうかん》と、ハートのペンダントがついた首輪はそのブルドッグにびっくりするほどよく似合《にあ》っていた。

「道に……迷《まよ》っているの？」

緊張《きんちょう》しているブルドッグがさっきよりも自信のない声でたずね、シアは今度は返事をした。

「うーん、そうみたい」

妙《みょう》な気分で答えると、ブルドッグはやっと反応《はんのう》を引きだせたことにほっとした表情《ひょうじょう》を浮《う》かべた。

「どこに行くところ？」

ブルドッグは勇気を出してたずねた。低めながらも温《ぬく》もりがあってやさしげな声は、人の声よりも耳心地がよかった。

「それが……私《わたし》もよくわからない」

シアは正直に答えた。道がわからないだけでなく、目的地もわからないだなんて。解決《かいけつ》するのが非常《ひじょう》にむずかしい問題だとさとったようで、ブルドッグはたれ下がったしわをちょこちょこ動かしながら考えこんだ。

「それなら庭師《にわし》のところに連れていってあげる」

ぼそっと言い、自分の提案《ていあん》した解決策《かいけつさく》が気はずかしいのか耳を赤らめた。

「庭師というのは、だれ？」

ブルドッグはちょっともじもじしてから答える。

「うーん、庭師はアタシの飼《か》い主《ぬし》なんだけど、このレストランの庭園を全部お手入れしているの！　それに庭師はどんな問題でも解決してくれるんだよ！」

ブルドッグの明るい返事に、シアは思わずふんわりと笑みを浮《う》かべていた。飼い主をとても信頼《しんらい》しているようだった。

「そうなのね、じゃあ、連れていってちょうだい」

どうせ特に行くところもない。それに、庭師《にわし》を訪《たず》ねていって、意外な収穫《しゅうかく》を得《え》られるかもしれない。

そうしてシアはこの愛らしい動物と並《なら》んで庭園を歩くことになった。はてしなく広がる幻《げん》想的《そうてき》な庭園を黙《だま》って歩いていると、すれ違《ちが》うほかの妖怪《ようかい》たちのことがただの幻覚《げんかく》のように感じられた。シアとブルドッグのみが存在《そんざい》する別世界のようだった。

「あなた、名前はなに？」

静かに歩いていたシアがそれとはなしにたずねると、ブルドッグはわけがわからないといった顔つきをした。

「名前よ、名前」

シアがもう一度言うと、ブルドッグはしばらくウンウンうなったあと、がくんと頭を落としてつぶやいた。

「名前というのは、なに？」

まったく予想外な質問《しつもん》だ。シアは立ち止まり、ブルドッグを見る。ひどくとまどっているのがわかった。また歩きはじめ、じっくり考えてから口を開いた。

「名前というのは……荷札みたいなものね。だれかがあなたを呼《よ》ぶときに言うもの。それが名前よ」

ブルドッグはしばらく一生懸命《いっしょうけんめい》に悩《なや》んでいる様子だったが、やがてクリクリのつぶらな目を伏《ふ》せて、しょんぼりとした。

「アタシ、名前がないみたい」

その湿《しめ》っぽい返事にシアはおどろき、ふたたび口を開く。

「じゃあ、庭師はあなたを呼ぶとき、どうしてるの？」

ブルドッグは今度も一生懸命に悩んでから、また頭をがくんと落とす。

「考えてみると、庭師はアタシを呼んだことが一度もなかった気がする。庭師が呼ぶ前に、いつもアタシのほうから寄《よ》っていってたから」

なんだか重大な秘密《ひみつ》を打ち明けたみたいだった。ブルドッグは耳をぱたりとたらすと、地面だけを見つめて歩いた。シアはそんな姿をかわいそうに思い、この善良《ぜんりょう》な動物に名前をつけてあげることにした。

「そういうことなら、私《わたし》があなたに名前をつけてあげる」

ブルドッグは目を輝《かがや》かせてよろこんだ。シアはブルドッグをていねいに観察した。しわだらけの太い首元は首輪によって上品で優雅《ゆうが》な雰囲気《ふんいき》が醸《かも》しだされており、頭の上には小さな王冠《おうかん》がのっている。ちょうど王女様が身につける物のようだった。

「プリンセス。どう？　お姫様《ひめさま》という意味よ」

シアは提案《ていあん》し、ブルドッグの反応《はんのう》をうかがう。

「それは立派《りっぱ》すぎる」

しかたなく、ほかの名前を考えてみる。だれかの名づけ親になった経験《けいけん》はなかったので、いちばん好きな本からアイデアをもらうことにした。

「チェシャは？　本に出てくるネコの名前なんだけど」

「……ネコは嫌《きら》い」

「アリスは？　その本の主人公の名前よ」

「主人公は責任《せきにん》重大すぎるなあ」

「じゃあ、ハートクイーンは？　あなたのハートのペンダントにもよく似合《にあ》う名前じゃない？」

「豪華《ごうか》すぎる」

アイデアが底をついたシアは、目をぱちくりさせてブルドッグを見る。ブルドッグは思いのほか好みがうるさかった。シアの視線《しせん》を感じたブルドッグはあわてふためいて、はずかしそうに目をそらす。

「その、アタシはなんていうか、立派すぎず豪華すぎず……素朴《そぼく》で気楽な名前がいいと思う」

速いテンポで言い終えて、シアの顔をうかがう。

シアはうなずきながら考えこむ。気楽で素朴な名前。あれやこれやと頭をひねり、思いつくかぎりの地味で渋《しぶ》い名前をひねりだした。

「春子」

「えっ？」

ブルドッグが聞き返すと、シアは笑顔で繰《く》り返《かえ》す。

「春子、どう？」

シアの提案に、ブルドッグはてれくさそうな顔をした。

「……気に入った」

そしてブルドッグの春子は静かにつぶやいた。

「着いた」

ぽっちゃりしたお尻《しり》をぷりぷりさせて、せっせと前進していた春子が歩みを止める。シアもつられて立ち止まり、あたりを見渡《みわた》す。庭園で動いているものといえばシアと春子だけで、庭師《にわし》らしきものは痕跡《こんせき》も見当たらない。ちらりと春子に目をやるが、春子はただシアに向かってヘヘッとてれくさそうに笑うだけだ。

シアのほうから話しかけるほかない。

「春子、庭師が見えないけど？」

春子は興奮気味《こうふんぎみ》にひとみをクリクリと転がし、首を横に振《ふ》る。

「ううん、よく見て」

たるんでしわくちゃな、ぽってりした頭でどこかをしきりにさししめしている。

「庭師は、ほら、あそこにいるじゃない！」

春子が〈庭師〉と称《しょう》してさしたものは、茂《しげ》みのなかの枝葉《えだは》だ。春子はうれしくなったのか、お尻《しり》を振ってかけだした。そして、枝々に向かって元気よく言った。

「庭師様、昼のあいだ、よくお眠《ねむ》りになりましたか？」

シアが口をぱっくり開いて固まっているあいだ、春子は木の枝に話しかけ続ける。

「お客様をお連れしたんです、庭師様！　道に迷《まよ》っていて、助けが必要だそうです」

責める余地のない純真な明るい表情で説明を終え、春子はシアに、こっちに来いと合図をした。春子の突拍子《とっぴょうし》もない想像力《そうぞうりょく》に調子を合わせ、木の枝にあいさつをする心の余裕《よゆう》は、シアにはなかった。

「あ……春子！　ハハハ、私《わたし》、ちょっといそがしいんだ。だから、もう行くね」

シアはぎこちない笑みを浮《う》かべ、さりげなくきびすを返す。なんの手がかりもない治療《ちりょう》薬《やく》を一カ月以内に見つけなければならない状況《じょうきょう》で、すでに三日目だ。バカみたいに枝を見ながら話せだなんて……。

「あ、あっ、違《ちが》うの！　行かないで」

春子が訴えかけるようにシアを呼《よ》び止《と》めた。その必死さに、シアは春子に目をやる。悲しみにくもった視線《しせん》を大きなひとみから送ってよこすブルドッグが、とても気の毒に思えた。

シアはため息をついた。しかたがない。

（ほんの何秒かだけ一緒《いっしょ》にいてあげよう。どうせ行くところもないんだし）

気持ちを揺《ゆ》さぶられたシアは、もっともらしい理由をつけて、とうとう枝に近づいた。

「どうぞごあいさつを」

春子がてれくさそうに言い、シアは口を開くしかなかった。

「えっと、こんにちは……？」

木の枝にあいさつをするなんて、変な気分だった。

「あなたは人間なのですね」

シアはうなずく。

「はい、そうです」

もう一度春子の様子をうかがいつつ、歩きだすために身をひるがえした。ところがそこで一瞬《いっしゅん》、雷《かみなり》にでも打たれたかのように目を見開いた。ふたたび木のほうへ向かう。まさか、と枝葉《えだは》をまじまじ見つめる。言葉を失い、ぼうぜんとした。枝葉はシアのことなどおかまいなしに、ささやき続ける。

「あの有名な方がわたくしを訪《たず》ねてくるなんて、こんなにおもしろいことは久《ひさ》しぶりですわ」

枝葉の声があまりにも神秘的《しんぴてき》かつ幻想的《げんそうてき》なので、まるで夢《ゆめ》のなかにいるようだった。やわらかく、落ち着いた、自然の声。朝露《あさつゆ》のようにしっとりと、春風のようにそよそよと、冷たい夜に安らぎを与《あた》えるようだ。そして、奇妙《きみょう》なことに、シアには木の枝がにこっと笑ったように思えた。

「ふぅーん……。そういうことでしたら、横たわってお客様をお迎《むか》えするのは、礼儀《れいぎ》に反しますので……」

堂々とたおやかに広がっていた木の枝々が急に動きはじめる。上へ、さらに上へと、枝がたわわに伸《の》びてゆく。茂《しげ》みも一緒《いっしょ》に、天高く。ちょうど伸びをするみたいに、ねじれた部分をほどきながら。

「ほぉわぁ……」

シアは息を吐《は》きだした。シアが木の枝だと思っていたものは、天に向かって広々と伸びていった。春なのに柿色《かきいろ》に染《そ》まった葉っぱが、しっとりと波打っている。まるで風になびく女性《じょせい》の髪《かみ》のようだった。その下には、透明感《とうめいかん》あふれる白雪のような顔。宝石《ほうせき》をはめこんだみたいなエメラルド色の美しいひとみが、仰天《ぎょうてん》したシアを静かに見下ろす。片目《かため》には春子のペンダントと同じハート形の眼帯《がんたい》がつけられていた。

顔の下に広がる体は、白いけれどいわゆる木の幹《みき》で、でこぼこしていて硬《かた》そうだ。体にまとった萌黄色《もえぎいろ》の布《ぬの》から片腕《かたうで》がつきでている。腕はなんと、落ち葉のような色のがっしりとした枝だった。

布はところどころ破《やぶ》れており、破れ目のまわりには血がにじんでいた。なにかに刺《さ》されたり、切りつけられたりした傷《きず》のようだ。そんな傷がいくつもあり、庭師の体がひどく傷《いた》んでいることがひと目でわかった。

「こっ、これは、どういう……」

おどろいたシアが言葉につまると、目の前の庭師《にわし》は、予想どおりの反応《はんのう》だという様子で冷静に言った。

「おどろくことはありませんよ。これはわたくしの一部にすぎないのですから」

おどろかずにはいられなかった。茂《しげ》みの枝《えだ》がしゃべったことだけでもびっくりなのに、突《とつ》然《ぜん》こんな女性《じょせい》に化けるだなんて、だれがおどろかずにいられよう。

言葉を失っていると、今度は春子が口を開く。

「あのう……大丈夫《だいじょうぶ》？」

そわそわしながらシアの手にくっついて、遠慮《えんりょ》がちにささやいた。手に春子の体温が伝わってきて、シアはやっと冷静さを取りもどした。

「あぁ、すみません。急に変身されたので、ちょっとあわててしまって……」

庭師はうなずいた。

「とんでもありません。人間はこういったことに慣《な》れていませんものね。それを失念して、わたくしが前触《まえぶ》れもなく行動したせいですわ」

庭師の話し方は落ち着いていて、ひと言ひと言に品があった。

シアは顔を上げ、正面から庭師を見た。清らかな純白《じゅんぱく》の体は優美《ゆうび》で、柱のようにまっすぐにそびえ立つ姿《すがた》は崇高《すうこう》でさえあった。白肌《しらはだ》に見えた小さな顔はガラスのように透《す》き通《とお》り、夜空の星をつまんでうめこんだかのようなエメラルド色のひとみが、幻妖《げんよう》なきらめきを放つ。近くにいるのに近寄《ちかよ》りがたい雰囲気《ふんいき》が漂《ただよ》うこの孤高《ここう》の存在《そんざい》は、シアが今まで見た妖怪《ようかい》のなかで最も美しかった。妖怪に種類があるのかどうかシアにはわからないが、彼女は妖怪というよりも妖精《ようせい》という印象だ。

じっくり見てみると、清らかな白い体を台なしにしている無数の傷《きず》がさらに目についた。刻《きざ》まれた傷は、さながら真っ白な体の上に咲《さ》いた赤い花びらのようだった。シアは眉《まゆ》のあたりにしわを寄《よ》せる。気の毒に感じつつ、どうしてそんなに傷だらけなのか気になった。そんな思いを読み取ったように庭師は言った。口が具体的にどこにあるのか、最初はよくわからなかったけれど。

「きれいでしょう？　わたくしの努力の結晶《けっしょう》です。一種の勲章《くんしょう》みたいなものですね」

シアがどういう意味かわからないという表情《ひょうじょう》をつくると、庭師は親切に説明した。

「もうご存《ぞん》じでしょうけれど、わたくしはこのレストランの庭園を手入れする仕事をしています。この傷の数々は、働くことによってできたものですの」

「庭の手入れをするのに、そんなにたくさんけがをするんですか？　花にとげでもあるんですか？」

シアの質問《しつもん》に庭師《にわし》は首を横に振《ふ》る。

「いいえ、とげのせいではありません。あなたは人間だから、ここの花についてよく知らないようですね」

シアはうなずいた。

「この世界の花は、人間界の花とはまったくことなります。より美しくて、より香《かお》り高く、ずっとエレガントでしょう」

それについてはシアも同感だった。

「美しければ美しいほど、その美を武器《ぶき》に、より残忍《ざんにん》な毒をかくし持つことができるのです」

庭師は自分の庭園を慈《いつく》しむように見渡《みわた》した。

「ここの花は血を飲みます」

「えっ？」

ショッキングな発言にシアがおどろくと、庭師はシアに視線《しせん》をもどした。

「花だけでなく、ちょっとした草の一本一本も、大樹《たいじゅ》も、すべてがそうです。ここの植物たちは水の代わりに血を飲んで育ちます。そして、日光の代わりに月光を養分として摂取《せっしゅ》しているのですよ」

庭師はささやき声で言《い》い添《そ》える。

「それでわたくしはこうなりました。自分の庭に自分自身をエサとしてあげていますから」

シアは言葉が出てこなかったが、当の本人はあっけらかんと続けた。

「血をあげないと庭は死にます。だからわたくしは、植物たちが月明かりを吸収《きゅうしゅう》する夜になると、わたくしの血をたらして与《あた》えています」

ひとみが満足げに輝《かがや》いた。

「この美しく孤高《ここう》な庭園は、とりもなおさず、わたくしです。わたくしの血でつくられた、それはそれは見事なたまもの」

夢見心地《ゆめみごこち》でつぶやく。

「これらの傷《きず》も、今は眼帯《がんたい》でおおわれているわたくしの片目《かため》も、枝《えだ》に取って代わられた片腕《かたうで》も、すべてわたくしの気高いたまものにささげたのです」

「でも……そこまでして、この仕事をしたいんですか？」

シアが小声でたずねた。

「したくありませんよ、もちろん。ですが、逃《に》げることはできませんでしょう？」

庭師《にわし》はシアと向き合った。そして、悲しい笑みを浮《う》かべた。

「わたくしはすでに、この庭園の一部ですもの」

シアの背筋《せすじ》に冷たいものが走る。かわいそうな庭師。彼女《かのじょ》の髪《かみ》と体は、この庭園の枝葉《えだは》と木だ。それはすなわち、本人の言うとおり、彼女自身《じしん》がこの庭園の一部であることを意味していた。

「わたくしはここで一生、この庭園のために働かねばなりません。庭園のために、この身を滅《ほろ》ぼしながら……」

見えないどこかを見つめているようだ。

「そしていつか屍《しかばね》になっても、また庭園の一部として咲《さ》くことでしょう。この城《しろ》で働く妖怪《ようかい》たちはみなそうです。自分の仕事のために、自分自身は息をして動くがれきとなってしまうんですの」

庭師は声を出さずに笑った。

「生涯《しょうがい》、時間の感覚もなく、外部とかかわることもなく……。歯車のように回り続け、同じ仕事だけを繰《く》り返《かえ》し、機械のように働いて、そうして屍になったときにようやくこのレストランから自由になれるでしょう。死ぬまで解《と》けぬ労働の呪《のろ》いに服従《ふくじゅう》しながら、そうはいっても生きていくにはここほどよいところはほかにない、と自分に言い聞かせ、なぐさめながら……」

庭師の話を聞いていると今まで会った妖怪が思いうかんだ。生涯、酒をつくってはその酒で苦悩《くのう》する飲兵衛《のんべえ》。生涯、お茶をいれ、死ぬまで同じ場所で休むことなくしゃべり続けなければならないワイワイ・ガヤガヤおばさん。生涯、すみっこで小麦粉をこねるヘンテコリン。

──美しければ美しいほど、その美を武器《ぶき》に、より残忍《ざんにん》な毒をかくし持つことができるのです。

庭師は単純《たんじゅん》に、血を飲む花だけをさして言っているのではなかった。

シアは言葉を失い、自分を取り囲む光景をうつろにながめる。こんなにも美しく見えていたレストランは、かぐわしい香《かお》りに包まれたその素肌《すはだ》の奥《おく》に、朽《く》ちはてた心臓《しんぞう》を秘《ひ》めているようなものだった。おぞましい事実を知ってしまったシアの表情《ひょうじょう》は、先ほどよりもまた一《いち》段《だん》とこわばった。

「ああ！　それはそうと、おいそがしいなか、わたくしを訪《たず》ねてきた理由はなんだとおっしゃいまして？」

庭師はおだやかな笑みをたたえたまま軽やかな声を放ち、暗くなった雰囲気《ふんいき》をぱっと明るくした。シアは顔を上げて彼女と向き合った。

「わたくしの助けでも必要なのかしら？　どうぞ話してごらんなさい」

庭師《にわし》の超然《ちょうぜん》とした顔をじっと見た。清らかな顔の上に悲しみらしきものはちっとも見当たらなかった。むしろ、オアシスのない砂漠《さばく》のように悲しみの感情《かんじょう》もなくしてしまったかのように見えた。シアは気が進まぬまま、おもむろに口を開く。

「ヘドンの病を治す新しい薬を探《さが》しているんですが、どこから始めて、どう探せばいいのか、わからないんです」

問題を庭師が解決《かいけつ》できると思ったわけではなく、催促《さいそく》するようなまなざしに、話さないわけにいかなかったのだ。

しかしシアの予想とは裏腹《うらはら》に、庭師は明るく笑い、こくりこくりとうなずいた。

「まあ、うれしいこと！　そういうことならば、助けになってあげられるかもしれませんわ」

思いもよらないプレゼントのような返答にシアは耳を疑《うたが》った。

「えっ？　助けになってあげられる？　どうやってですか？」

心臓《しんぞう》がバクバクするのを感じながらシアがせき立てると、庭師は澄《す》みきったエメラルド色のひとみをゆっくりとまばたかせた。

「ひとまず、その治療薬《ちりょうやく》に関する手がかりがない以上、わたくしたちはそれがどんなものなのか、わかりませんよね」

シアがそれはどういう意味かという表情を見せると、庭師はやさしく説明してくれた。

「つまり、ほかの治療薬というのは、ヤコブが言った人間の心臓のように、ほかの生物の心臓かもしれませんし、ある食べ物であったり、それ以外のものかもしれないということですよ」

ゆったりとした口調に気がはやり、シアはしきりにうなずく。シアを見下ろす庭師の表情が微妙《びみょう》に変化した。

「ですが、もし、その治療薬が〝植物〟だったなら？」

シアは意味がわからず、とまどった。庭師は静かに笑みをのみこんだ。そして、なにも言わなくなった。となると、じりじりしているシアが口を開くほかない。

「植物だったなら、なにか違《ちが》ってくるんですか？」

まったくわからないといった様子でたずねた。すると庭師は、あまりにも簡単なことをたずねるものだ、という表情でシアを見つめた。

「違ってきますわ。当然ですとも。そうであれば、状況《じょうきょう》はがらりと変わるでしょう」

庭師は冷静に言った。

「まだわかりませんか？　わたくしは庭ではないですか」

「ええ、それは知ってますけど……」

「まあ、まだお気づきでないようですね。ここ、わたくしの庭園には妖怪島《ようかいじま》に存在《そんざい》するすべての植物があります。ですから、もしヘドン様の病を治せる薬が植物なら、その場合……」

「その場合、治療薬《ちりょうやく》をこの庭園で見つけられますね！」

ようやく理解《りかい》したシアは興奮《こうふん》してさけんだ。前触《まえぶ》れもなく発見された宝物《たからもの》みたいだ。希望とよろこびに胸《むね》が躍《おど》り、賢《かしこ》い庭師《にわし》に飛びついて抱《だ》きしめたくなった。

シアがほんとうに飛びついてしまう前に、庭師はまた冷静に言う。

「あまりよろこびすぎないほうがよろしいかと。その治療薬が植物であるかどうかは確《たし》かではないのですから。ですが、わたくしの推測《すいそく》が正しければ、治療薬がこの庭園にある確率《かくりつ》は高いでしょう」

緊張感《きんちょうかん》が走り、シアは全神経《ぜんしんけい》を集中させて彼女の説明に耳をかたむけた。

「わたくしの庭園にはたくさんの種類の薬草があって、治せない病気はないほどなのです。もちろん、ヘドン様の病がなんなのかはっきりしていませんので、効《き》く薬を選びだすのには相当な時間がかかるでしょうけれど、可能性《かのうせい》はあると思います」

希望に満ちた言葉が降《ふ》りそそぐあいだ、シアは踊《おど》りだしたい気持ちを落ち着かせるのにひと苦労した。

「ご所望でしたら、わたくしの薬草をお分けします。種類別にひとつずつ持っていき、研究してごらんなさい。できるかもしれないでしょう？　そのなかのひとつでヘドン様の病を治すことが……」

シアの心は、生きて家に帰れるという希望の輝《かがや》きで満ちあふれた。

「ありがとうございます。ほんとうにありがとう」

感謝《かんしゃ》の言葉を何度も口にしながら、シアは笑った。声に出して笑うのは妖怪島に来てはじめてだ。庭師の薬草が治療薬であるという保証《ほしょう》はないが、ともかくわずかな可能性でもあるだけでじゅうぶんうれしかった。

「どういたしまして。わたくしの血でつくられた植物をこんな有意義《ゆういぎ》なことに使えることになり、うれしいかぎりです」

庭師はやわらかな笑みを浮《う》かべた。

「では、ついていらして。薬草のあるところへお連れしますわ。どうぞわたくしの手をつかんで。さあ、早く。もしかしたらあなたの幸運がそこにうもれているかもしれませんからね」

これ以上の天使のささやきはこの世にない、シアはそう断言《だんげん》できた。

「ほんとうにありがとうございます。なくしたりしないように気をつけて、一生懸命《いっしょうけんめい》ひとつ残らず研究します！」

大きな声で感謝《かんしゃ》を伝える。両腕《りょううで》いっぱいに大事にかかえた薬草が、どれほど貴重《きちょう》に感じられることか。

「どうかそうしてくださいさい。わたくしの分身とも言える薬草をむだにしたくはないのです」

庭師《にわし》は優雅《ゆうが》にほほ笑んだ。シアが何度もうなずくことで心配無用だと伝えると、満足そうな顔をして続けた。

「研究の際《さい》は、まず薬草を日光と月光の当たらない場所でしっかり乾燥《かんそう》させてください」

日光と月光が当たらない場所ならば、今シアが過《す》ごしている地下室がぴったりだ。

（よし、保管《ほかん》場所は地下室に決めよう）

シアが自信たっぷりにうなずき、庭師は話を続けた。

「そうして何日か干《ほ》すと、薬草がすっかりちぢんでいることが見てとれるはずです。そうなったら今度は薬草をひとつずつ鍋《なべ》に入れて煮《に》てください」

鍋はヤコブが魔法薬《まほうやく》をつくるときに必要な物だから、地下室のあちこちに転がっている。

（ばっちりだ。それも心配しなくてよさそう）

「薬草を煮こむと湯気が立つでしょう。薬草の種類によって、その湯気の色が違《ちが》います」

庭師は顔を上げた。長いまつげの下からシアを見下ろし、フッと軽く笑う。

「ここからが少しむずかしいんですの。そうして湯気が立ちのぼると、薬草の効能《こうのう》が現《あらわ》れはじめます。そこであなたは、そのなかから人間の心臓《しんぞう》と共通点のある薬草を見つけださねばなりません」

話がだんだんとむずかしくなっていき、シアの表情《ひょうじょう》が険《けわ》しくなる。庭師は長い腕を伸《の》ばしてシアの心臓をさした。

「人間の心臓。あなたがここへ来ることになったもとであり、あなたがここで生存《せいぞん》するために守らねばならないものですね」

庭師は腕をもどした。

「よく聞いてください。今のところ人間の心臓が、ヘドン様の病を治せる唯一《ゆいいつ》のものだということですよね」

シアは庭師の海のようなひとみをまっすぐのぞきこむ。

「ということは、もしほかに治療薬《ちりょうやく》があるのなら、その薬にも人間の心臓と共通する成分が含《ふく》まれているはずでしょう？」

いくらのぞきこんでもその深海は、かえってシアをさらなる混迷《こんめい》におとしいれるばかりだった。庭師《にわし》の息が荒《あら》くなり、今までとは違う口調でささやいた。

「そういう成分のある薬草を見つけだして。薬草を鍋《なべ》に入れて、煮《に》て、湯気が立った瞬間《しゅんかん》からひたすら調べて、考えて。そして、あなたの心臓《しんぞう》と同じ性質《せいしつ》を持つ薬草を、必ず探《さが》しだして」

「でも、それをどうやって見つけ……」

もう少し具体的な説明を求めようとした。だが、庭師は首を横に振《ふ》った。

「わたくしがあなたに話せるのは、これが全部ですわ」

しょんぼりとほほ笑んでから、これ以上は教えてあげられないとばかりに口をぎゅっと結んでしまった。そんな姿《すがた》がシアには意地悪そうにさえ見えた。

「道を教えてあげることはできませんの。出発点についてヒントをちょっぴり差しあげるだけなのです」

あわれみのまなざしで見つめる庭師の本心を知るすべはない。庭師はこれ以上ないほどやさしくほほ笑むだけだった。

「出発点を見つけるのはあなたしだいです。そして、どの道を歩くのかもあなたしだいですよ。たとえあなたが間違《まちが》った道を選んだとしてもです」

そのほほ笑みがなにを意味するのか知るために、シアは庭師の顔をさらにじっくり見ようとしたが、庭師は表情《ひょうじょう》を変えてそっぽを向いてしまっていた。

ふたたび静寂《せいじゃく》がおとずれた。シアは一心に考えこんでいる。シアをながめていた庭師が、そばでおとなしく座《すわ》って待つ春子に声をかけた。

「もうお客様をお送りして差しあげて。この庭園であげられるものはじゅうぶんに差しあげましたから」

おだやかな命令に春子はにっこりと笑う。しばしシアを見つめたあと、体をスリスリとこすりつけながらシアを導《みちび》いた。

「ありがとうございました。これで失礼し……」

シアが別れのおじぎの途中《とちゅう》で顔を上げると、庭師はもう消えたあとだった。茂《しげ》みの小さな枝々《えだえだ》が目に入る。見覚えのある柿色《かきいろ》の葉っぱがか細く揺《ゆ》れていて、シアにはなぜか、助けてくれと嘆《なげ》き訴《うった》えているように悲しく見えた。

どれくらいたったのだろう。薬草をかかえて春子の後ろを歩いていたシアは、春子と出会う前にハーツといた場所へもどってきたことに気づいた。あたりはさびしく散った桜《さくら》の花びらでいっぱいだ。

そのなかのどこかに銃弾《じゅうだん》が落ちていると思うと吐き気《はけ》がした。シアの表情《ひょうじょう》が暗くなったことに気づき、春子が立ち止まる。

「どうかしたの？」

春子は控《ひか》えめにたずねた。

「あっ、いや……。その、ここでさっきハーツが……」

どう話せばいいかわからず、シアは言葉をにごした。

（ハーツが痛《いた》ましい過去《かこ》を聞かせてくれた。ハーツが私《わたし》に向かって銃を撃《う》った。銃で私を……）

言葉がからまって、頭がくらくらした。春子はわかったというようにうなずいた。

「知ってるよ。そんなの、ここではよくあることだよ。別にたいしたことでもないんじゃない。慣《な》れたほうがいいよ」

慣れろだなんて。とんでもないことだ。でも、ここの価値観《かちかん》はとらえどころのないものだとシアはすでに実感していた。そこで状況《じょうきょう》を別の角度から見るべきだと判断《はんだん》した。

「だけど、ハーツだってここの従業員《じゅうぎょういん》でしかないのに、あんなふうに勝手に行動してもいいの？」

ほかの妖怪《ようかい》たちはそれぞれの料理室や作業室のなかで働いているようなのに、ハーツはかくれてこっそり訪《たず》ねてきた。しかも銃を撃ったりまでして……。

春子は一生懸命に答える。

「ああ、そうではなくて。同じ従業員でもランクが違うんだよ。ハーツがこのレストランでやってる仕事は、ほかの従業員たちとは次元が違《ちが》うの。たくさんの権利《けんり》が与《あた》えられているのは、そのおかげ」

「なんの仕事をしているの？」

ふと気になった。ハーツはいったいここでどんな仕事をしているのだろう。料理人や給仕係として働いているわけがない。

「うーん、ヘドン様は自分に呪《のろ》いをかけた女王様に許《ゆる》しを請《こ》うために、よくみつぎ物を贈《おく》っていてね。その品物を持っていく使いのものが、ハーツってこと」

シアは熱心に説明する春子を見た。ヤコブを雇《やと》うなという女王のおふれをヘドンが破《やぶ》り、その罰《ばつ》として呪いをかけられて病をわずらうことになった話は、ヤコブから聞いて知っている。しかし、そのせいで事がこんなにももつれていたとは全然知らなかった。

「その仕事って、そんなにたくさんの権利《けんり》を与《あた》えるほどのことなの？」

春子はおでこのしわを増《ふ》やしたり減《へ》らしたりして、じっくり考えてから答えた。

「ものすごくたいへんなことだよ！　女王様は過去《かこ》にあった出来事のせいでヘドン様とハーツにひどくご立腹《りっぷく》なの。だからハーツはみつぎ物をささげに行くたびに、ご立腹の女王様から攻撃《こうげき》を受けてる。女王様はこの世界でいちばん強いお方でしょ。あのお方の攻撃に耐《た》えられるのは、たぶん悪魔《あくま》の力を宿してるハーツだけだと思う」

ほんの少し前、ハーツといたときのことを思い返してみた。彼《かれ》のシャツについていた赤い血がふと頭をよぎる。まさか、あのけがも……。

シアは静かに息をのんだ。自分の体を傷《きず》つけてまで働かなければならないという庭師《にわし》の話は、ハーツも同じだったのだ。ひとつことなる点があるとすれば、ほかの従業員《じゅうぎょういん》たちは死ぬまでこのレストランで働かなければならないが、ハーツは女王がヘドンを許《ゆる》し、ヘドンの病が治ると同時に、その足かせを外せるということだ。

「ねえ、春子、女王はヘドンをいつごろ許してあげるかしら？」

春子が知るはずもないだろうけれど、春子の推測《すいそく》を聞きたかった。

「許されることは、ない」

予想を裏切《うらぎ》る断定形《だんていけい》の返答だった。

「ヘドン様とハーツも知ってる。女王様から許される日は一生来ないだろうって。知りながらやってる。ヘドン様は自分の言うことに素直《すなお》に従《したが》わないハーツをいじめたくて、彼にその仕事をさせているし、ハーツには選択《せんたく》の余地《よち》がないでしょ。行く以外には」

残忍《ざんにん》なことをほがらかに話す春子の姿《すがた》に、シアは違和感《いわかん》を覚えた。

「春子、あなたは平気なの？　ヤコブは別として、ほかの妖怪《ようかい》たちはみんなハーツのことを話すのを避《さ》けていたけど」

おそるおそるたずねると、春子はてれくさそうに笑った。

「平気。だれかが陰《かげ》で自分の話をしたと知ったら、ハーツはそいつを探《さが》しだして苦しめるけど、アタシに危害《きがい》を加えることは絶対《ぜったい》にないだろうなあ」

春子はほほ笑んだ。めらめらと燃《も》え上《あ》がりもせず、冷たくもない、生ぬるい笑み。

「このレストランでアタシの存在《そんざい》を知っているのは庭師だけだもん」

シアは不思議な感覚に包まれて、ぽかんとした。しかしすぐに、春子の言葉に引《ひ》きもどされた。

「あそこ……」

顔を向けると春子が頭でそっと、ある方向をしめしていた。そちらに視線《しせん》をやると、茂《しげ》みにつき刺《さ》さっている道案内板が目に入った。さまざまな場所に行く方向をしめす矢印がたくさんついていて、そのうちのいくつかはおかしなことに、地面や空をさしている。

春子がおだやかに言う。

「どっちのほうへ行く？」

忘《わす》れていた最も重要な問いだった。シアは気を引きしめ直す。情報《じょうほう》は可能《かのう》なかぎり手に入れたいが、情報に縛《しば》られていてはいけない。意を決して春子を正面から見すえた。

「地下室に行かないと」

シアが答えると、そうじゃない、というように春子は頭を左右に振《ふ》った。そのせいで、しわが伸《の》びたり押《お》されたりして複雑《ふくざつ》に動いたけれど、春子は自分のしわなど気にしていないようだ。

「地下室はどの道から行っても着くようになってる。だから、道をひとつだけ選ばなきゃ」

「じゃあ、いちばん早い近道で行く」

シアは迷《まよ》わず答えた。すると春子は急にはずかしそうな表情《ひょうじょう》を浮《う》かべた。わけがわからない。どうしたの、とシアが表情でたずねると、春子は無言でシアをある方向へ導《みちび》いた。

春子がシアを連れて立ち止まった場所、シアの足の下には、大きな穴《あな》が掘《ほ》られてあった。とても深くて暗い穴で、まるで水たまりをのぞいている気分になる。春子ははじらいの笑みを見せた。

「おやつをうめようと思ってアタシが掘っておいた穴なの」

どうりで体が大きいわけだ。食欲《しょくよく》もひと一倍なのだろう。食べ物のために、こんなとてつもなく深い穴を掘っておくくらいなのだから……。

春子はぺらぺらと話を続ける。

「地下室はレストランのいちばん下の、いちばん深いところにあるから、この穴で下りればすぐ地下室に行ける。これが近道だよ」

「ええっ？」

シアは道案内板のおかしな矢印の意味にやっと気がついた。シアがおどろいているあいだ、春子はただ天真らんまんに笑っているだけだった。そして、どこまでも純真《じゅんしん》なクリクリの目でシアを見上げながら無邪気《むじゃき》に言った言葉が、シアを恐怖《きょうふ》におとしいれた。

「へへヘッ、とっても深い穴だから安全は保証《ほしょう》できないけど、それでもすっごく速く行けるはずだよ！」

事がおかしな方向へ展開《てんかい》していることに気づき、シアはあわてて口を開く。

「安全は保証《ほしょう》できないって、それ、どういう……」

だが春子は興奮《こうふん》のあまり、シアの話を最後まで聞いてくれなかった。自分の掘《ほ》った穴《あな》にシアが入ることに感激《かんげき》し、すっかりのぼせ上がっている。誇《ほこ》らしげな様子で、シアの背中《せなか》を押《お》して今にもシアを穴につき落とそうとしていた。

「待って！　春子！　ちょっと……」

一生懸命《いっしょうけんめい》に押してくる春子を止めようと、シアは必死にさけんで踏《ふ》ん張《ば》ろうとした。でも力の強いブルドッグには勝てない。一瞬《いっしゅん》で穴のなかへ押しこまれてしまった。

「うぅわあぁあぁあー！」

ブラックホールに吸《す》いこまれるようだった。仰天《ぎょうてん》して悲鳴をあげたが、春子はシアが動転していることに気づかない。お利口さん、とほめられるのを待っているように目をキラキラ輝《かがや》かせ、しっぽを振《ふ》り振り、落ちていくさまを見下ろしていた。

あっというまにシアの視界《しかい》が闇《やみ》におおわれた。下へ、下へ、シアは猛スピードで落下して、どんどん闇にのみこまれてゆく。

穴はとても深く、ずいぶんたっても落下し続けていたシアが状況《じょうきょう》に慣《な》れはじめたころ、ようやく眼下《がんか》に明るい光が見えた。そしてその光のなかへ、重力がシアを落とす。

「アアアーッ！」

危険《きけん》を察知して本能的《ほんのうてき》にさけび声をあげた。目をぎゅっとつぶり、まもなくおとずれるであろう全身が粉々になる瞬間、その恐《おそ》ろしい痛《いた》みを予期しながらぶるぶる震《ふる》えていると、シアの体はしっかりと抱《だ》き止《と》められ、予想に反して、無事に到着《とうちゃく》した。

あれ？　じたばたともがきながら目をそうっと開くと、おどろいたウサギのようにぱっちりと開かれたジュードのまん丸い目と出くわした。シアは自分がジュードの腕《うで》のなかに落ちたことを知った。

「うぎゃあぁあっ！」

ふたりは同時にさけんだ。シアははずかしくて死にそうな気分で、ジュードを正視《せいし》できない。びっくりしたジュードが大声をあげる。

「今度はなんだよ、ちゃんとドアってものがあるのに、天井《てんじょう》をつき破《やぶ》って登場？　しかも黙《だま》って立ってた人の腕のなかにだなんて！」

「よりによってここに落ちるなんて、どういうこと？」

困《こま》ったシアはわざと大きな声で言った。

「君が僕《ぼく》のところを狙《ねら》って落ちたんだろ！」

「狙ってない！　なにもかもあのブルドッグのせい。いかにも悪気のなさそうな顔をして、きっと緻密《ちみつ》に計算してたのよ！　間違《まちが》いない！」

「なんて？　なにがブルドッグだ。もうちょっとましな言《い》い訳《わけ》を考えたらどうなんだよ」

次から次へと言葉の応酬《おうしゅう》が続いた。ずいぶんたってもふたりの腹立《はらだ》ちはおさまらず、抱《だ》きついたのはどっちが先だったのかについて激論《げきろん》を繰《く》り広《ひろ》げ、乱暴《らんぼう》な言葉が何度も飛び交った。そうしていったん始まった地下室の騒動《そうどう》はなかなかおさまらず、時間は流れ、いつしか夜が更けた。


室内は闇《やみ》に包まれている。窓《まど》の外の夜空をそのまま持ってきたような闇だ。ヘドンはその体躯《たいく》と同じくらい大きな黄金のイスに座《すわ》っていた。シアと契約《けいやく》を交わしてまだ三日しかたっていないのに、ヘドンはもう何十年ぶんも老けたように見えた。しわが増《ふ》え、毛は冷《ひ》や汗《あせ》でべっとりしていた。開けていることさえつらいのか、目をそっとつぶって座っている。眠《ねむ》っているかのように、見方によっては死んでいるかのように……。

そうしてすべてのことが死とともにうつろっていたとき、バタンと騒々《そうぞう》しい音をたててドアが開き、静寂《せいじゃく》が破《やぶ》られた。ドアから差しこむひと筋《すじ》の光が細い道をつくる。その道を踏《ふ》んで入ってくる少年の全身から、カラスの羽根が落ち葉のようにぱらり、ぱらりと舞《ま》い落《お》ちた。

「ずいぶん遅《おそ》いお出ましだな、ハーツ。おまえを連れてくるようルイに言ってから、もうかなりたっているぞ」

沈黙《ちんもく》を破《やぶ》ったのはヘドンのほうだった。シアに対してやったように手ぶりで話したりはしない。だからといって口を開いて話すわけでもない。口を動かさずとも体全体から声が響《ひび》いていた。

「ああ、ちょっと遊んでいたから」

ハーツは軽く答えた。罪悪感《ざいあくかん》などひとかけらもない平然とした言いようだった。ヘドンの関心はすでに別のところに移《うつ》っていた。

彼《かれ》は血のついたハーツのシャツに目をやった。ぱっと見ただけでもかなりの量だが、ヘドンにはそう見えないらしい。

「今回はあまりけがをしなかったのだな」

心配しているというよりも残念がっているような口調だった。自分に敬意をはらわないハーツが女王の宮殿《きゅうでん》へみつぎ物を届けるたびに傷《きず》を負ってもどってくるのは、ヘドンにとって密《ひそ》かなよろこびだったのだ。だがハーツは毎回、負傷《ふしょう》してもまったく苦痛《くつう》ではないかのように悠々《ゆうゆう》としていた。

「運がよかった。どういうわけだか女王は、今回はねちねちといたぶらず、さっと帰してくれたよ」

ハーツは顔を上げ、ヘドンの不愉快《ふゆかい》そうなひとみをながめた。

「なに、その目つき？　おれのけがが軽くて、がっかりしたのか？」

口調はふざけていたが、目つきと表情《ひょうじょう》はヘドン同様、ひんやりしている。

「実はおれもついさっき、かなりがっかりすることがあったんだ」

ハーツは腕《うで》を上げ、袖《そで》にくっついていたカラスの羽根のひとつを指先でトンッと触《ふ》れてはらい落した。

「人間を殺《ころ》そうとしたんだけど……」

羽根が時計の振《ふ》り子《こ》のように一定間隔《かんかく》で左右に揺《ゆ》れながら落ちてゆく。

「トムが現《あらわ》れて邪魔《じゃま》をした」

落ちた羽根は暗闇《くらやみ》にうもれ、すでに見えない。おそらく床《ゆか》のどこかにみすぼらしく転がっているのだろう。

「なんで人間に、トムの体にサインさせたんだよ。ただでさえ不本意な契約《けいやく》を、サインまでさせて不利な状況《じょうきょう》にもっていく理由は……」

ハーツは鋭《するど》い目つきでヘドンをなめ回し、やさしくいさめるように言った。

「……それとも、ほかになにか、たくらんでるってことか?」

核心《かくしん》をつく質問《しつもん》だった。おかげでヘドンは、くどくど説明する必要もなく、すぐ結論《けつろん》を話すことができた。

「そのとおり。人間と結んだ契約の内容《ないよう》は、一カ月という時間の保証《ほしょう》だけではない」

ヘドンの声がずしりと響《ひび》きわたる。契約が不利な方向へかたむくのをヘドンが黙《だま》って見ているわけがない。彼《かれ》がそんなに純真《じゅんしん》で愚《おろ》かだったなら、今のこの地位に就《つ》くことはできなかったろう。本来、契約というのは、締結《ていけつ》する両者に公平で合理的なものであるべきだ。ヘドンにとってうれしい内容もひとつくらいは入っていなければならないのだ。

「もうひとつ条件《じょうけん》があった。人間はその一カ月間、新たな治療薬《ちりょうやく》を探《さが》すだけでなく、このレストランの仕事を手伝うことも約束したのだ。レストランの仕事に失敗したら、即刻心臓《そっこくしんぞう》を差しだすことになっている」

思いがけない話にハーッが片方《かたほう》の眉《まゆ》をつり上げた。波のうねりのない湖のようなひとみが、ひっそりと揺《ゆ》らめく。一方、ヘドンのひとみは干《ひ》からびた砂漠《さばく》だ。からからにかわききったひとみはハーッと向き合った。ひと月かけてその道を行くのがいやならば、近道をつくればいいだけの話だ。

「ハーッ、わたしの病状《びょうじょう》は、思っていたよりも速いスピードで悪化している。このままだと、ひと月ともたずに息絶《いきた》えるかもしれぬ」

ヘドンの陳腐《ちんぷ》な訴《うった》えは、たちまちハーッを退屈《たいくつ》にさせた。げんなりした表情《ひょうじょう》を浮《う》かべているハーッを、ヘドンは黙《だま》って見つめた。

「だから、わたしがあやうくなる前に、早く心臓《しんぞう》を奪《うば》わねばならぬ」

ハーッの無関心な目はヘドンには笑止千万でしかなかった。

(わたしが回復《かいふく》しなければ、トムを完全に呼《よ》びだすことはできぬ。トムを完全に呼びださずして、どうしておまえのなかにいる悪魔《あくま》を追いはらうことができようか)

「その仕事を、ハーッ、おまえがやるのだ。人間が人間の力ではとうていやり遂《と》げられない仕事を命じて、心臓を持ってこい。できるだけ早く」

ヘドンの健康が回復しない場合、最も損害《そんがい》をこうむるのはハーッだ。だからハーッは人間の心臓を奪うためにだれよりも積極的に行動するだろうし、もともとキレものでもある。結果はわかりきっていた。しばらくすれば新鮮《しんせん》な心臓が届《とど》けられ、目の前でドクンドクンと飛《と》び跳《は》ねているはず、そうヘドンは考えた。

ハーツはやることが増《ふ》えたのが気に食わないのか、不機嫌《ふきげん》な目つきをしていた。その程度《ていど》の反応《はんのう》はもちろん予想していた。ヘドンは用意しておいた懐柔策《かいじゅうさく》に出る。

「その仕事にかかっているあいだ、女王にみつぎ物を届ける仕事は休ませてやろう」

興味《きょうみ》をそそられたハーツの目がヘドンをとらえる。しかしヘドンの話はここで終わりではなかった。

「だがもし、おまえの命じたレストランの仕事を人間が成功させたときには、おまえはこれでもかというほどのみつぎ物を女王に届けねばならないことになるぞ。できるか？」

低くかすれた声がずしんと響《ひび》いた。

ハーツの目には余裕《よゆう》が漂《ただよ》っていた。数えきれないほどの妖怪《ようかい》を殺《ころ》してきたハーツだ。たかだか人間を相手に……。

「当然だろ」

——今すぐにでもできる。

13. 脱出

シアが眠《ねむ》りから覚めたのは、ちょうど日が沈《しず》みはじめた夕方だった。ここに来てからというもの、昼夜逆転《ぎゃくてん》の生活を送っている。寝床《ねどこ》を出てベランダから外を見下ろすと、早くも大勢《おおぜい》のお客さんがレストランにつめかけていた。

今や見慣《みな》れた風景だ。毎日、目が覚める夕方ごろには、レストランの妖怪《ようかい》たちはすでに起《き》きていそがしそうに動いているし、お客さんもひとり、ふたりと集まってくる。妖怪の起床《しょう》時間である夕方の早い時間から客が来るところをみると、ここはとてつもなく有名なレストランだというルイの話はあながち大げさではないようだ。

繰《く》り返《かえ》される日常《にちじょう》のひとこまを確《たし》かめたシアは、まだ夢《ゆめ》のなかにいるジュードのためにカーテンを閉《し》め、うすい服の上に毛布《もうふ》を一枚《まい》、頭からかぶって地下室へ下りた。

さわやかで暖《あたた》かい春だったが、地下室のひんやりした空気がシアのうすい服の内側へもぐりこむ。シアは毛布の端《はし》と端をかき合わせた。向こうで寝ているヤコブを起こさないように忍《しの》び足《あし》ですみっこへ向かう。そして、そっと座《すわ》り、庭師《にわし》からもらった薬草をまるで赤《あか》ん坊《ぼう》を見守る母親のようにじっと注意深く観察した。

薬草が乾燥《かんそう》してちぢむまで日光と月光の当たらない場所に置くようにという庭師の教えどおり、シアは薬草を地下室のすみに広げておいた。あれからもう一週間がたとうとしているが、薬草はちっともちぢむ気配がない。

シアはいても立ってもいられず、しょっちゅう薬草を見に来ては、一本たりともなくさないように、しっかり管理をした。しかし、目立った変化はない。業を煮《に》やしてふたたび庭師を訪《たず》ねてもみたが、彼女《かのじょ》はただ、もう少し待ってみましょうとか、あせらずに見守るのですとか、ありきたりな言葉を並《なら》べるだけで、特別なことは教えてくれなかった。

シアは心のなかでため息をつくと、希望になるか徒労に終わるか、まだ見通しのつかない薬草をただながめた。そうして毛布にかくれて、地下室のひっそりとした静寂《せいじゃく》にうもれていたときだった。

「またそんなことしてる」

あくびまじりの声が背後《はいご》から聞こえてきた。シアが振《ふ》り向《む》く前に、ジュードが彼女の横にしゃがみこんだ。

「ずっと見ていたからって、草が君の思うとおりになってくれるわけでもないのに」

ジュードは目をしばしばさせながら、まだ寝起《ねお》きの声でぼそぼそとつぶやいた。たった今、顔を洗《あら》ってきたところのようで、肌《はだ》がしっとりしていた。

「それでも、気になるから」

シアは静かに言った。ジュードがシアの毛布《もうふ》を引っぱって、なかに入ってきた。ふたりでやわらかい毛布に仲よくくるまっていると、心地よくて夕暮《ゆうぐ》れどきの地下室のひんやりした空気がうすれてゆくようだ。がらんとした地下室の暗闇《くらやみ》さえうっとりするような情景《じょうけい》に思えた。

わずかでもいい、なにか変化が起こることを待ちわびながら、シアはうつろに薬草をながめ続けた。

黙《だま》ってシアを見ていたジュードが、いたずらっぽく笑ってささやく。

「おもしろいもの、見せてあげようか?」

握《にぎ》っていた手をそっと開いた。手のひらへ落下した星のように、なにかが光っている。ホタルだ。パステル調の黄色いきらめきが暗闇を明るく照らして、とてもきれいだった。

「あ、これ……リディアの」

あのがんこな少女から逃《のが》れるときに捕《つか》まえたのを、まだ持っていたとは。

ちんまりとした光を静かに見守っていたシアは、毛布の外へ手を伸《の》ばす。ホタルを自分の指先に移《うつ》し、ゆっくりとかかげた。ホタルが舞《ま》い上《あ》がる。空をゆっくりと飛ぶと、ホタルはまるで自分の役割《やくわり》を知っているかのように薬草の上に着地して、薬草を明るく照らした。

「……ジュード」

視線《しせん》はホタルに向けたまま、シアがささやいた。

「あなたはこの薬草が私《わたし》を助けてくれると思う？」

毛布、友だち、明かり。この三つのぬくもりで、シアの心はたちまちほかほかと温かくふくらんだ。それ以外で自分に残っているものは、もう希望しかない。

「どうかな、結末がわからないからこそ希望を持つんじゃないか？」

希望は、その先が不確《ふたし》かだからこそ、より美しい。相いれないものなのに不安と希望はいつだって一心同体の友だちなのだ。夜の空気が満ちてきた。シアは毛布の端《はし》をぎゅっと引き、しっかりと体をくるみ直した。真っ暗な地下室をホタルの光がかすかに照らしている。光に到達《とうたつ》するまで、途方《とほう》もない闇を通過《つうか》しなければならないことを思うと、シアは少し憂《ゆう》うつになった。

コン、コン。ノックの音が雨のしずくのように、シアの沈《しず》んだ心をパラッ、パラッと打つ。そのリズムにシアとジュードはそろってドアのほうを振《ふ》り返《かえ》った。

「こんな早い時間にだれかな?」

シアがジュードにたずねると、ジュードも変だなという表情《ひょうじょう》を浮かべた。

「気性《きしょう》の荒《あら》いヤコブと出くわしたくないから妖怪《ようかい》たちは普通《ふつう》、地下室に来ることなんてないのに。まだヤコブが爆睡中《ばくすいちゅう》だからよかったけど……」

ジュードはそうつぶやきながら、ふたたびノックの音が聞こえてくるドアのほうへ向かった。

シアは薬草をもう少し奥《おく》の陰《かげ》のほうへ押《お》しやり、ホタルを手の甲《こう》に乗せた。はおっていた毛布《もうふ》を畳《たた》んでいると、だれかに肩《かた》をぽんとたたかれ、思わず振り返った。

「ご機嫌《きげん》いかがですか。また会いましたね」

シアをこの地へ連れてきた死に神みたいな存在《そんざい》が、彼女《かのじょ》の前でていねいにあいさつした。

シアは一瞬《いっしゅん》言葉を失った。幽霊《ゆうれい》でも見たようにぼんやりとその顔を見ていると、相手は厚《あつ》かましいほど平然としたまなざしを返してきた。

「……なにしに来たんですか？」

冷たい声が自然とこぼれでた。シアはそばで状況を見ていたジュードにホタルと毛布を渡《わた》しながら、ルイをにらみつける。

「もう会いたくなかったのに」

シアがつぶやくと、ルイは片《かた》メガネを押《お》し上《あ》げながら淡々《たんたん》と返す。

「遺憾《いかん》ですね。残念ながら今後も頻繁《ひんぱん》に会うことになる予感がしていますので」

ルイの宝石《ほうせき》みたいなオッドアイが鋭《するど》くきらめいた。

「まだ元気に生きていらっしゃいますね」

無感情《むかんじょう》な声にシアは硬《かた》い声で返す。

「がっかりですか？」

ルイは興味《きょうみ》なさげに腕《うで》を上げ、腕時計に目をやった。

「それはどうでしょう、今日はある場所にあなたを連れていくために来たんです」

事もなげに言った。郵便《ゆうびん》配達員が、配達先に手紙を届《とど》ける、とでも言うように。さも当たり前といった様子だ。だが、シアにとっては心臓《しんぞう》がつぶれてしまいそうな内容《ないよう》だった。シアは首を横に振る。ついていきたくない。

「いやだと言ったら？」

シアがたずねると、ルイはそういう反応《はんのう》が返ってくると予想していたかのように、冷静に口を開いた。

「なんと、もうお忘《わす》れですか。前にも言ったではありませんか、妖怪《ようかい》が人間をひとり強制《きょうせい》的《てき》にどこかに連れていくなんてむずかしいことではないと」

ルイが手を差しだす。

「この手をあとほんの少しだけ伸《の》ばせば、あなたはわたくしの手に握《にぎ》られた首輪で縛《しば》られ、まるで犬のようにわたくしに従《したが》うことになるでしょう」

シアに向かって手をまっすぐ伸ばしたルイは無表情《むひょうじょう》だったが、発した言葉が彼《かれ》の思いを代弁《だいべん》していた。彼は表情や声を使わずに相手を怖《こわ》がらせる方法をよく知っていた。だから彼の拉致行為《らちこうい》は、特別な器具や装置《そうち》がなくともじゅうぶんに恐《おそ》ろしく、スマートですらあった。

「どういう意味かわかりましたか？　では、ついてきてください」

おとなしく従う以外、シアになにができるというのか。こうもていねいにおどされては……。

ルイはシアを連れて階段《かいだん》を上がり、地上に出た。パステルカラーのレストランのあちこちから煙《けむり》が立ちのぼり、庭園に花々の香《かお》りが漂《ただよ》っている。前方でコッコッと刻《きざ》む硬《かた》い靴音《くつおと》は、まるで定規《じょうぎ》で測《はか》ったもののようだ。こちらを振《ふ》り返《かえ》りもせずさっさと歩いていくルイの後ろ姿《すがた》がシアを心細くさせた。

地下室の上にある材料貯蔵室《ちょぞうしつ》の前で足を止めたルイは、きれいな羽目板でできたドアを開け、シアに先を譲《ゆず》り、彼女《かのじょ》のあとについて自分も入った。板張《いたば》りのろうかの両側にドアがいくつか、すっきりと並《なら》んでいる。ここはシアも知っている場所だ。レストランに来た初日にジュードを手伝って小麦粉の部屋と酒の部屋に寄《よ》ったあと、ヒーローとはじめて会ったのがこの材料貯蔵室の階にある飼育室《しいくしつ》だった。

ルイはシアを追《お》い越《こ》し、すっきりとした静かなろうかを進む。後ろを確《たし》かめることもしないこの無礼な拉致犯《らちはん》、今度はなにをたくらんでいるのか。不安にかられながらついていく。ルイは彼女のそんな気持ちに気づかぬまま、いや、努めて無視《むし》したまま、毅然《きぜん》としてわが道《みち》をゆくだけだ。

少しして、見覚えのあるドアの前でルイが止まった。

「あっ、ここ、飼育室じゃないですか！」

シアがさけんだ。ここを覚えていたのは、ヒーローの初対面の印象が強烈《きょうれつ》だったからだ。

「ここが飼育室《しいくしつ》なのは、わたくしも知っていますが……」

シアの大声が耳ざわりだったのか、ルイは飼育室のドアを開けながら眉《まゆ》をひそめた。シアは素直《すなお》になかへ入ったが、到着地《とうちゃくち》が意外な場所だったため、ルイの目的をなおさらあやしまずにいられなかった。長イスがいくつかと大きな正方形の窓《まど》しかないさびしい室内は、シアが記憶《きおく》しているとおりだ。うっすら青く、月明かりがほのかに照らす室内で、シアはルイをにらみつけ、たずねた。

「なぜ私《わたし》をここに連れてきたんですか?」

ルイはつかれたようにゆっくりとまばたきをした。

「まあ、いいでしょう。ずるずると長引くのはいやなので、なるだけ手短に説明して終わらせましょう」

紫色《むらさきいろ》と金色の澄《す》んだ輝《かがや》きを放つ目がシアをとらえる。

「レストランへ来た最初の日にヘドン様と結んだ契約《けいやく》をご記憶ですね?」

忘《わす》れられるわけがない。シアはうなずいた。

「はい、ヘドンの病気を治す新しい治療薬《ちりょうやく》を一カ月のあいだに見つけだすんです。もし見つけられなかったら心臓《しんぞう》を差しださなければなりません」

ところがルイは、それだけではない、というように首を横に振《ふ》った。

「いいえ、ひとつ抜《ぬ》け落《お》ちているものがあります」

ルイの言葉はシアを混乱《こんらん》させた。

「お忘れのようですね。あなたは一カ月のあいだ、ここの仕事を手伝いながら治療薬を見つけると約束されました」

シアは一瞬《いっしゅん》、しっかりしろ、とだれかに背中《せなか》を平手打ちされたように感じた。忘れていた記憶のかけらが頭のなかにもどってきた。

――万一、治療方法を探《さが》していることを言《い》い訳《わけ》にレストランの仕事を少しでもおろそかにした場合、すぐさま心臓を差しだしてもらいます。

契約したとき、ヘドンの通訳官《つうやくかん》はシアにそう言った。そして不幸なことに、シアはその条件《じょうけん》に自発的に同意した。シアの意識《いしき》がもうろうとしはじめ、目の前の風景がモザイクで処理《しょり》されたみたいにぼやけていく。治療薬を探すことだけに心をかたむけていて、レストランの仕事を手伝うことはまったく考えてもいなかった。

シアの表情《ひょうじょう》がこわばっていくのをルイは冷ややかに見守っていた。

「残念ながらヘドン様は病状《びょうじょう》が悪化しており、あなたに仕事を命じる余力《よりょく》がないとのことです。そこで、ヘドン様の下の高位の従業員《じゅうぎょういん》であるハーツがヘドン様に代わって仕事を命じることになりました」

聞《き》き慣《な》れた名前の登場にシアの心は暗く沈《しず》んだ。なんの良心の呵責《かしゃく》も感じずに銃《じゅう》でシアを撃《う》ちまくったハーツの姿《すがた》が、機関車のように頭をよぎる。ポーッ、ポーッと汽笛がけたたましく鳴《な》り響《ひび》き、いまいましくも彼《かれ》の銃の照準《しょうじゅん》がシアに定まっていることを思いださせた。

「ハーツがあなたに命じたのは、いたって簡単《かんたん》なことです」

聞いていたくないほど明瞭《めいりょう》な低い声だった。ガラス窓《まど》のような片《かた》メガネ越《ご》しに紫色《むらさきいろ》と金色のひとみがきらめく。星よりも輝《かがや》いていて、まぶしいほどだ。向き合うのもつらい。

「ここは飼育室《しいくしつ》です。床《ゆか》のくぼんでいる、あそこ、あの階段《かいだん》を下りていくと畜舎《ちくしゃ》がありまして、階ごとに違《ちが》う種類の家畜がいます」

すでにヒーローから聞いて知っている内容《ないよう》だったが、ルイの話を止めることはしなかった。荒々《あらあら》しく疾走《しっそう》する列車のなかで乗《の》り物酔《ものよ》いをしたように、胸《むね》がむかむかしていたからだ。ルイは続ける。

「そのいちばん下の階には、このレストランの秘伝書《ひでんしょ》、つまり、秘密《ひみつ》のレシピが記された機《き》密文書《みつぶんしょ》があります」

ルイの口が開くたび、そこから降《ふ》ってくるのは、わけのわからない話ばかりだ。シアは降りそそがれた言葉をしゃがんで拾い上げ、頭にたたきこまなければならない。そんな境遇《きょうぐう》にいる自分がみじめだった。

「このレストランでは月に一度その文書を取りだし、レシピに追加する材料や成分について議論《ぎろん》、検討《けんとう》しております。よりすばらしい料理を生みだすためです。そして今日がその文書を取りだしてレシピについて話し合う日なのです」

ルイはシアをのぞきこんでたずねる。

「さて、あなたに課された仕事がなにか、わかりますか？　いちばん下の階まで行って、文書を持ってくるだけです。もちろん、簡単な仕事ではないでしょう。ハーツはあなたが失敗すると見こんで、この仕事を命じたのですから」

列車内に響く案内放送のような硬《かた》くかわいた声が、シアの耳元を容赦《ようしゃ》なく引っぱたいた。

ルイが冷たく背《せ》を向けようとしたとき、シアは正気に返り、かろうじて彼を引き止めた。

「あっ、待ってください。それはつまり……」

実は話すことなどなにもなかった。時間を稼《かせ》ぐために、とっさに口を開いたのだ。ほんとうはシアもわかっていた。ハーツが自由を取りもどすために彼女《かのじょ》を殺《ころ》しにかかるだろうということを……。

ただ目をそむけていたかっただけだ。あえて聞きたいのか、と言いたげなルイのまなざしがシアを押《お》さえつけてゆく。

「私《わたし》を……殺すつもりで連れてきたんですね」

小声で力なく言った。なぜにあなたはいつだって、私を死につながる道へ案内するのか。シアはルイを見つめる。関門をひとつ越《こ》えたと安心していると、ルイはまた現《あらわ》れて、彼女《かのじょ》をまた別のかたちの地獄《じごく》の門へと導《みちび》いた。

「ずいぶんな言い方ですね。わたくしはただ、上から指示《しじ》されたとおりに動くのみ。あなたに対して悪意があるわけではありません」

自責《じせき》の念も同情心《どうじょうしん》もまったく感じられない硬《かた》い声でルイは言った。もっともな話だ。ルイがありのままに話していることは、シアだってよくわかっていた。しかし、たとえそうでも、彼《かれ》に恨《うら》みを向けずにはいられなかった。

ルイもシアの心を読んだのか、また静かに口を開いた。

「だれかの印象というのは、そのものが持っている数多くの姿《すがた》のうち、相手がどんな姿を見たかによって決まるものです。その点では、まことに遺憾《いかん》に思います」

くるっと向きを変えたルイは、スーツの長い裾《すそ》を背中《せなか》のあたりにひるがえし、ドアに向かって歩いていく。

「ですが、わたくしはわたくしの仕事をし、あなたはあなたの仕事をする。実のところは、ただそれだけのこと……」

ルイはゆっくりとドアノブを回す。

「では、これより仕事に取りかかっていただきます。制限時間《せいげんじかん》はたったの十分です。わたくしは十分後にこちらへもどり、あなたが成功したかどうかを確認《かくにん》します」

最後に彼はドアを開ける前に振《ふ》り向《む》き、シアを見つめた。

「またもどったとき、わたくしを出迎《でむか》えるのがあなたの死体でなければいいですね」

つぶやくような声で「片《かた》づけるのもたいへんなので……」とかすかに聞こえ、ドアが音もなく開く。

「神のご加護《かご》がありますように……」

すぐに遠ざかる靴音《くつおと》だけがコツコツと響《ひび》きわたった。

「ふぅーっ」

彼《かれ》が出ていくなり、シアはこらえていた息を吐《は》いた。同時にすぐさま迷《まよ》いなく、階段《かいだん》へ一目散にかけだした。時間がない。早くいちばん下の階へ行き、機密《きみつ》文書を持ってこなければならない。階段の下に広がる黒い闇《やみ》を見下ろして、シアは自分に呪文《じゅもん》をかける。

「きっとできる」

与《あた》えられた時間は十分。十分のあいだにすべてを解決《かいけつ》しなければならない。下になにがあるかわからないから、音をたてずに慎重《しんちょう》に歩いていきたいところだが、制限《せいげん》時間を考えると走っていくしかない。カチカチ刻《きざ》んで時間が走る。階段を一気にシアも走る。暗くて前がよく見えないまるではてなき地下洞窟《どうくつ》へ。

少しして、階段をある程度《ていど》下りたところで、下に明るい光が見えはじめた。その光のもとにどんなおかしな家畜《かちく》たちが彼女《かのじょ》を待ち受けているのかわからない。それでもシアはためらいなく突進《とっしん》した。明るくて、こぢんまりとした暖《あたた》かい階だった。ぬくもりが安心感となって、シアをやさしく満たす。目の前の家畜は予想していたような凶暴《きょうぼう》な動物ではなかった。どちらかというとむしろシアがよく知っている身近なものたちだった。

ウシとブタたちが干《ほ》し草《くさ》の上でのんびりしている。この平穏《へいおん》な光景にシアはほっとした。

おとなしい動物だから、なんら脅威《きょうい》にはならない。とはいえ、ハーツが簡単《かんたん》なことを命じるはずはない。シアは息を整えながら室内を見回した。ウシとブタがわんさかいるだけだ。ほんとうに、わんさか。

動物たちを見ていると、おかしな点に気づいた。ウシもブタもみんなよく肥《こ》えていて、シアが知っているものの三倍以上はある。ある程度の太り具合なら不審《ふしん》に思わないけれど、こうも大きいと怪物《かいぶつ》なのか動物なのか区分がつかない。

さらに悪いことに、動物たちのほうもなんとなく違和感《いわかん》を覚えていた。それもそのはずだ。毎日決まった時刻《じこく》にエサを与えに来るいつもの妖怪《ようかい》ではなく、見知らぬやせっぽちのちびがやってきて、わなわな震《ふる》えているのだから、彼らとしても混乱《こんらん》するだろう。食欲旺盛《しょくよくおうせい》な動物たちは、このやせっぽっちがエサなのか飼育員なのか悩《なや》みはじめた。

外見は妖怪と似ているが、妖怪にしてはあまりにも弱そうだ。それに、エサをやりに来た妖怪ならぶるぶる震えているはずがない。

〝ごはんだ！〟動物たちは結論《けつろん》づけた。〝そいつはごはんだ。あんなに震えているやつが、おれたちを育ててくれる妖怪なわけがない。すごく弱そうだ。食おう〟。けものに備《そな》わる本《ほん》能《のう》が命令を下した。昼のあいだにすっかり腹《はら》ぺこになっていた動物たちが、半狂乱《はんきょうらん》の目つきになる。巨漢《きょかん》ウシと巨漢ブタたちが、シアに向かって群《むら》がりはじめた。シアだってバカではない。このまま震《ふる》えていたら動物のエサになってしまうことはわかっている。

(怖《こわ》がってはだめ)

彼《かれ》らの前では、怖いという感情《かんじょう》をけっして表に出してはならない。いや、それだけでは足りない。妖怪《ようかい》のふりをしよう。

そこまで考えた時点で、家畜《かちく》たちはすでにシアのかなり近くまで進んでいた。一般的《いっぱんてき》なウシやブタの三倍以上もある巨体《きょたい》がよだれをたらしてせまってくる姿《すがた》には、さすがに恐怖《きょうふ》を覚える。シアはぎゅっと目をつぶる。

「だめ」

声に力をこめて強い語気で言った。目を開ける。効《き》き目《め》あり。接近中《せっきんちゅう》だった家畜たちは、思いがけない厳《きび》しい声にびっくりしていた。〝なんだ、ごはんじゃないのか?〟と混乱《こんらん》している様子だ。シアは彼らがびくっとしたのを見逃《みのが》さなかった。

「あんたたち、なにやってるのよ。おとなしくしてなさい」

今度はもっと厳しい語気で言った。できるだけ堂々と、自然な動作と表情で。

「逆《さか》らったら、ごはん、なしよ」

もう一度大声をはりあげ、彼らの目を正面からにらみつける。

「言う、こと、を、ききなさい」

シアは言葉を区切ってはっきりと力強く言うと、家畜たちの視線《しせん》を正面から受け止めた。

ありがたいことに、家畜たちはシアを妖怪だと思いこんだようだ。

彼らはしばしためらったのち、よたよたと元いた場所へもどっていった。とはいえ、疑念《ぎねん》を完全にぬぐい去ったわけではない。これまで見てきた妖怪とは違《ちが》う、小さくてか弱そうなシアへの未練を捨《す》てきれずにいる。シアの肌《はだ》を見て、なんともしこしこして噛《か》みごたえがありそうだなあと生つばをごくりとのみこんだ。〝もし妖怪でなかったら、すぐさま首筋《くびすじ》に噛みついて食いちぎろう〟と、シアがあやしい動きをしないかずっと観察している。

殺伐《さつばつ》とした雰囲気《ふんいき》に緊張《きんちょう》が高まる。シアは緊張でしたたる汗《あせ》をそのままに、巨大《きょだい》な動物たちの視線が自分にそそがれているのを感じながらも平静を装《よそお》う。

（で、階段《かいだん》はどこにあるの？）

機密《きみつ》文書はいちばん下の階にあると確《たし》かに言っていたのに、下へ行く階段がてんで見当たらない。張りつめた空気に冷《ひ》や汗《あせ》がぶわっと噴《ふ》きでてくる。シアは掃除《そうじ》をするふりをしながら、うろうろと階段《かいだん》を探《さが》し回《まわ》る。床《ゆか》は干《ほ》し草《くさ》でおおわれていて、下の階へ続く階段の入り口を見つけるのは簡単《かんたん》ではなかった。

動物たちはまばたきひとつせずシアを熱心に見つめている。疑念《ぎねん》はふくらむばかり。座《すわ》りこんでいた彼《かれ》らが〝そのちびっこはごはんをくれないで、なにをやっているんだ？　うさんくさいな。あやしいぞ〟とばかりにふたたび立ち上がる。そして、一生懸命《いっしょうけんめい》に干し草をかき分けているシアをじろじろと見た。シアは動物たちがふたたび自分を食べ物として見はじめていることに気づき、不安で思考が止まってしまいそうだった。

そのとき一頭のブタがシアに突進《とっしん》した。猛烈《もうれつ》な空腹感《くうふくかん》で我慢《がまん》の限界《げんかい》に達したのだ。

「アアーッ！」

家ほどもある巨体《きょたい》に足を噛《か》まれ、シアは痛《いた》みと恐怖で声をあげた。しかし巨漢《きょかん》ブタは、そんなことはおかまいなし。かえってひどく興奮《こうふん》して、足をくわえたままずるずると、自分の寝床《ねどこ》に向かってシアを引きずりはじめた。

「アアッ！」

ほかの動物たちも一頭、また一頭とシアに近づいてきた。恐怖が押《お》し寄《よ》せる。シアは引きずられながら、目をぎゅっとつぶった。怖《こわ》くて全身が震《ふる》える。

ガコガコッ。引きずられ、床《ゆか》に指先がすれた拍子《ひょうし》になにかに当たる感触《かんしょく》がした。シアは体に電気が走ったかのようにカッと目を見開いた。取っ手だ！　床にある扉《とびら》の取っ手！　これを開けば、きっと下の階へ通じる階段があるはず。

さらに引きずられて離《はな》れてしまう前に、あわてて手を伸《の》ばして取っ手を握《にぎ》る。そのままブタに引っぱられたものだから、扉がガッタン、騒々《そうぞう》しく開いた。扉の向こうはまたしても洞《どう》窟《くつ》の闇《やみ》だ。でもシアの目にはまるで天国のように見えた。

嚙まれている足を抜《ぬ》こうとありったけの力を振《ふ》りしぼる。だが、そう簡単《かんたん》には抜けない。そのあいだにもブタは、シアが妖怪《ようかい》でないことを確信《かくしん》し、ブーブー鳴き声をあげてほかの動物たちに合図を送った。シアは扉のある前方へ必死に体を伸ばす。足はブタのよだれでびっしょりだ。ほかの動物たちがせまってくる。鼻息がすぐそばに感じられる。

いちばん先に到着《とうちゃく》したウシがシアの足に鼻を押《お》しつけた。鼻をフガフガいわせて、においを嗅《か》ぎまくる。ウシはシアをひとり占《じ》めしようと、足をくわえていたブタに巨大な体をぶち当てた。ブタは横に押しやられ、うなり声とともにシアの足を口から放す。

（今だ！）

シアは扉に向かってかけだした。同時に動物たちが彼女《かのじょ》に飛びかかる。太ったウシがシアの足を噛《か》もうと大きなひと口を開いたとき、シアは扉《とびら》の向こうに飛びこんだ。

ブタに噛まれた足に無理やり力を入れ、ためらうことなくふたたび闇《やみ》をつっ切って下りていく。途中《とちゅう》で何度も足の力が抜《ぬ》けて、ぶつかり、倒《たお》れ、転がったけれど、すぐに立ち上がり、歯を食いしばって走った。額《ひたい》ににじんだ汗《あせ》をぬぐうのも忘《わす》れ、唇《くちびる》をぎゅっと結び、痛《いた》みによるものか悲しみによるものか、出どころのわからないうめきをのみこみ、シアは走り続けた。

数時間のような数秒が過《す》ぎてゆく。まもなく階段《かいだん》の下にまた別の光が見えた。シアはそれにおびえるべきなのか、ほっとすべきなのかわからぬまま、後先考えず光のなかへ飛びこんだ。慎重《しんちょう》を期《き》そうとして、ちょっとでもためらって立ち止まるのは、時間を捨《す》てることと同じだ。

そして、出くわした光景にまたしてもおどろかずにいられなかった。さっきと同じようなこぢんまりとして明るく暖《あたた》かいその階には、シアがレストランに来てからたびたび出くわした卵《たまご》たちが集まっていたのだ。ここがエッグタイムに現《あらわ》れる無数の卵の発生地だったとは……。

適度《てきど》に保温《ほおん》された棚《たな》の上、整然と並《なら》んだ巣のなかでこつんこつんとぶつかり合う卵たちと、その卵を抱《だ》く雌鶏《めんどり》たちが牧歌的な風景をつくりだしている。騒《さわ》がしくはあったが、シアを噛みちぎろうとした巨漢《きょかん》ブタや巨漢ウシにくらべれば、卵はかわいい子どもたちだ。

安堵《あんど》のため息をつき、シアはまた下へ通じる階段へと進むために、床《ゆか》にある扉を探しはじめた。

「オイ、ソコ！」

だしぬけに歯切れのいい声が響《ひび》いた。振《ふ》り向《む》くと、卵が一個シアのほうへ転がってくるところだった。

「へっ？」

シアが中途半端《ちゅうとはんぱ》に受け答えると、卵は彼女のそばへ寄《よ》ってきて大声でさけんだ。

「ドウやらキミは妖怪《ようかい》でなく人間のようだね。なんのつもりでココへ来たか知らないけど、さっさとお帰り！」

卵は小さな手をしっしっと振って、早く行けとシアに合図した。そして妙《みょう》なことを言《い》い添《そ》えた。

「ココはもうじき危《あぶ》ないことになるんだってば！」

「それ、どういうこと？」

シアはまごついてたずねた。こんなにも平和でのんびりとした場所に危険《きけん》な要素《ようそ》はないように思えたからだ。

卵《たまご》が答えようと口を開きかけたとき、突然手遅《とつぜんておく》れだと告げる警報《けいほう》さながらに、地響《じひび》きのような音が聞こえてきた。卵たちがゴロゴロと床《ゆか》を転がる音だ。次の瞬間《しゅんかん》、地震《じしん》でも起こったように床が振動《しんどう》しはじめた。

シアがもう一度たずねようとすると、卵のひとつが唐突《とうとつ》に声をはりあげた。

「エッグタイムだ！」

ようやく状況《じょうきょう》を理解《りかい》した。同時に絶望感《ぜつぼうかん》が襲《おそ》ってくる。大騒《おおさわ》ぎに巻《ま》きこまれたくない。出入り口を探《さが》すために急いで体を動かしたが手遅れだった。いつのまにか室内は、床が見えないくらい大量の卵でぎっしりだった。みんな自分たちを必要としている部屋へ移動《いどう》するために、いそがしそうに転げ回っている。

シアはパニックになり、その場に固まった。卵たちが部屋をうめつくし、足の踏《ふ》み場《ば》もない。動くのは無理だ。

そうかといって彼《かれ》らが通《とお》り過《す》ぎるまで待っていれば、十分なんか完全に過ぎてしまう。あたりを見回して、下の階に続く扉《とびら》を探す。どんどん増《ふ》えてゆく卵のせいで手間取ったが、床面の端《はし》にある扉をなんとか発見した。よりによってシアからいちばん遠い位置だ。卵をみんなかき分けてそこまで行くなんて、時間がかかりすぎる。

手が小刻《こきざ》みに震《ふる》えだす。足はもっと激《はげ》しく、わなわなと震えている。不安と恐怖《きょうふ》で気持ちがあせる。どいてと必死にさけんでも、卵たちはきいてくれない。もうほとんど、あふれる卵たちのなかで泳いでいるような状態《じょうたい》で、足をずらすのもやっとだ。この速度では十分以内に下りてまた上がってくるどころか、下りるだけでも制限時間《せいげんじかん》を超《こ》えそうだ。

ますます混乱《こんらん》してゆく卵たちのてんやわんやのなかで、シアは絶望した。涙《なみだ》が出そうになる。このままだと心臓《しんぞう》をへドンにささげることになるだろう。

「オッ？　アッチを見て！」

突如《とつじょ》、空中から届《とど》いただれかのさけび声がシアの心を目覚めさせた。顔を上げて声の聞こえたほうを向くと、シアに危険《きけん》を知らせた卵がほかの卵の群《む》れにまじって、もがいているのが見えた。その子は小さな腕《うで》をバタバタさせて、シアの横のほうを指さしていた。

そちらを向くと、小さな光がひとつ、目に入った。シアはその光の正体に気づいてびっくりした。ホタルだった。小さいけれど明るい光を放ち、美しく飛び回るホタル。どうやってこんなところに入ってきたのかはわからないが、シアはとりつかれたようにその神秘的《しんぴてき》な生命を見つめた。

ホタルはシアの頭の上の空を切り、ゆったりと飛行して、彼女《かのじょ》のすぐ後ろにある壁《かべ》にぴたりと張《は》りついた。そして暗黙《あんもく》の抗議《こうぎ》でもしているみたいに、そこからかたくなに動かない。その存在感《そんざいかん》にただならぬものを覚え、ホタルのいる壁をまじまじと観察した。その壁はほかの場所よりも際立《きわだ》ってほこりが積もっていた。

ホタルの飛行経路《けいろ》をたどり、シアの手が壁へ伸《の》びる。手のひらで壁を一度すっとなでると、こまかいほこりが宙《ちゅう》に舞《ま》った。

卵《たまご》の数はふくれ上がっていた。たくさんの卵が波のようにうねって部屋から出ていくのだが、雌鶏《めんどり》が抱卵中《ほうらんちゅう》の巣から新しい卵たちが次々と産まれでてくるため、部屋じゅう卵でひしめいている。うじゃうじゃいる卵たちがシアの動きを邪魔《じゃま》したが、彼女は気にならなかった。それどころか、笑みがこみ上げてきた。壁をおおっていたほこりをすべてはらい落とすと、あるものが姿《すがた》を現《あらわ》したのだ。エレベーターだ。

「ありがとう」

シアはこのすてきなホタルにお礼を言い、ほほ笑んだ。形勢逆転《けいせいぎゃくてん》。秘密《ひみつ》の近道が現れたのだ。

ホタルをそうっとポケットのなかに入れると、エレベーターに乗りこむ。すぐさま墜落《ついらく》するかのような恐《おそ》ろしい速度で下降《かこう》するのに、目をぎゅっとつぶって耐《た》えながら、ここまでに費やした時間を計算する。階段《かいだん》を下りて家畜《かちく》をだまし、次の階段にたどり着くのに、おおよそ三〜四分。さらに下りて、エッグタイムから抜《ぬ》けでるまでにかかった時間は二分くらい。エレベーターが超高速《ちょうこうそく》だから、一番下の階まで下りてまた上がるのには数秒しかかからないはず。となると、機密《きみつ》文書を四分以内に取ってきてエレベーターに乗れば、十分以内にすべてを終えられるだろう。

手に汗《あせ》がじわっとにじむ緊張感《きんちょうかん》のなかで、シアはぬるぬるする両手を合わせ、どうか成功させてくださいと心から祈《いの》った。そうして頭のなかを整理して覚悟《かくご》を決めたとき、エレベーターがすとんと止まり、目的地に着いたことを告げた。いよいよ扉《とびら》が開く。心臓《しんぞう》が太鼓《たいこ》のようにどんどこ鳴《な》り響《ひび》いている。シアは深呼吸《しんこきゅう》をしながらエレベーターを降《お》りた。

肌《はだ》に猛烈《もうれつ》な熱さを感じ、思わず顔を上げる。青い炎《ほのお》がシアめがけて飛んでくる。ものすごいスピードだ。悲鳴をあげ、かがみこむ。炎はシアの上半身があった空間を通《とお》り過《す》ぎ、一瞬《いっしゅん》にして消えうせた。心臓がバクバク跳《は》ねる。身構《みがま》えつつ前方をうかがった。もう炎は見えない。シアは気持ちを落ち着かせながらエレベーターの外に出た。ほかの階と違《ちが》って暗かった。ホタルの小さな光だけをたよりに、あちこちいそがしく視線《しせん》をめぐらせる。

「おっ！　おっ！　おおっ！　むむっ、なんと！」

どこかから大声が飛んできてシアをびくっとさせた。

「いやはや、シアさんでしたか！」

「ヒーロー？」

ちんまりとした龍《りゅう》、ヒーローがほがらかな顔でちょこちょこと寄ってきた。まったく予期せぬ登場にシアは言葉を失った。ヒーローはなにがそんなにうれしいのか、へらへら笑っている。客人を出迎《でむか》える家主さながらにシアのもとへ向かい、親しみのこもった手つきでシアをぽんぽんとたたいた。

「ああ、ごめんなさい、シアさん！　稼働《かどう》停止中のエレベーターがいきなり動いたものだから、侵入者《しんにゅうしゃ》かと思って攻撃《こうげき》してしまいました」

ヒーローは明るい声でぺちゃくちゃ言った。たった今、恐《おそ》ろしい炎《ほのお》を放ったことなど、なんてことない日常《にちじょう》のひとこまだという調子だ。

「ちょうど退屈《たいくつ》していたところなんです！　おいらに会いにここまで足を運んでくださるとは、これはこれは感激《かんげき》だなあ」

ぽうっと赤らんだ顔を両手でおおいながら、大げさにはしゃいでいる。

「ですよね、きっとおいらに会いたくなるはずだって、思っていましたよ！」

笑顔で大歓迎《だいかんげい》してくれるヒーローを見ていると、シアはおどろきとともにうれしくなった。

しかし、ヒーローのように再会《さいかい》をのんきによろこんでいる余裕《よゆう》はない。シアは気を引きしめ直した。

「ヒーロー、前にここで守護《しゅご》する仕事をしているって言ってたでしょ。それって、もしかして……」

「あっ！　そうですよ！　おいらはここで、レストランの秘密《ひみつ》のレシピが記された機密《きみつ》文書を守護しているのであります」

ヒーローは声をはりあげて自慢《じまん》げに言った。

「なにしろ当レストランの料理の秘法《ひほう》ですからね、厳重《げんじゅう》に管理して外部の攻撃から守らなければなりません。というわけで、この仕事に見合った威厳《いげん》と強大な力を持つおいらが、その文書を管理しているのであります」

シアは心がどこかへ飛んでいきそうだった。どうしてもっと早く気がつかなかったのだろう。ヒーローがここでなにかを守っていることは前に聞いて知っていたのに。

「ヒーロー」

はずむ心を抑《おさ》えて、シアは努めて冷静に彼《かれ》の名を呼《よ》んだ。

「そのレシピの文書、ちょっとのあいだだけ私《わたし》に貸《か》してくれないかな？　私、今……」

「だめです」

言い終えてもいないのに、きっぱりとした拒絶《きょぜつ》が返ってきた。耳を疑《うたが》うくらいヒーローらしからぬ断固《だんこ》とした声だった。

「ヒーロー、誤解《ごかい》しないで。私、これ、ほんとに急いでいて……」

「だめです」

まただ。繰《く》り返《かえ》すところを見ると、どうやら聞《き》き間違《まちが》いではないらしい。気づけばシアは、さびしさと恨《うら》めしさのあふれる切実なまなざしで彼《かれ》に訴《うった》えていた。

だがヒーローは徹底《てってい》していた。

「申《もう》し訳《わけ》ありませんが、これは当レストランの機密《きみつ》です。外部にもれた場合、レストランの存続《そんぞく》にかかわる大打撃《だいだげき》を受ける可能性《かのうせい》があるんですよ」

興奮気味《こうふんぎみ》のヒーローが大げさに説明した。

「こういう機密文書は、ふらっとやってきて、貸してと言えば貸してもらえるような、そんな簡単《かんたん》なものではありません。シアさん、たとえあなたでもです」

シアはがっくりして顔がこわばりはじめた。久々《ひさびさ》の任務遂行《にんむすいこう》で情熱《じょうねつ》に燃《も》えているヒーローは、つんとあごを上げて気取っている。

「これはレストランの従業員《じゅうぎょういん》にもむやみに渡《わた》せない文書なんです。そうでなきゃ、おいらがここにいる意味がないでしょう?」

にやりと笑みを浮《う》かべ、いばってみせた。そして小さな指で自分の後ろをさした。

「あそこに金庫が見えますよね?」

シアは眉間《みけん》にしわを寄《よ》せる。ヒーローがしめしたほうに目をやると、暗い室内にひっそりと置かれた金庫がひとつ、おぼろげに見えた。ふーんっと長い鼻息を吐《は》いたヒーローが、胸のあたりにぽんぽんっと手を当てて息巻《いきま》いた。

「文書はあの金庫のなかにあります。おいら以外、だれも開けられません。もし、開けられるよ、ということなら、どうぞお試しを。開けられたら、持っていっていいですよ」

いたずらっぽい目つきでシアをからかった。やれるものならやってみろと言わんばかりの、しゃくにさわる口ぶりだ。シアは迷《まよ》わず金庫に近づく。金庫は木で頑丈《がんじょう》につくられたものだ。伸《の》ばしさえすれば手が届《とど》くけれど、開けるすべがない。

ヒーローが自信満々なのも無理はない。なんだか新品のようにも見えるその金庫には、いくら探《さが》しても扉《とびら》がなかった。いったいどうやって文書を出し入れするんだろう？　シアは首をひねった。知恵《ちえ》をしぼって金庫を開け、早く文書を持ってもどらなければならない。ヒーローだけが開けられるというこの金庫。どんなふうにヒーローをそそのかせば、これを開けさせることができるだろう。じりじりした気持ちでじだんだを踏《ふ》みながら、脳《のう》みそをフル回転させる。十分たつ前に早くもどらないと。

ヒーローに備《そな》わっている彼《かれ》ならではの能力《のうりょく》を思い返してみた。そのときふと、炎《ほのお》が脳裏《のうり》をよぎった。

（そうだ、この子は龍《りゅう》よ。火をつくりだせる。そして、この金庫は……、アッ！）

そこまででじゅうぶんだった。シアは急いでヒーローに向き直った。今こうしているあいだにも過《す》ぎてゆく一分一秒がもったいない。

「ねえ、ヒーロー」

ヒーローが顔を上げる。シアは口角を引き上げ、ゆがんだ笑みを浮《う》かべた。

「ほんとにあなたが文書を守っているの？　ほかにも龍がいるんじゃないの？」

唐突《とうとつ》な挑発《ちょうはつ》に、ヒーローのひとみがとまどうように揺《ゆ》れた。彼は一瞬《いっしゅん》、自分の耳を疑《うたが》ったようだが、シアのゆがんだ笑みを見たとたん、眉根《まゆね》を寄《よ》せた。

「はあ！　ちょっと、シアさん！　おいらをからかっているんですか？」

悔《くや》しさ、さびしさ、憤《いきどお》りといった気持ちがそのまま乗っかった彼の声が室内に響《ひび》いた。だが、シアは引かない。

「だってそうじゃない？　龍だとか言っときながら、背《せ》は私《わたし》の腕《うで》の長さくらいだし、炎《ほのお》だって、さっき見たけど、すごく小さかったもん」

ヒーローの顔が赤く染《そ》まる。今にも涙《なみだ》がぽとりと落ちそうな目をしている。彼は小さな手をぎゅっと握《にぎ》りしめ、わなわな震《ふる》えながらさけんだ。

「ひどいじゃないですか！　シアさんはなにも知らないくせに……」

「じゃあ、見せてみてよ」

シアは落ち着きはらって言い返した。できるかぎりしゃくにさわるような表情《ひょうじょう》をつくり、腕組《うでぐ》みをして憎《にく》まれ口をきく。

「あなたがほんとうに強い龍だってことを証明《しょうめい》してみせてってば」

顔をつんと上げ、高慢《こうまん》な態度《たいど》でヒーローを見下ろす。満足のいく完璧《かんぺき》な演技《えんぎ》だ。もちろんヒーローには申《もう》し訳《わけ》ないと思ったけれど、しかたがない。

「できないとでも思っているんですか？　よく見ていてくださいよ！　おいらがものすごい

龍《りゅう》だってことを証明《しょうめい》してみせます！」

ヒーローは泣《な》きさけんだ。なんと単純《たんじゅん》なのだろう。心のなかで意地悪な笑みを浮《う》かべたシアは、すずしい顔を装《よそお》った。

「うん、じゃあ、そっちに向かってやってみせて。できるかぎりのいちばん強いところを見せてね」

シアが言い終わるやいなや、ヒーローは自分を見下したシアに見せつけるように、おびただしい量の激《はげ》しい火炎《かえん》を手から噴《ふ》きだした。強烈《きょうれつ》な青い炎《ほのお》がロケットのように発射《はっしゃ》され、金庫めがけて猛獣《もうじゅう》のごとく突進《とっしん》する。すさまじい火力だ。ヒーローの手から一気にぶわっと火花がほとばしるのを間近で目撃《もくげき》することになったシアは、口がひとりでにぽっかり開いていた。でも、今は花火を見物している場合ではない。シアはすぐに冷静さを取りもどした。

「もうじゅうぶん」

低い声で言った。ヒーローは炎を止めて誇《ほこ》らしげに胸《むね》を広げ、おほめの言葉を期待するキラキラしたまなざしをシアに送った。しかし、シアの興味《きょうみ》は別のところにそそがれていた。

シアが前方へ歩みでる。ほの暗い室内に足音が静かに響《ひび》く。

「あった」

落ち着いた声が反響《はんきょう》した。自信満々の笑みを浮かべてもどってくるシアの手には、なんと羊皮紙の巻物《まきもの》が握《にぎ》られていた。ヒーローの目が大きく開かれた。

「いや、どうやって……？」

シアは静かに笑う。

「金庫に扉《とびら》がついてなかったでしょ。それに、なんだか新品みたいに見えた。だから、開けるときはヒーローの火で燃《も》やしていて、毎回新しいものをつくっているんじゃないかなって思ったの。木製《もくせい》の金庫は燃えたとしても、なかの文書は、あんなに重要だって言ってるんだから、きっと燃えないように細工をしてしまってあるはず、と推測《すいそく》したわけ」

今度はヒーローが口をぽっかり開けてシアを見ていた。シアがやってみせろとうながした方向に金庫があったとは。室内が暗いせいでヒーローは気づいていなかったのだ。ぼうぜんと立ちつくすヒーローに、シアはやさしくほほ笑み、文書を振《ふ》って見せた。

「ありがとう。あとで必ず返すから」

シアは意気揚々《いきようよう》とエレベーターに乗った。

棒立《ぼうだ》ちになっているヒーローを置き去りにして扉が閉《し》まり、エレベーターは超高速《ちょうこうそく》で一気に上昇《じょうしょう》した。そうして何秒が過《す》ぎただろう。胸元《むなもと》で合わせた両手で心臓《しんぞう》がバクバクしているのを感じつつ、心の底から祈《いの》っていたシアは、エレベーターが止まって扉《とびら》が開くが早いか、外へ飛びだした。どうか十分を過《す》ぎていませんように、と願いながら……。

幸い部屋にはだれもいなかった。シアは呼吸《こきゅう》を整えて頬《ほお》のほてりを落ち着かせながら、飼育室《しいくしつ》のドアを見つめる。ますます高鳴る鼓動《こどう》が、空っぽの室内の沈黙《ちんもく》を裂《さ》いてゆく。

ほどなくして、静寂《せいじゃく》に応《こた》えるかのように、音もなくドアが開いた。余裕《よゆう》たっぷりに入ってきたルイは、文書を手にして立っているシアを目の当たりにし、こおりついたように足を止めた。ルイのひとみがかすかに揺《ゆ》れる。信じられない、というまなざしでシアを見つめ、彼《かれ》は言葉を失った。沈黙が流れる。

ルイのこおった目を受け止めているシアの顔に、じわじわと誇《ほこ》らしげな笑みがこぼれはじめる。間違《まちが》いない。正真正銘《しょうしんしょうめい》ミッション成功！

おどろきとよろこびに胸《むね》をふくらませ、シアはそのまま部屋を飛びだした。地下室へまっしぐらにかけ下りて、ぜえぜえと肩《かた》で息をしながらドアを開けた。

どんよりとした地下室のなかで半分死んだようにぼんやりしていたヤコブとジュードは、ドアが大きな音をたててガバッと開くと、一斉《いっせい》にシアへ視線《しせん》を向けた。

ドアのところで息を切らすシアをとらえたジュードの目が皿のように丸くなった。ジュードは長い足を生かした大股《おおまた》歩きでシアに突進《とっしん》し、いきなりシアの両肩をがしっとつかんだ。

「どうなった?」

あせった顔でたずねる。

「えっ?」

返事はたったそれだけだったのに、緊張感《きんちょうかん》のないシアの表情《ひょうじょう》だけでもジュードは察しがついた。

「成功したんだな!」

ジュードは明るい顔になり、ヒャッホホと笑って、シアの肩をばしばしとたたく。

「やったね! さすが僕《ぼく》の妹分だ!」

「だれがあなたの妹分なのよ?」

そんなふうに言いながらも、シアもまたジュードと一緒《いっしょ》に晴れやかに笑っていた。ついさっきのきわどい瞬間《しゅんかん》の数々が、たいしたことではなかったように感じられた。そうしてふたりがぴょんぴょん飛《と》び跳《は》ねていると、後ろから雷《かみなり》が落ちた。

「うるさい!」

振《ふ》り返《かえ》ると、ヤコブが荒《あ》れくるった猛獣《もうじゅう》のようになっていた。

「このマヌケなハトども！　おまえたちの目には、わたしがひまそうな魔女《まじょ》に見えるのか！　いつまでもしゃべり散らしているつもりなら、部屋に入るなりしてさっさと消えうせな！」

ヤコブは音楽に陶酔《とうすい》した指揮者《しきしゃ》のように手を華麗《かれい》に舞《ま》い踊《おど》らせ、ハトを追いはらうようなそぶりをした。シアとジュードはすぐさま口をつぐみ、ジュードの部屋へそうっと移動《いどう》した。

「それで、どうやってやり遂げたんだ？　ちょっとくわしく話してみろよ」

部屋に入るなり、ジュードは目を輝《かがや》かせ、シアに話すようせかした。なんだか度が過《す》ぎるほどはしゃいでいる。とはいえシアにしたって、かなりの興奮状態《こうふんじょうたい》なのは同じだ。浮《う》かれて口を開こうとした瞬間《しゅんかん》、シアはふと、なにかがおかしいことに気づいた。

「なあ、ほら！」

ジュードは矢も楯《たて》もたまらない様子で、黙《だま》りこんだシアの体を押《お》したり引いたり、ぶんぶんと揺《ゆ》さぶってせき立てた。シアはどことなく神妙《しんみょう》な顔つきのままだ。ゆっくりと、シアの視線《しせん》がジュードのコーヒー色のひとみへと移《うつ》る。

「どうして……知ってるの？」

唐突《とうとつ》な質問《しつもん》にジュードは渋《しぶ》い表情《ひょうじょう》を見せたが、シアは話を続ける。

「さっきルイと地下室を出ていくとき、あなたは私《わたし》がなにをしに行くのか知らなかったわよね。それなのに、どうやって知ったのかしら？」

シアはいぶかしげなまなざしをジュードに向けた。ジュードの顔がだんだんと赤く染《そ》まってゆく。ひとみがシアの視線を避《さ》けて、あっちへ行ったりこっちへ来たり、いそがしく動く。そんな様子がいっそう不審《ふしん》をいだかせた。

「話して」

今度はシアがジュードをせかす。

「なんのこと……？」

語尾《ごび》をにごしてわからないふりをしたが、残念ながら彼《かれ》には演技《えんぎ》の才能《さいのう》などこれっぽっちもなかった。

「なんのことを言ってるか、わかってるでしょ」

問いつめると、ジュードは気まずい空気に耐《た》えられなくなって結局は降参《こうさん》を宣言《せんげん》した。

「……わ、わかったよ。話すよ、話すってば」

ジュードは一度、ふうーっと大きなため息をついた。シアがルイについていったあとのことをどう知ったのか、彼は視線を床《ゆか》に向けたまま、長い説明をだらだらと並《なら》べる。

「君が出ていったあと、ひとりで地下室にいたんだけど、ヤコブがちょうど目を覚ましたんだ。それで、僕《ぼく》の表情《ひょうじょう》を見てなにごとかと聞くから、状況《じょうきょう》を大まかに話したんだ」

ちらりとシアをうかがってから説明を続ける。

「そしたらヤコブが、君がなにをしに行ったか自分は知っているって、いばって言うからさ。それでヤコブに聞いたんだよ。どうして連れていかれたのかをね」

ジュードはばつが悪いみたいで、それ以上は話さなかった。シアは自分のまなざしを避《さ》けるジュードを鋭《するど》く見つめた。ようやくパズルのピースが合ってきた気がした。シアの口元に笑みが浮《う》かぶ。

「あのホタル、あなたがよこしたのね?」

針《はり》でチクリと刺《さ》されでもしたみたいに、ジュードは体をびくっとさせた。その反応《はんのう》がすべてを語っていた。はずかしさをかき消そうとしてジュードが意味もなく大声を出したので、シアはぷっと吹《ふ》きだした。つまり、シアが危険《きけん》にさらされていることを知ったジュードが、彼女《かのじょ》を救《すく》うために、自分が持っていたホタルを送りこみ、エレベーターを見つけさせてくれたのだ。

「ありがとう、あなたがいなかったら無理だった」

シアが心からお礼を言うと、まだぷんぷんとわめいていたジュードがすぐにおとなしくなった。うれしかったのか、今度はてれて黙《だま》りこんでしまったので、シアは彼《かれ》をいつまでも見つめていないでそっとしておいてあげようと思い、部屋を出ることにした。

楽しいひとときに区切りをつけ、シアは満足そうな笑顔で地下室に入った。すみっこでヤコブが古びた本をめくりながら、なにやらよくわからない呪文《じゅもん》を大声でさけんでいる。そんなヤコブの姿《すがた》はいつ見てもあやしげだったが、それ自体にもうすっかり慣《な》れっこになっていた。

シアがそばへ寄《よ》ると、なにかに熱中していたヤコブが動きを止め、シアのほうにさっと顔を向けた。

「なんだい？　用件《ようけん》だけお言い！」

野太い大声が飛んできた。シアはうっすらほほ笑む。

「ありがとう」

思ってもみなかった突然《とつぜん》のお礼に、ヤコブは目をぱちくりさせた。それから分厚《ぶあつ》い唇《くちびる》を開き、シアの顔ほどの大きさの巨大《きょだい》な四角い歯をにやりと見せた。ヘビのような不敵《ふてき》な笑みだ。

「なにがありがたいんだい？　おまえに感謝《かんしゃ》されるようなことをしてやった覚えはないけどね」

シアは知っていた。

「いいえ、ジュードが私《わたし》のことを助けられるように、私の状況《じょうきょう》を話してくれたじゃないですか。違《ちが》うって言っても、私、わかってます。あなたがほんとうは、ずっと最初からこの状況を全部見守っているってこと。それに、ほんのたまに私を助けてくれていることも」

ほかの妖怪《ようかい》たちが話さないハーツの過去《かこ》について教えてくれたのはヤコブだ。どこからどう手をつければよいのかわからず途方《とほう》に暮《く》れていたシアに、ハーツを味方につけろと方向性《ほうこうせい》をしめしてくれたのもヤコブだ。そして残念ながら、ヘドンに人間の心臓《しんぞう》を食べろという処《しょ》方箋《ほうせん》を出したのも、やはりヤコブだ。女王、ハーツ、悪魔《あくま》、ヘドン、呪い、シア。

この奇怪《きかい》な世界が回るように舵《かじ》を取っているのは、ひょっとするとヤコブなのかもしれないという気がした。事の発端《ほったん》をつくった張本人《ちょうほんにん》であり、あらゆる状況を見張《みは》り、決定的瞬《しゅん》間《かん》には前面に出て、事が展開《てんかい》してゆく方向をちょっぴり調整しつつ、みなが気づかぬうちにそこからするりと抜《ぬ》けでていくこの魔女。彼女《かのじょ》の思惑《おもわく》は、シアには皆目《かいもく》わからない。

だが、ひとつだけ確《たし》かなことがある。ヤコブはシアを助けている。それが純粋《じゅんすい》な善意《ぜんい》による行為《こうい》でないことぐらいは、もちろんシアにもわかる。なぜハーツについて教えてくれるのかというシアの問いに、自分のものを取りもどすためだと言ったヤコブの返事が、今もはっきりと脳裏《のうり》に刻《きざ》まれている。

背たけの半分を占《し》める巨大《きょだい》な顔に、リボンとレースだらけのツツジ色のドレスがまったくつり合っていないこの不思議な魔女は、一見した印象ほどに単純明快《たんじゅんめいかい》ではなかった。巨大な頭から無造作《むぞうさ》に吐《は》きだされる言葉の数々さえも、ねじくれてからみ合っているように思えるし、怖《こわ》いものなしなのだと証明《しょうめい》しているようにも感じる。

「わたしがおまえを助けてやっているだって？　あきれたね！　ずいぶんと自分に都合のいいように、大げさに解釈《かいしゃく》したもんだ。わたしはただ退屈《たいくつ》しのぎに話してやっただけさ」

この言葉だって、真っ赤なうそだということを、シアはまだ知らない。

14. 女王の城

「ウワアァーッ！」

恐怖《きょうふ》におびえた声が、ひっそりと静まり返ったろうかに響《ひび》き渡《わた》る。

「助けてください！　来ないで！」

大粒《おおつぶ》の涙《なみだ》を舞《ま》い散《ち》らせながら、ヒーローがあわれな声をはりあげた。

「待てぃ！」

泣こうがわめこうが、おかまいなしだ。なんとしても捕《つか》まえてやるという意気ごみに満ちた声が返ってくる。

広々としたろうかを走りながらヒーローは涙を流していた。むなしかった。あの文書を守ることだけにひたすらはげんできたのに、今、彼《かれ》はたった一度のミスで人間に文書を奪《うば》われ、事もあろうにステーキになりかけている。みじめな気持ちで目をしばたたかせ、ひとみからぽろぽろこぼれる涙をのみこんで、ヒーローはあわれにも逃《に》げ回《まわ》っていた。追いかけてくる料理人の目つきは、飢《う》えたライオンのようだ。

「ごめんなさい！　もう二度と文書を奪われたりしません！」

ヒーローは逃げながらも、ちっちゃな小指を宙《ちゅう》にかかげて指切りのジェスチャーをしてみせたが、むだだった。不幸にもこの料理人は度が過《す》ぎるほど自分の仕事に情熱《じょうねつ》を燃《も》やしていた。

「あっしに手を合わせたって、むだなこった。あっしだって上のお方から言われたとおりに動くだけでやんすから……」

口ではどうしようもないと言っているが、彼のぎらつくひとみを見れば、ヒーローを料理の材料として望んでいることは明らかだ。

これまで重要な文書を守って管理する番人役を務《つと》めてきたヒーローは、レストランで特別待遇《たいぐう》を受けてきた。おかげでつややかなミルク色の鱗《うろこ》はよく整って見事だったし、てらてらと輝《かがや》く銀色のたてがみも見るからに手入れが行きとどいていた。

「逃げるな！」

料理人がさらに大声でどなりつけながら追ってきて、それにおどろいたヒーローはうわーんと泣き声をあげて、息もたえだえに逃《に》げ回った。

「だから、逃げてもむだだっつーの！　ハーツがあんたを料理しろと言った以上、あんたは……」

「ハーツ？」

涙《なみだ》をのみながら逃げていたヒーローが、料理人の発した名前を聞いてぴたっと立ち止まった。

「捕《つか》まえた！」

やっと捕まえて、料理人はほうれい線がくっきりのにこにこ顔だが、ヒーローはまったく動揺《どうよう》していない。平静を取りもどし、悲壮感漂《ひそうかんただよ》う表情《ひょうじょう》で口を開いた。

「おいらをハーツのところに連れていってください。今すぐに」

どうせ逃げ続けることはできない。ならいっそ、こんなとんでもないことを命じたという、その上のお方に直談判《じかだんぱん》するほうが有意義《ゆういぎ》だろう。

「勝手なことをほざきなさんな。あんたの行く先は、あっしの料理室のまな板の上だけでやんす！」

勢《いきお》いづいた料理人はこの魅力的《みりょくてき》な材料を使って料理できることに心を躍《おど》らせてさけんだ

が、ヒーローは料理人が思うほど、御《ぎょ》しやすくはなかった。

ヒーローが宙《ちゅう》にかかげた指をはじくと、その上に小さな青い炎《ほのお》が燃《も》え上《あ》がった。黄金色のひとみが光る。

「龍《りゅう》が本気を出す前に、言うことをきいたほうがいいですよ」

料理人の顔に火を近づけて自信ありげにほくそ笑んだ。この料理人の攻撃《こうげき》を逃《のが》れても、どうせ別の料理人たちが捕まえようとするだろうし、彼《かれ》らを倒《たお》せばまた別の料理人たちが来る。それを何度も繰《く》り返《かえ》すうちに捕まるのは目に見えていたし、そんなことをしている場合でもない。

「もう一度言います。おいらをハーッのところに連れていってください」

ごちゃごちゃと下《した》っ端《ぱ》ばかりを相手にしてつかれてしまうより、一気にぽーんと飛《と》び越《こ》えて上のお方とやらにご対面するほうが効果があるというものだ。

ヒーローの指の上で炎が盛《さか》んに舞《ま》い、熱く燃え立っている。料理人は顔をしかめた。彼に選択権《せんたくけん》はなかった。

「……チェッ。しかたねえか。けど、そのあとは、あっしの料理室に黙《だま》ってついてくるんだぞ」

同意を得たヒーローは炎《ほのお》を消しながら明るく笑う。

「どうでしょうね、おいらがハーツと対面したあとも、おいらを料理しろという命令は続行されるでしょうか？」

思わせぶりな言葉を口にして、気取った様子で顔を上げた。そして固く握《にぎ》ったこぶしを宙《ちゅう》につき上げ、勇ましくさけんだ。

「いざ、ハーツのもとへ……！」

ヒーローの行動が気に入らないのか、いつのまにか彼《かれ》を両手でかかえていた料理人は眉間《みけん》のしわをさらに寄《よ》せたが、すぐにあきらめたように歩きだした。ヒーローはみこしに乗っているような気分だった。歯が丸見えになるほどの笑顔で浮《う》かれている。いたずらっ子のような楽しげな笑みの奥《おく》で、ナイフのようなキバが光る。

「これからどんなことが起こるか、わくわくしますね。きっと見応《みごた》えのある展開《てんかい》になりますよ」

ヒーローはくっくっと笑った。龍《りゅう》対悪魔《あくま》。ここで会ったが百年目だ。にこにこの黄金色のひとみから茶目っ気がすうっと消え去り、鋭《するど》い眼光《がんこう》に豹変《ひょうへん》した。

（こりゃ、戦いがいがありそうだな）

一方そのころ、ハーツがいる場所では、冷たい夜風が欄干《らんかん》を乗《の》り越《こ》えてバルコニーのなかに吹《ふ》きこんだ。冷気を感じたハーツはフードで頭をおおった。とげのような長いまつ毛の下で、黒いひとみが表情《ひょうじょう》もなくバルコニーの外をながめた。

——その仕事にかかっているあいだ、女王にみつぎ物を届《とど》ける仕事は休ませてやろう。

少し前にヘドンが言っていたことが頭に浮かんだ。人間が失敗しそうなレストランの仕事を命じて心臓《しんぞう》を持ってくる代わりに、女王の宮殿《きゅうでん》へみつぎ物を届ける仕事を休ませてくれる……。

それを聞いたときには、もう二度とあのうんざりする女王様のご尊顔《そんがん》を拝《はい》せずにすむと思ったが……成功した。人間が。飢《う》えた家畜《かちく》たち、エッグタイム、いくつかの障害物《しょうがいぶつ》を仕掛《しか》けておいたのに、それらのすべてをくぐり抜《ぬ》け、龍が守る文書を持ってきたのだ。

ルイから成功の知らせを伝えられたときは、とうとうルイが過労《かろう》で頭に異常《いじょう》をきたし、冗談《じょうだん》を言っているのだと思った。

——だがもし、おまえの命じたレストランの仕事を人間が成功させたときには、おまえはこれでもかというほどのみつぎ物を女王に届けねばならないことになるぞ。

まともに聞こうともしなかったヘドンの最後の言葉が実現《じつげん》されるとは、夢《ゆめ》にも思っていなかった。ハーツは目を閉《と》じ、そして開けた。真っ黒な空に、見たくもない女王の顔が油絵のように描《えが》かれ、いらだちが襲《おそ》ってきた。消そうとしても消えない。飛行を始めるためにむさ苦しい巨大《きょだい》な翼《つばさ》を広げかけた。ちょうどそのとき、ドォーンと派手《はで》な音をたててドアが開き、背後《はいご》からピーチクパーチクと耳ざわりな声が響《ひび》いた。

「ハーッ！　逃《に》げもかくれもせず、正々堂々、真っ向勝負といこう！　おたくとおいら！　一対一で！」

声の聞こえてくるほうに顔を向けると、小さな龍《りゅう》が勇ましい表情《ひょうじょう》でハーツをにらんでいる。その後ろには料理人が、身の置きどころがない様子で、たらたらと汗《あせ》をたらして立っていた。

状況《じょうきょう》のあらましを把握《はあく》したハーツがあきれ顔で料理人に目をやる。

「料理しろと言ったろ。こっちに連れてこいと言ったか？」

小さな龍がおかまいなしにさけぶ。

「うるさい！　罪《つみ》のない善良《ぜんりょう》なものを苦しめたりしていないで、ふたりで小細工なしの腕《うで》くらべだ！」

ハーツの視線《しせん》がヒーローに移《うつ》った。空虚《くうきょ》なひとみがヒーローを冷たく見つめる。ヒーローはハーツが攻撃《こうげき》してくると予想して準備態勢《じゅんびたいせい》をとった。静寂《せいじゃく》が流れる。ほどなくしてハーツがおもむろに体を動かしたと思ったら、向きを変えて欄干《らんかん》のほうへ歩いていく。ヒーローはおどろきのあまりハーツの後ろ姿《すがた》をぽかんとながめた。

(まさか、完全無視《むし》ってこと?)

ハーツは今にも空へ飛び立つかのように、巨大な翼を広げて欄干の前までつかつかと進んだ。こちらがはずかしくなるくらいハーツが無関心なのだから、こちらだって黙《だま》って背《せ》を向けてもよさそうなものだったが、ヒーローはけっして引き下がらない。指を勇ましく前方へ伸《の》ばして火花を飛ばした。青い炎《ほのお》が空気を裂《さ》いてめらめらと燃《も》え上《あ》がり、ハーツの左腕めがけて突進《とっしん》した。

左腕に痛《いた》みが走り、おどろいたハーツがくるりと振《ふ》り向《む》いた。ヒーローは冷たい視線を浴びながら頭を後ろにそらし、居丈高《いたけだか》に彼を見上げた。

「文句《もんく》があるなら、さっさとかかって……」

言い終わらないうちに、目にもとまらぬ速さでハーツが飛びかかった。あっというまにハーツのこぶしがすさまじい力でつき刺《さ》さる。ヒーローは小さな腹《はら》に大打撃《だいだげき》を受け、床《ゆか》を破壊《はかい》しながら吹《ふ》っ飛《と》んだ。激痛《げきつう》によろめいているあいだに、ハーツは向き直ってまた前に進む。

しかし、これしきであきらめるヒーローではない。ふたたび炎《ほのお》を放つ。さらにいらついたハーツが瞬速《しゅんそく》でヒーローに飛びつく。ロケットのように向かってくる彼《かれ》から殺気《さっき》を感じ取ったヒーローは攻撃《こうげき》を避《さ》けてバルコニーの欄干《らんかん》へ逃《に》げた。そしてすかさずハーツに炎を放ち、ぱっと空中に身を躍《おど》らせた。

すっかり頭にきたハーツはずる賢《がしこ》い龍《りゅう》を追って空へ飛びこんだ。漆黒《しっこく》の巨大《きょだい》な翼《つばさ》を荒々《あらあら》しくばたつかせ、いくつかの雲を通《とお》り抜《ぬ》け、暗い空の上へ上へとのぼってゆく。強風が吹《ふ》きすさび、おどろおどろしい音をたてた。

羽をはためかせ、周囲を見渡《みわた》す。目につくのは四方を包む雲だけだ。翼と向かい風がぶつかってたてる騒音《そうおん》のなかで、ハーツはもう龍を追うのはやめて女王の宮殿《きゅうでん》に行こうと考えた。

前方へ飛びだした瞬間、彼をすっぽり丸飲みできるほど巨大な火の手が上がった。ハーツは身をよじって炎をかわした。大火炎《だいかえん》の熱がじりじりと肌《はだ》を焼く。その白い火の手は、部屋で龍が放った青い炎とはくらべものにならないくらい大きくて熱かった。

ハーツは妙《みょう》な気配を察知して、あたりを見回す。深海のような暗い空中で雲が視野《しや》をさえぎっている。白く霧《きり》がかった雲のあいまに、それを超越《ちょうえつ》するくらい大きななにかが動いているのが見えた。

雲越しにじっと見つめる。そして、雲を裂《さ》き分《わ》け、徐々《じょじょ》に姿《すがた》を現《あらわ》したのは、山ひとつぶんはゆうに超《こ》える巨大な一頭の龍だった。黄金色のひとみをぎらつかせてハーツと向き合う、その神々しい姿《すがた》から荘厳《そうごん》かつ孤高《ここう》のオーラが漂《ただよ》っている。

「……サプライズ」

ヒーローがささやいた。

ちんまりした龍のどんでん返し。虚《きょ》をつかれたハーツは目を走らせて、龍をなめ回すように見た。小さな龍は、今や山をひとつ、ひょいとひっくり返せるほど雄大《ゆうだい》でたくましく変身し、海中の人魚のように空を切りながら尾をうねらせている。雲よりも清らかなその姿は、さっきまではなかった威厳《いげん》にあふれていた。ヒーローはハーツのそばの空を悠々《ゆうゆう》と泳ぐ。ミルク色の体を動かすたびに、夜空はまるで昼がおとずれたかのように明るく光り、つり上がった黄金色の鋭《するど》いひとみがあやうげにきらめく。

ハーツはなぜ龍が自分を屋外へ誘《さそ》いだしたか気づいた。室内では巨大な図体《ずうたい》を思う存分《ぞんぶん》に動かすことができないからだ。

不自然にこわばっていたハーツの唇《くちびる》がゆっくりとゆるみはじめた。

「図体がでかくなれば勝てると思ってるのか？」

ヒーローは彼《かれ》の落ち着いた声にあざけりがまじっていることに気づいた。

憎《にく》まれ口に応《こた》えるかのように、おびただしい量の火をハーツめがけて噴《ふ》きだす。幽霊《ゆうれい》みたいに真っ白な炎《ほのお》が広がった。一発でハーツを灰《はい》にしてしまう勢《いきお》いだ。ハーツはいったん炎をかわしてから電光石火のごとくヒーローに突進《とっしん》する。待ってましたとばかりに噴きだされる炎をよけて、厚《あつ》みのある体に飛びついた。知らぬまに鋭《するど》く伸《の》びていたハーツの爪《つめ》がヒーローの体に食いこんだ。

爪が血管にぶすりっと深くつき刺《さ》さる感触《かんしょく》。ハーツは歯をむきだして笑った。理性《りせい》を失って輝《かがや》く笑みをたたえたのは、彼ではなく悪魔《あくま》の顔だった。ハーツとヒーローは飢《う》えたけもののように互《たが》いをひっかき、もつれ合い、噛《か》みちぎる。彼らは雲におおわれた空に浮《う》かぶひとかたまりの塵《ちり》のようだった。

刃先《はさき》のような爪がヒーローの胴体《どうたい》をぐさりと刺し、赤い血が流れでた。巨大《きょだい》な体躯《たいく》がのたうち回る。ヒーローは苦痛《くつう》にもだえながら頭をそり返らせ、鋭いキバでハーツの肩《かた》を噛みちぎった。肩に走る激痛《げきつう》に、ハーツはうめき声をあげて後退《こうたい》する。

とたんに真っ白な炎が空全体をおおった。ハーツはすばやく身を引いてかろうじて逃《のが》れたが、ふと異変《いへん》を感じてそちらに顔を向けた。片方《かたほう》の翼《つばさ》の先端《せんたん》がこげついている。

「はあ！　うわさに聞いていたあのカラスの羽も、たいしたことなかったな。おいらの火花一発で灰になってしまうだなんて」

ヒーローは自分のもたらした成果に浮かれた。嫌《いや》みったらしい言いようにもハーツは無《む》表情《ひょうじょう》のまま、なんの反応《はんのう》も返さない。ヒーローは一瞬《いっしゅん》とまどう。

「どうした、なぜ黙《だま》ってる！　ついに降参《こうさん》するってこと……」

微動《びどう》だにしないハーツに意気揚々《いきようよう》とした声で言いかけ、おもむろに顔を上げたハーツを見て、言葉を止めた。

ハーツの目のなかでは猛烈《もうれつ》な吹雪《ふぶき》がうずまいていた。にごりを増《ま》したひとみは殺気《さっき》をたたえ、怒《いか》りでぎらついている。予期せぬ反応にヒーローはうろたえた。自分がハーツを打ち負かせば、ハーツは恐《おそ》れをなして泣きすがり、ひれ伏《ふ》すとばかり思っていたのだ。もう二度と龍《りゅう》のステーキをつくれなんて命令しませんから、と。

ヒーローがたじろいでいると、ハーツの口から思わぬ言葉が発せられた。

「龍のステーキになれって話は取り消そう」

(龍のステーキは取り消す？　そりゃ、ありがたいけど)

黒いひとみににらみつけられて、ヒーローは混乱《こんらん》した。今にも首を絞《し》められそうで、ぞっとする。

「生きたまま油で揚《あ》げてフライにしてやるぜ」

ささやくような声が頭の奥深《おくふか》くにつき刺《さ》さった。ヒーローは自分の耳を疑《うたが》い、こおりついてハーツを見つめた。

その瞬間《しゅんかん》、目では追えぬ速さでハーツが飛びかかった。まるで地上の全重力から自由になったかのように。かっかと燃《も》え上《あ》がるこぶしが彗星《すいせい》のごとく飛んでくる。

「女王のとこへ行ってこいってヘドンに命令されたのに、おかげで女王の城《しろ》まで徒歩で行かなきゃならねえだろうが」

とてつもない力が巨大《きょだい》なヒーローめがけて振《ふ》り下《お》ろされた。空が揺《ゆ》れた。ヒーローは力なくよろめき、ばったりと前のめりに倒《たお》れた。

ヒーローはハーツの怒《いか》りの理由をようやく知った。自らが招《まね》いた状況《じょうきょう》を理解《りかい》し、ごくりとつばをのむ。こうなったら方法はひとつしかあるまい。


ぽっかり開いた空の上、巨大なミルク色の体が雲を切って飛んでゆく。そして、そんなヒーローの体の上に不慣《ふな》れな姿勢《しせい》で座《すわ》り、ぶつぶつ文句《もんく》をたれているのはほかでもない、ハーツだ。

「……ああ、ほんとむかつく」

ふてくされながらも、落っこちないようにヒーローのたてがみをつかんだ両手からは力を抜《ぬ》かない。体の上でがちがちになっているハーツを感じつつ、ヒーローもつっけんどんに返す。

「こちらにしても、おたくをおぶって飛ぶのはうれしくないですが」

ハーツがバカにしたように鼻を鳴らして言い返す。

「女王の宮殿《きゅうでん》まで送ってもらったからって、おまえを生かしてやるとでも？　レストランにもどったら、おまえは揚げ物機に直行だ」

だがヒーローも負けていない。

「では、降《お》りてください。どうぞ徒歩で行ってくればいいですよ」

「……フライは撤回《てっかい》しよう」

そうして、ふたりは女王の宮殿まで、ああだこうだと言い合いながらも仲よく飛んでいった。

数時間がたち、朝が来た。陽光が女王の宮殿《きゅうでん》に差し、反射《はんしゃ》した光が四方に明るい道をかたちづくっている。夜の旅とはてしない口論《こうろん》につかれきっていたヒーローとハーツは、女王の宮殿が視界《しかい》に入るとほっとした。

「ここからは、降《お》りて歩いていく」

ハーツが口を開いた。

「女王の兵士はとんでもなく神経質《しんけいしつ》なやつらだ。どでかい、トカゲ、が自分たちのほうに飛んでくるのを見たら、パニクって攻撃《こうげき》してくるはずだ」

ヒーローはハーツの言葉選びが気に入らなかったが、文句《もんく》をつける元気はなかった。黙《だま》って地面に降《お》り立《た》つ。下では春風がそよそよと緑の野原を揺《ゆ》らしていた。

元の大きさにもどったヒーローもハーツも地に足を着けるのは久《ひさ》しぶりだ。足元がおぼつかない感覚がして一瞬《いっしゅん》よろめきながらも、お互《たが》いのことは無視《むし》して宮殿に向かって歩きはじめた。

しばらくして宮殿の真ん前にたどり着いたとき、ヒーローは宮殿の外観を見て口をあんぐりと開けた。飛んでいるときは反射光のせいでよく見えなかったが、近くで見ると宮殿は、彼《かれ》がこれまで暮らしてきたレストランとはまったく違《ちが》っていた。とても個性的《こせいてき》で、ある意味シンプルすぎるとも言える。木よりも高く、太陽よりは低く、宙《ちゅう》に浮《う》かんでいる宮殿はダイヤモンド型だった。どんな宝石《ほうせき》よりもまぶしいその輝《かがや》きは、まるで銀河《ぎんが》からくり抜《ぬ》かれたようだ。その目新しさにヒーローは興味《きょうみ》をそそられ、ハーツを追いかけてそばへ寄《よ》った。あたかも鏡のように太陽をそのまま照り返して輝いている建物の一部分が、ハーツとヒーローの立っている方向にぱかっと開かれた。

またたくまに現《あらわ》れた通路を、ヒーローは足を止めてながめた。一方、すでに慣《な》れっこのハーツは両手をポケットにつっこんだまま建物のなかへと入っていく。ヒーローは急いであとを追う。おもしろい見せ物を逃《のが》す手はない。

宮殿内部の部屋は床《ゆか》よりも天井《てんじょう》のほうが広く、逆台形構造《ぎゃくだいけいこうぞう》だった。円錐《えんすい》ふたつの底面をくっつけたようなダイヤモンド型の外形が、内部にもそのまま反映《はんえい》されているようだ。たぶん中間地点を過《す》ぎて上へ行くと、今度は逆《さか》さまではない台形の部屋がどんどん小さくなりながら続いているのだろう。床と壁《かべ》、天井はすべてクリスタルをとかしてつくったような華《はな》やかな輝きを放っている。まるで氷のトンネルみたいだ。そして、そのトンネルは広くて空っぽだった。

「女王の宮殿だというのに、なぜだれもいないんですか？」

喧騒《けんそう》よりも恐《おそ》ろしいものは沈黙《ちんもく》である。奇妙《きみょう》なほど静まり返った宮殿内《きゅうでんない》の様子に、ヒーローが小声でたずねた。

「んなわけないだろ。みんなかくれてるのさ」

ハーツが当然のように答えた。

「今だって、あっちの柱と壁《かべ》のあいだのあちこちにかくれて、おれたちを見てる」

頭でさししめしながらハーツはぼそっと言った。

「おれたちがおかしなまねをしたら、すぐさま取《と》り押《お》さえるために」

ヒーローはあたりを見回す。だれかがかくれているにしては、ちっとも気配がしない。がらんとしていて空恐《そらおそ》ろしくなった。

「女王は今ごろ、おれたちが到着《とうちゃく》したって報告《ほうこく》を受けて、待ちかまえているはずだ。早く来いよ。長く待たせるとおこられるんだよ」

ハーツは遠くに立っていたヒーローをせかして広い宮殿を横切り、慣《な》れた様子でどこかへ向かって歩いていく。ヒーローはちょこちょこと彼《かれ》のあとに続く。ふたりは派手《はで》な扉《とびら》の前に着いた。扉には宝石《ほうせき》をこまかくくだいたキラキラとした粉がベタベタと塗《ぬ》りたくられていた。

この扉の向こうが目的地だと気づいたヒーローは、静かに深呼吸《しんこきゅう》をした。妖怪島《ようかいじま》で最強の権力《けんりょく》と影響力《えいきょうりょく》を持つ統治者《とうちしゃ》、女王とご対面する瞬間《しゅんかん》がまもなくやってくる。ヒーローはてかてかした壁を鏡代わりに自分の姿《すがた》を点検《てんけん》した。彼とは正反対に、ハーツは迷《まよ》う必要などないとでもいうようにガタンと扉を開けてなかに入る。扉を開けたとたん、真っ白な室内から冷気が伝わってきた。

ハーツのあとについて室内に入ると、ヒーローはざくっざくっという、なじみのない床《ゆか》の感触《かんしょく》が気になった。ごわごわしているのに、やわらかい。どんな素材《そざい》だろうと思って見下ろすと、意外な光景が目に入った。床をうめつくしているのは、まるで白い海のような純《じゅん》白《ぱく》のシルクだった。じゅうたんでもないシルクの布《ぬの》を、なんだって床に敷《し》いたりしたんだろう。ヒーローは女王の野放図なむだづかいに心のなかで毒づきながら、白くてやわらかい波に沿《そ》って視線《しせん》を移《うつ》す。真っ白なシルクは上へ上へと続き、まるで雪におおわれた山のようだ。さらに視線を上げると、部屋じゅうを満たすほど広がる布がドレスの裾《すそ》であることに気づいた。ドレスは黄金の王座《おうざ》へと長く続いている。シルクの正体はウエディングドレスだった。

ドレスを着た女王が王座にしっかと腰《こし》を下ろし、彼らを見下ろしている。まるで、この世で最も美しい、目を開けた死体のようだ。女王のがりがりにやせた体は、長いドレスでもかくすことができず、青ざめた顔は、美しいけれどひどくこけていて、骸骨《がいこつ》を思い起こさせた。

眉毛《まゆげ》はなく、大きな目の下には濃《こ》いくまがあった。真っ青な唇《くちびる》は、一度も開いたことがないかのように固く閉《と》ざされている。太めのウエーブを描《えが》いて胸《むね》までたれた髪《かみ》の上に、金の王冠《おうかん》が輝《かがや》いていた。

女王は今にも死んでしまいそうな様子だ。そんな状態《じょうたい》でウエディングドレスを着てなんとも言えない雰囲気《ふんいき》を漂《ただよ》わせる女王の姿《すがた》に、ヒーローは目が釘《くぎ》づけになった。ドレスに沿《そ》って視線《しせん》を移《うつ》すと、肩甲骨《けんこうこつ》あたりのドレスのすきまからうすい羽がきれいに伸《の》びていた。目を凝《こ》らす。羽のかたちはちょうど……ミツバチのそれと同じだった。ハチ……。

そのとき、目ざとい龍《りゅう》のヒーローは後ろ側の裾《すそ》の下に大きな銀色の毒針《どくばり》を見つけた。毒針と羽、そのかたちと大きさからして、女王バチに違いない。好奇心のままに、ほかのところも観察してみようと振《ふ》り返《かえ》った。真っ白な室内は、とかした雪でつくられたようにキラキラ輝《かがや》いていて、その左右の壁《かべ》に、兵士たちが整然と配置されている。みんなミツバチだった。金色の鎧《よろい》で武装《ぶそう》した兵士たちの尻《しり》には、しっかりとした太さの毒針が鋭《するど》くつきでていたし、うすい羽が肩甲骨のあたりにはっきり見てとれた。

予想外のいでたちに、ヒーローはにわかに楽しくなった。ずっとレストランのなかで暮《く》らしていたから、見るもの聞くものすべてがものめずらしい。地位が王であるばかりか、ほんとうに女王バチだなんて、実におもしろい状況《じょうきょう》ではないか。自分が新しい冒険《ぼうけん》をしていることに感激《かんげき》しつつ、ハーツのあとを追った。

いつのまにか王座《おうざ》の前まで進んでいたハーツが、おもむろに片《かた》ひざをつき、頭《こうべ》をたれた。冷たい緊張感《きんちょうかん》がおごそかな沈黙《ちんもく》をきりきりとしめ上げてゆくなか、ハーツが口を開く。

「妖怪島《ようかいじま》最大のレストランのオーナー、ヘドン様が、女王様の寛大《かんだい》な御心《おこころ》でその罪《つみ》をお許《ゆる》しいただけますよう、贈り物《おくりもの》をささげます」

ハーツは彼《かれ》らしからぬていねいな言葉づかいと礼をつくし、フード付きのコートの内側から豪華《ごうか》な品々をひとつずつ取りだした。ぱっと見ただけでもとてつもない値段《ねだん》であろうことがわかるシルク、甘《あま》い香《かお》りがほんのり漂うワイン、色とりどりの輝《かがや》きを放つ宝石《ほうせき》などなど、魅力的《みりょくてき》な贈り物が次々と出てきた。

みつぎ物のお披露目《ひろめ》が終わると、またしても沈黙がおとずれた。ハーツとヒーローはうつむいたままだ。まわりを見回すことはできない。

部屋のなかの空気はこおりついていて、だれひとりとして口火を切らない。ハーツの言葉は女王たちの耳に届《とど》いていないのではないかとヒーローが疑《うたが》いはじめたころ、長いドレスが大理石の床《ゆか》を引きずる音が聞こえてきた。まだ頭を下げているせいで彼女《かのじょ》の表情《ひょうじょう》は見られなかったが、ハーツはカツカツと響《ひび》くヒールの音が自分に向かっていることだけは、はっきりとわかった。氷山のような床《ゆか》にヒールが鋭《するど》く刺《さ》さる。今にもヒビが入って床が割《わ》れそうだ。少しして、ゆっくりと一定のリズムで響いていた音がハーツの前で止まった。床にヒビ割れは起こらず、すべて異常《いじょう》なしだ。

ハーツは目の前に広がる長いドレスをじっと見た。真っ白なドレスの裾《すそ》をつたって、尊大《そんだい》な声がすべり落ちてきた。

「ヘドン、王令違反《いはん》」

主人の罪名《ざいめい》をうたいあげる、刃《やいば》をとぐような声にも、ハーツは微動《びどう》だにしない。

「ハーツ。規律《きりつ》違反、社会秩序《ちつじょ》を乱《みだ》し、王の名誉《めいよ》を失墜《しっつい》させた」

自身の前にひざまずいたものの名を呼《よ》びながら、女王は冷静に言葉をついだ。

「はんっ！　ところが今、そのものたちが許《ゆる》しを請《こ》うている」

ドレスの裾から、ルビーをぎっしりちりばめた靴《くつ》が飛びだしている。その細くとがったつま先がみつぎ物を横へ蹴《け》りやった。がらくたのようにあつかわれた品々が床の上を転がる。

女王はハーツにぐっと近づく。

骨《ほね》ばった指が一本するっと下りてきてハーツのあごを持ち上げた。女王の顔は今や息づかいが届《とど》くほど、ハーツの無表情《むひょうじょう》な顔に接近《せっきん》していた。頭にのせた金の王冠《おうかん》が前方へかたむくのも気にせず、さらに頭を下げてハーツにささやく。

「許すべきか、許さざるべきか?」

やさしいとすら言えそうなその声には、もう刃をとぐような響きはなかった。ハーツは心のなかで笑った。

「どうぞご自由に」

手を伸《の》ばし、かたむいた王冠の位置を直してやりながら返事をする。

「泣きを入れているのは、おれではありませんから」

関心がなさそうに言うと、女王はにっこりとほほ笑み、彼《かれ》のあごを支《ささ》えていた指を離《はな》した。

女王は振《ふ》り返《かえ》り、まっすぐ王座にもどった。そして尊大な表情のまま王座《おうざ》にもたれた。

ヒーローは不安げなおももちで女王と兵隊の様子をうかがった。ハーツが無神経《むしんけい》な返事をしてから女王の雰囲気《ふんいき》がどことなく変わったことを感じ取っていた。そのとき、だらっと座《すわ》っていた女王が兵隊に向かって意味ありげな視線《しせん》を送った。すると兵士たちはヒーローに抵《てい》抗《こう》するすきも与《あた》えず、ハーツとヒーローの手首に、銀色に光る手錠《てじょう》をかけはじめた。

「なっ、なんですか?」

あわてたヒーローがたずねたが、兵士たちの厳《きび》しい目つきを和らげることはできなかった。ヒーローはすがるようないじらしいひとみでハーツをぱっと見上げる。しかしハーツは、物騒《ぶっそう》なハチの群《む》れに逮捕《たいほ》されることがルーティンのひとつであるかのように、落ち着きはらっていた。それどころか兵士に軽口をたたいている。

「あっ、あっ。お手やわらかに頼《たの》むぜ。跡《あと》が残らないようにさあ」

そう言いながら当たり前のように手首を差しだす姿《すがた》は、実に見ものだった。ヒーローはあきれ返り、ふつふつと怒《いか》りがこみ上げてきた。だが事態《じたい》はすでに、ついていくのがやっとなくらい急ピッチで進んでいた。

「今回も自信満々だこと」

手錠《てじょう》をはめられたハーツを見下ろして女王は言った。

「そなたがヘドンのみつぎ物を届《とど》けに来るたび、同じことの繰《く》り返《かえ》しだわ。毎度毎度、あたくしがそなたを閉《と》じこめて、そんなあたくしから、そなたはいつだって逃《に》げおおせるのだから」

彼女《かのじょ》はやさしくささやいた。濃《こ》いくまの上のひとみは今にも焦点《しょうてん》を失いそうなほど弱々しいというのに、まなざしには女王の感情《かんじょう》がくっきりと表れている。

「もう、あきれる気にもならない。いいえ、むしろ、今度はどんな方法であたくしの手をすり抜《ぬ》けるのか、楽しみなくらいよ」

期待に満ちたまなざし。女王は明らかに、この状況《じょうきょう》を楽しんでいた。彼女にとってはすべてが芝居《しばい》ごっこのようなものだった。自身の手の内に閉じこめて相手が抜けだせないように、より強く、より痛《いた》く、がんじがらめにしめ上げてゆく芝居……。

「あたくしにこんな快楽《かいらく》を与えてくれる妖怪《ようかい》は、この世にそなたひとりしかいない」

芝居の結末は毎回同じだったが、負けがこむほど負けん気がめらめら燃《も》え上《あ》がるというものだ。

「だからそなたは特別なのだ」

そしてその負けん気は、ときに所有欲《しょゆうよく》へとエスカレートしていく。

「結婚式《けっこんしき》で会いましょう。花婿殿《はなむこどの》」

愛情《あいじょう》と執着《しゅうちゃく》、その曖昧《あいまい》な境界線《きょうかいせん》で終わりなくさまよう。

手錠をかけられた状態《じょうたい》で兵士たちに連れられて部屋を出るときも、ハーツに緊張《きんちょう》した様子はなかった。いや、かえって普段《ふだん》より気分がよさそうにさえ見えた。

彼の態度が理解《りかい》できず、あきれたヒーローはハーツの背中《せなか》に向かってさけんだ。

「頭んなかが空っぽなんですか！　そんなどっしり構《かま》えて、その余裕《よゆう》はどこから来てるんだよ！　頭がちっこいから脳《のう》も豆粒《まめつぶ》ほどしか入っていないんですか？」

「頭のサイズは、おまえのほうがちっこくないか？」

ハーツは兵士たちが楽に取《と》り押《お》さえられるように腕《うで》を広げてやりながら、冷ややかに返した。ただでさえ怒《いか》りがこみ上げてきているのに、いやなところをついてくる……。ヒーローはさらに興奮《こうふん》した。

「そんな揚《あ》げ足《あし》を取ってる場合ではないでしょう？　おいらは今、化ける前の状態《じょうたい》だから小さいんじゃないですか！」

「わぁお、脳の大きさと機能《きのう》は関係ないんだな。はじめて知ったぜ。おまえがバカなのは化けてもおんなじだったぞ」

手錠《てじょう》を見下ろしてにべもなく返した言葉がヒーローのささくれ立った心を逆《さか》なでしたが、妖怪島《ようかいじま》の支配者《しはいしゃ》の前だけに、度が過《す》ぎる動きはできない。

くすくすと笑う女王に適当《てきとう》なあいさつの言葉をつぶやき、ヒーローは後ずさった。彼《かれ》もまた兵士たちに捕《つか》まって、どこかへ連れていかれるほかなかった。いくら女王の兵隊とはいえ、ハチの群《む》れごときが龍《りゅう》を連行するなど、とうてい許《ゆる》しがたいことだ。それでも、ぎゃーぎゃーわめき立てるのは品性《ひんせい》に欠ける行為《こうい》だと心得ていた。〝ハーツがうまい策《さく》を考えてあるさ〟と考えることにして、ひとまず兵士たちに導《みちび》かれるままおとなしくついていった。

そうしてろうかのつきあたりにある部屋に監禁《かんきん》されたとき、ヒーローは一縷《いちる》の望みを託《たく》してハーツを振り返《ふりかえ》った。だがハーツは、足が痛《いた》いとぼやいて豪華《ごうか》なソファに寝転《ねころ》がってしまった。

「いったいどうしようっていうんですか？　もう兵隊もいなくなったことだし、このすきにこっそり抜《ぬ》けだしたほうが……」

たまりかねたヒーローが抑《おさ》えていた不満を大声で吐《は》きだした。腕を枕《まくら》にして、ゆったりした表情《ひょうじょう》でソファに横になっていたハーツが、つむっていた目を開けてヒーローを見る。

「アホなことを……。そんなことしたら犬死にだぞ。外には兵士がわんさかいるってのに」

ヒーローは引き下がらない。

「でも、おいらたちは龍と悪魔《あくま》です！　あいつらは一介《いっかい》のミツバチにすぎません。おいらとおたくが手を組めば、それこそ最強ですからね、あれしきのハチ軍団《ぐんだん》、倒《たお》せませんか？」

ハーツはやんわりと痛いところを指摘《してき》する。

「おまえの言うように、やつらがただのミツバチだったら、この国の女王を補佐《ほさ》できると思うか？」

のほほんと爪《つめ》をなでつつ、ハーツは〝チェッ〟と舌打《したう》ちをする。

「さっき気がついただろうけど、女王はハチだ。女王バチ。そして、ここにいるミツバチはみんな、女王の子どもなのさ」

「そんな、えっと、あの兵士たち全部が女王の子どもということですか？」

おどろいたヒーローがきき返すと、ハーツは当然のように答えた。

「そうだってば。だから、女王の肉体から産まれた兵士たちが、どれほど彼女《かのじょ》に対して献身《けんしん》的《てき》かって話。あいつらは産まれると同時に忠誠《ちゅうせい》をつくすよう洗脳《せんのう》されていて、命をささげてでも女王に従うんだ」

「どうしてわが子をそんなふうに利用できるんです？」

「女王はあいつらを、わが子だなんて思っちゃいない。自分のために身をささげて働く消《しょう》耗《もう》品としか考えてないんだ。ミツバチのなかで女王バチだけが生殖《せいしょく》機能《きのう》を持ってるっていうことを利用して、できるかぎり子どもをたくさん産んで、膨大《ぼうだい》な規模《きぼ》の軍隊をつくっているのさ」

もとより彼女は、愛と慈悲《じひ》という感情《かんじょう》を葬《ほうむ》って生きてきた。だからこそ女王という地位と権力《けんりょく》を手に入れられたし、あらゆるものを従属《じゅうぞく》させて君臨《くんりん》できた。

「女王は日に数十、ときには数百匹《ぴき》の子どもを産む。だから彼女の兵士の数は無限《むげん》とも言えるぜ」

それが、女王がこの国で王座《おうざ》を守るすべだった。

「もちろん女王ひとりで子どもを産むことはできない。配偶者《はいぐうしゃ》が必要だ」

なるほど。ヒーローはうなずいた。われらが尊《とうと》き女王は愛をお断《た》ちになったけれど、またそれを必要ともされている。

「そんなわけで女王はいつだってウエディングドレスを着てる。一日に何度も結婚《けっこん》して、式が終わるたびに配偶者の魂《たましい》を吸収《きゅうしゅう》して出産するのが彼女の日常なんだ。そして、魂を吸《す》い取《と》られた配偶者は、たちまち屍《しかばね》になっちまう」

今までどれだけ大勢《おおぜい》の男が、この世で最も美しい式を挙げたのち、新婦《しんぷ》の無情《むじょう》な足元で冷たくなっていったのだろう。そしてこの先どれだけ大勢の男が、そうやって悲惨《ひさん》な最期を遂《と》げるのだろう。

「女王と結婚式を挙げたら、おたくも魂を吸い取られて死を迎《むか》えることになるんですね」

女王がハーツに結婚式で会おうと告げていたことを思いだした。ヒーローは不安げな目でハーツを見上げた。女王がハーツとも結婚式《けっこんしき》を挙げたいと望んでいるということは、ハーツがヘドンのみつぎ物を届《とど》けに来るたび、女王は彼《かれ》と式を挙げようとしたはずだ。しかしハーツはだれとも契《ちぎ》りを結んでいないばかりか、ちゃんと生きている。

(何度も繰《く》り返《かえ》し襲《おそ》ってきた試練《しれん》を、ハーツはどうやって逃れてきたんだろう?)

ヒーローの心の内を読み取ったのか、ハーツはそんなの決まっているとでもいうように答えた。

「正解《せいかい》は、脱出《だっしゅつ》だ。いつものごとく」

ついさっき、ここの兵士の数は無限《むげん》だと言っていたのに、いともやすやすと脱出なんて口にするのを聞いて、ヒーローは思わず反論《はんろん》する。

「あんなにたくさん兵士がいて、こんなすみっこの部屋に閉《と》じこめられているのに、いったいどんな手を使って脱出するっていうんです? しかも、ここの兵士たちは……」

「なにが問題だ?」

脱出という二文字の裏《うら》にある矛盾《むじゅん》をヒーローが順に列挙しようとすると、ハーツは余裕《よゆう》の笑みを浮《う》かべてヒーローを見つめた。

「いつも脱出に成功してきた専門家《せんもんか》がここにいるのに」

そう言われても、ヒーローはすっきりしない。

「じゃあ、話してみてくださいよ。今回はどうやって脱出するつもりなんですか？」

核心《かくしん》をつく言葉に、ハーツの目が細く鋭《するど》くなった。ゆっくりとつり上がる口角はすでに自信に満ちあふれている。そして、そのまぶしいぐらい邪悪《じゃあく》な笑みを目にしたとき、ヒーローは気づいた。自分が今、あの悪名高きならずもの、妖怪島《ようかいじま》でいちばんの大悪党《だいあくとう》と一緒《いっしょ》にいるんだということを……。

ハーツはもうソファに横たわってはいなかった。広くて華《はな》やかな部屋のかたすみに置かれた緑色の姿見《すがたみ》の前に立ち、全身を映《うつ》して、今回の結婚式ではどんな礼服を着ることになるのかと考えていた。なんでもかまわないけれど、できれば前回みたいにキチキチでないといい。動きやすいように。

考えながらハーツはにやりと笑った。悪党のペテン芝居《しばい》はそうして楽しげに計画されたのだった。

紅茶色《こうちゃいろ》の時計はその下に立つ悪党の想像《そうぞう》につきあうことにすっかり飽《あ》きてしまい、長針《ちょうしん》が数歩先へと逃《に》げていった。兵士の指示《しじ》に従《したが》って礼服に着替《きが》えたハーツは、袖《そで》のボタンを留《と》めながら式場へ向かっていた。

厳粛《げんしゅく》なおももちの兵士たちに両脇《りょうわき》をガードされ、彼《かれ》らの規則的《きそくてき》な足音に歩調を合わせて進んでゆく。式場に入る前、ハーッは厨房《ちゅうぼう》の横ではたと足を止めた。突発的《とっぱつてき》な行動に、兵士たちは警告《けいこく》のこもったまなざしでハーッをにらむ。ハーッは後ろ暗いところなどないかのように両腕《りょううで》を大きく開いてみせた。

「ちょっと水を飲んできてもいいか?」

いきなりの要請《ようせい》をあやしんで、兵士たちは警戒態勢《けいかいたいせい》を強める。ハーッはため息をついた。

「ほんとに水を飲むだけだってば。そんなに疑《うたが》うなら手錠《てじょう》をかけてもいいぞ」

そう言って両手をひょいと差しだす。

「……よろしい。ただし、わたしが同行する」

兵士のひとりが警戒を解《と》かずに応えた。手錠がかけられるのをおとなしく見ていたハーッは肩《かた》をすくめた。

「好きにしろ」

手錠をされた状態《じょうたい》でハーッは兵士と一緒《いっしょ》に厨房へ入った。少しして、ほんとうになんの問題も起こさずにもどり、やがて式場の前に着いた。枠《わく》に金で模様《もよう》がほどこされた赤い扉《とびら》の前で、ハーツはしたり顔で笑みを浮《う》かべた。

深く息を吐《は》き、黒い礼装《れいそう》によく合う真っ黒な髪《かみ》をなでつける。

「さてと、じゃあ始めるか」

ハーツはひと息にドアを開け、式場のなかに踏《ふ》み入《い》った。レッドカーペットの上を堂々と歩いていく新郎《しんろう》の、キツネのように細くなった目の奥《おく》で、黒いひとみが自信満々に輝《かがや》いた。

ガチャン。ハーツが脱出《だっしゅつ》を図る場合に備《そな》えて、外から式場に鍵《かぎ》をかける音が、まるで音楽のように軽やかに響《ひび》き、ついにペテン芝居《しばい》は幕《まく》を開けた。

訳者あとがき

本書『妖怪島《ようかいじま》のレストラン1　迷《まよ》いこんだ少女』は、韓国《かんこく》の小説『기괴한《キグェハン》 레스토랑《レストラン》』一巻《かん》の全訳《ぜんやく》です。主人公は十五歳《さい》の女の子、シア。ある日、ふと目が合ったネコの紫色《むらさきいろ》と金色のオッドアイにいざなわれ、妖怪島のレストランに迷いこみます。レストランのオーナーで謎の病気をわずらう妖怪のヘドンが、唯一《ゆいいつ》の治療薬《ちりょうやく》である人間の心臓《しんぞう》を必要としていたのです。ヘドンのために心臓を差しだすことは、すなわち死を意味します。もちろんシアは死にたくなどありません。一カ月以内に別の治療薬を見つけるという条件《じょうけん》で猶予《ゆうよ》が与《あた》えられ、シアは妖怪島にとどまることになります。

妖怪島のレストランはきわめて奇怪《きかい》な世界でありまして、静かなのに騒々《そうぞう》しく、神秘的《しんぴてき》で美しいのにおどろおどろしい。入れ代わり立ち代わりで真逆《まぎゃく》のムードに包まれるのですから、シアは心のなかも頭のなかも大混乱《だいこんらん》。望まずして一カ月をそんなところで過《す》ごすことになり、なんとか自分なりに理解《りかい》して立ち向かおうともがく姿《すがた》は、あらがうことのできない荒波《あらなみ》に身をまかせて大きく揺《ゆ》れる小舟《こぶね》の上に立っているかのようです。読者のみなさん、このヒヤヒヤするような冒険《ぼうけん》を、妖怪島《ようかいじま》の世界を、どうぞみなさんの心に自由に浮《う》かべてみてください。ブックデザイナーのムロフシカエさんと画家の木原未沙紀《きはらみさき》さんが手がけた日本語版《にほんごばん》の表紙イラストが、よき足がかりとなるでしょう。奇々怪々《ききかいかい》な妖怪たちと出会い、身に降《ふ》りかかる無理難題《むりなんだい》を、ときには周囲の助けを借りながら、とんちをはたらかせて乗《の》り越《こ》えてゆくシアと共に、ゾクゾクしながら進んでいくのがこの物語の醍醐味《だいごみ》です。

ひとつおどろくべきことをお伝えしておかなければなりません。原作者のキム・ミンジョンさん、実は無名の新人作家だったのです。この物語が投稿型《とうこうがた》ウェブ小説サイトではじめて世にお目見えすると、無料で読める連載《れんさい》が進むにつれて、「読みだしたら止まらない！」「外国のアニメのようなのに作家が韓国人《かんこくじん》でびっくり！」「続きが気になる！」といったコメントが相次ぎ、ベスト連載小説に選ばれて人気はさらに拡大《かくだい》。「本で読みたい！」と、紙の本としての出版《しゅっぱん》を切望する声が高まり、二〇二一年九月、紙の書籍《しょせき》として刊行《かんこう》されるに至《いた》った、たいへんめずらしいケースのひとつなのであります。

ほんの数年前のことですが、それまで韓国ではファンタジー小説といえば、主に『ハリー・ポッター』のような外国作品の翻訳版が一般《いっぱん》に広く親しまれていて、韓国人作家の作品はマニアだけが楽しむジャンルという位置づけでした。ところが二〇二一年、韓国発のファンタジー小説のおもしろさが評価《ひょうか》される機運が盛《も》り上《あ》がったのです。きっかけは、この『妖怪島のレストラン』を手がけた出版社が世に送り出した『달러구트 꿈 백화점』(ドルグート夢百貨店。日本語版は『夢《ゆめ》を売る百貨店　本日も完売御礼《かんばいおんれい》でございます』(文響社))という作品で、本作の先輩格《せんぱいかく》にあたります。同じく電子書籍で人気を博して紙の書籍として出版され、大ベストセラーとなりました。韓国型ファンタジー小説は、移動《いどう》が制限《せいげん》されたコロナ禍《か》でより身近なエンターテインメントとして受け入れられ、子どもから大人までが楽しめるジャンルとして今ではすっかり定着しています。

さて、本作に登場する妖怪には、悪魔《あくま》の力を宿した大悪党《だいあくとう》のハーツ、偏屈《へんくつ》な魔女《まじょ》ヤコブ、自分の血をそそいで植物を育てる庭師《にわし》、死ぬまでしゃべり続けるワイワイ・ガヤガヤおばさん、涙《なみだ》で酒をつくる飲兵衛《のんべえ》などがいますが、レストランの従業員《じゅうぎょういん》である彼《かれ》らが語るさまざまな価値観《かちかん》は、現代社会《げんだいしゃかい》を生《い》き抜《ぬ》くわたしたちにとって道しるべとなるものが少なくありません。たとえばこんな具合です。

〝人生には愚《おろ》かで無謀《むぼう》な勇気が必要なときだってたくさんある〟

〝希望は、その先が不確《ふたし》かだからこそ、より美しい。相いれないものなのに不安と希望はいつだって一心同体の友だちなのだ〟

まだ十五歳《さい》のシアには理解《りかい》に苦しむ考え方も登場します。それぞれにとっての正義《せいぎ》、働《はたら》くこと、生きていくということについて、シアと一緒《いっしょ》に考えてみてもらえたらうれしいです。

『妖怪島《ようかいじま》のレストラン』は全三巻《かん》で構成されています。今、手に取って開いてくださっているこの本では物語が完結しません。一巻に描《えが》かれているのは、シアに与《あた》えられた一カ月のうちのほんの十日ほどなのです。生存《せいぞん》を懸《か》けたシアの冒険《ぼうけん》の旅路はまだ始まったばかり。

旅の同行者となってくださる方々に感謝申《かんしゃもう》し上《あ》げます。また二巻でお会いしましょう。

二〇二四年十月

山岸由佳

キム・ミンジョン（김민정／Kim Min Jeong）
古典文学を好み、延世大学で英文学を修める。『不思議の国のアリス』『ナルニア国物語』『ウィキッド』、そして映画「ロード・オブ・ザ・リング」「パイレーツ・オブ・カリビアン」「千と千尋の神隠し」などを入り口にファンタジー作品への興味の芽を育て、六年の年月をかけて本作を執筆。十代から二十代へと成長する六年の間にいだいた気持ちや思いの変化をさまざまなキャラクターの個性に投影させた。

山岸由佳（やまぎし　ゆか／Yamagishi Yuka）
北海道出身。東京外国語大学卒業。テレビ番組制作会社勤務を経て2001年に渡韓。現地にてディレクターとして韓国映画ドラマ情報番組を手がけるかたわら、ライターとして韓流雑誌などに寄稿。2008年より韓日翻訳者として活動。訳書に『普通のノウル』（評論社）、字幕翻訳作品にドラマ『ザ・グローリー ～輝かしき復讐～』や映画『ワンダーランド：あなたに逢いたくて』などがある。

妖怪島のレストラン1
迷いこんだ少女

二〇二四年十一月三〇日　初版発行

著　者　キム・ミンジョン
訳　者　山岸由佳
発行者　竹下晴信
発行所　株式会社評論社
〒162-0815　東京都新宿区筑土八幡町2-21
電話　営業03-3260-9409
編集03-3203-9303
https://www.hyoronsha.co.jp
印刷所　中央精版印刷株式会社
製本所　中央精版印刷株式会社

ISBN978-4-566-02486-1　NDC929　p.392　188㎜×128㎜

魔笛の調べ SONGS OF MAGIC

S.A.パトリック 作　岩城義人 訳

ドラゴンの棲む土地があり、魔法使いがおとぎ話ではない世界。
そこでは笛ふきたちが曲をかなで、世界の平和を守っていた——。

1.ドラゴンの来襲

2.消えたグリフィン

3.ハーメルンの子ども

たぐいまれな笛の才能をもつ少年・パッチと、
その仲間たちの冒険をえがいたファンタジーシリーズ

《全3巻》